当代最具实力作家散文选 · 野莽 卷

记 得

野莽◎著

中国言实出版社

图书在版编目（CIP）数据

记得 / 野莽著 . -- 北京：中国言实出版社，
2018.7
（雄风文丛 / 王巨才主编）
ISBN 978-7-5171-2832-8

Ⅰ . ①记… Ⅱ . ①野… Ⅲ . ①散文集－中国－当代
Ⅳ . ① I267

中国版本图书馆 CIP 数据核字（2018）第 138028 号

出版发行 **中国言实出版社**
　　地　　址：北京市朝阳区北苑路 180 号加利大厦 5 号楼 105 室
　　邮　　编：100101
　　编辑部：北京市海淀区北太平庄路甲 1 号
　　邮　　编：100088
　　电　　话：64924853（总编室） 64924716（发行部）
　　网　　址：www.zgyscbs.cn
　　E-mail：zgyscbs@263.net
经　　销 新华书店
印　　刷 三河市祥达印刷包装有限公司
版　　次 2018 年 8 月第 1 版　 2018 年 8 月第 1 次印刷
规　　格 710 毫米 ×1000 毫米　 1/16　 12.25 印张
字　　数 180 千字
定　　价 38.50 元　 ISBN 978-7-5171-2832-8

何妨吟啸且徐行

王巨才

二十世纪最后几年，文学界一个引人注目的景观，就是散文热的再度兴起。进入新世纪以来，这种热度仍在持续升温。这其中，尤以反思历史与传统文化的"大散文""新散文"理念风靡盛行，出现一批思接千载、视通万里、谈古论今、学识渊博的作品，给散文园地增添了新的色彩和样态。与此同时，传统意义上靠阅览、回忆、清谈、抒怀等书写人生百态的散文作品，也有一定变革，多数作家不再拘于云淡风轻的个人世界，从远离红尘的小情小感中脱离出来，融入充满生机与活力的现实之中，写出大量贴近大众生活的优秀作品，受到广泛赞誉。大体来说，这二十多年来我国的散文领域一直保持着潜心耕耘，不惊不乍，静水深流，沉稳进取的良好态势，情形可喜。

这套"雄风文丛"的十位作家中，吕向阳和任林举是专以散文创作为职业和志向的散文家，曾先后获得鲁迅文学奖和冰心散文奖，是散文领域的佼佼者。石舒清、王昕朋、野莽、肖克凡、温亚军、吴克敬、李骏虎和秦岭八位则都是久负盛名的小说家，他们的小说作品曾分别获得过鲁迅文学奖等奖项。这些小说家绝不是"跨界融合"，他们的散文毫不逊色，从作品的质量和数量上看，他们从来没把散文当作小说之余的"边角料"，而是在娴熟驾驭小说题材、体裁的同时，也倾心散文这种直抒胸臆、可触可感的表达方式。从这些小说家的散文里，更能感受到他们隐藏在小说后面的真实的人生格局和丰赡的内心世界。

宁夏专业作家石舒清，小说《清水里的刀子》曾获第二届鲁迅文学奖，并被改编为同名电影在东京电影节获得大奖。这本《大木青黄》是他第一本综合性随笔集。书中的"读后感"类，是阅读过程中就一些作品所作的印象式点评，借以体现和整理自己的审美取向和文学观点；"写人记事"类，写到生活中一些印象深刻的人和事，字里行间充满深长的思绪与感怀；第三部分涉及个人的兴趣爱好，比如喜欢体育、喜欢淘书、喜欢书法、喜欢收藏等等，笔致生动活泼，读之饶有兴味；"作家印象记"，知人论事，是对自己"有斯人，有斯文"这一观点的考察和验证。其他如"文友访谈"及往来书信等也都是作家本人工作、生活、思想情感的多侧面展现和流露，从中可以感受到一位知名作家疏淡的性情、厚实的学养和开阔的思想境界。

王昕朋是位饶有建树的出版人，也是创作颇丰的小说家，出版有长篇小说《红月亮》《漂二代》《花开岁月》等多部作品。他的散文视野广阔，感觉敏锐，情思隽永，文笔清新，从中可以看出，他写东西并不求题材重大，也不迎合某些新潮的艺术习尚，而是铺开一张白纸，独自用心用意地去书写自己熟悉的动过感情的生活，从中发掘自然之美，心灵之美，感受生活的芬芳，人间的纯朴。一组美文，构思精巧，意蕴深长，绘山山有姿，画人人有神，充满浓郁的诗意和睿智的哲思。生活中，美的呈现是多样的，刚正不阿、至诚至勇是美，敦厚谦和、博大宽宏也是美。王昕朋发现了这些生活中的人性美，并且抓住极富典型意义的美的细节和刹那间美的情态，用点睛之笔，透视出人物性格的光彩和灵魂的美质，给人以强烈的感染。

天津作家肖克凡的小说获奖无数，让他久负盛名的是为张艺谋担任编剧的《山楂树之恋》。他的散文《人间素描》以老练精短的文字记录一个个普通人物，从离休老干部到"八零后"小青年，极力展现社会生活百态，从而构成生机盎然而又纷繁驳杂的"都市镜像"。在《汉字的望文生义》中，作者讲述中日韩三国文字含义的异同，如日文"手纸"、韩文"肉笔"等汉字闹出的误会，涉笔成趣，令人忍俊不禁。《自我盘点》是作者自我经历的写照，体现了"文学的生命是真诚"的写作观，不论是遥远的往事还是新近的遭逢，都留有成长和行进的清晰足迹。《作思考状》其实是对某些对社会现象的严肃思考，有批判也有自省。《怀旧之作》的一个个人、一件件事、一桩桩情感，虽没有惊天动地的事件与杰出人物，却是作者真情实感的记录。《我说孙犁先生》，文字朴实，情感真挚，表达了对前辈作家独特的认识与由衷的景仰，在伤逝感怀文章中别具一格。

与唯美派的散文形成对应，野莽的文字如删繁就简的三秋之树，力求凝练和精准。他在所谓的文化大散文和哲理小散文中独寻他路，主张并实践着散文的思想性和历史感。他往往在颜色泛黄的岁月里打捞记忆，以情绪沉淀后的淡淡幽默再现特殊年代的辛酸和苦涩，每每发出含泪的笑。书中写到的"右派"父亲喂猪的故事正是如此。在文体理论上，他对散文的诠释是自然形成于诗与小说之间的一片辽阔的芳草地，在这里，小说家可以摘下面具，以真身讲述真情和真事；飞天路上的诗人也可以暂回人间，轻松地打开自己的心灵。国外大学选译他的散文作为中国语教材，想来自有道理。

温亚军的短篇小说获得过第三届鲁迅文学奖。与小说的虚构不同，他的散文完全忠实于自己的人生经历，大多取材于早年的记忆。他的童年和少年都是在西北乡村度过，记忆中，乡村的生活虽然艰辛，但充满着温暖和亲情。童年的愿望简单而质朴，他写怀揣这个愿望及至实现愿望过程中的满足和愉悦，叙事平实，情感真纯，每每能唤起读者共鸣。记忆的深刻性与性格乃至人格紧密相关，他的记忆之所以筛选出的多是温情暖意，是因为艰苦的乡村生活和淳朴的生长环境塑造了他宽厚善良的品格，《时间的年龄》《低处的时光》等都是通过一段记忆，构成一种考问，一种自省和盘点、一种向往与追求。而像《一场寂寞凭谁诉》等篇什中那些从历史洪流中打捞的点点滴滴，那些被作者的目光深情注视、触摸过的寻常事物，经由他的思考、探索和朴素的表达，也总能引发人们内心的波澜和悸动。

陕西作家吕向阳曾获冰心散文奖。他扎根关中大地，吸吮地域沃土和民间风俗的营养，相继写出《神态度》《小人图》《陕西八大怪》等五十万字的系列长篇散文，这在城市化的车轮即将碾碎老关中背影之际，无疑有着继绝存亡、留住民间烟火的担当。三万字的《小人图》是作者从凤翔木版年画中觅得的一组"异类"和"怪胎"。民间艺人把"小人"的使坏伎俩镌刻成八幅版画，吕向阳的剖析则由此生发开来，重在考问国民的劣根性，着力于诫勉与警省。《神态度》系列是从留在乡民口头的"毛鬼神""日弄神""夜游神""扑神鬼""尻子客"等卑微细碎的神鬼言说中梳理盘辨出来的，这些言说最早在西周之前就出现了，如果忽略它们，将是关中文化的损失，也是中华传统文化的失血。这些追述关中民风村情的散文，需要智慧，需要眼界，更需要广博的知识与执着的耐力，吕向阳付出的心血令人尊敬。

吉林的任林举以报告文学《粮道》获得第六届鲁迅文学奖。他的散文在精神取向上，一向以大地意识和忧患意识见长。他的诸多散文，突出表现即为情感的浓烈和哲思的深刻。而从文章的风格和技巧上考量，他又是一位最擅长写景、状物的作家。凡人，凡事，凡物，一旦经过任林举的笔端，定然会获得不同寻常的光彩或光芒，有时，你甚至会怀疑那人那事那物是否是一般意义上的文学客体；显然，其间已蕴涵着作家独到的理解与点化之功。至于那些随意映入眼帘的景物，经过他的渲染，便有了"弦外之音"和"象外之象"，有了一番耐人寻味的意蕴、情绪或情怀。这一次，任林举以《他年之想》为题，一举推出近六十篇咏物性质的散文，读者或可借此窥得其人生境界或散文创作上的一二真谛秘笈。

吴克敬是第五届鲁迅文学奖获得者，他进入文坛，是一种典型，从乡间到了城市，以一支笔在城里居大，他曾任陕西一家大报的老总。他热爱散文，更热爱小说，笔力是宽博的，文字更有质感，在看似平常的叙述中，散发着一种令人心颤的东西，在当今文坛写得越来越花哨越来越轻佻的时风下，使我们看到一种别样生活，品味到一种别样滋味。从吴克敬的作品中，能看到文学依然神圣，他就是怀着这样的深情，半路杀进文学界的。他五十出头先写散文，接着又写小说，专注于文学创作的他，看似晚了点，但他底子厚、有想法，准备得扎实充分，出手自然不凡。社会生活的丰富多彩和纷扰烦乱，在他人，只是领略了些许表面的东西，吴克敬眼光独到，他能透过表面，发现潜藏在深处的意蕴。他写碑刻的散文，他写青铜器的散文，都使我们惊叹其对历史信息的捕捉与表达，更惊叹他对现实生活的挖掘和描述，散文《知性》一书，充分展现了他的文学才华。

作为鲁迅文学奖获得者，山西作家李骏虎以小说成名，但从他的创作轨迹不难发现，他的散文写作历史更长。他以散文写作开始文学生涯，兴趣兼及随笔和文学评论。在把小说作为主要的创作形式后，李骏虎从来没有放弃散文，他的笔触始终跟随脚步所到之地，无论出国访问还是国内采风，都"贼不走空"，写出一篇篇具有思想华彩的散文作品，体现出朝学者型作家迈进的趋势。《纸上阳光》是李骏虎近年读书阅史沉潜钻研的成果，从"纸上得来未觉浅"和"阳光亮过所有的灯"两组系列文章不难看出，一个具有小说家飞扬想象力和史学家严谨治学态度的人文学者是如何苦心孤诣辛勤笔耕的。

近些年来，实力作家秦岭在《人民日报》《光明日报》《中国作家》《散文》《文艺报》等报刊发表大量散文随笔，叙说自己在生活与文学之间行走的发现与思考。他善于在历史和时代的交叉点上思考人生与社会，注重视角的多重选择和主题的深度开掘，既有对乡情的深深眷恋和回味，也有对自然和生态的无尽忧虑和追问，更有从自身阅读和创作经验出发，对当下文化、文学现状的深刻反省和诘问，从而使叙事富含思辨色彩、反思力量和唤醒意识。构思新颖、意境高远、韵味悠长。其中《日子里的黄河》《渭河是一碗汤》《走近中国的"大墙文学"之父》《烟铺樱桃》《旗袍》等作品，多被北京、广东、天津等省市纳入高中语文联考、高中毕业语文模拟试卷"阅读分析"题，受到专家好评和读者的欢迎。

文章合为时而著，歌诗合为事而作。在众多文学样式中，散文是一种最讲情理、文采，最能充分表达作家对时代生活的真情实感，也最能发挥作家艺术修养和文字功力的文体。《文心雕龙》讲:"情者文之经,辞者理之纬;经正而后纬成,理定而后辞扬,此立文之本源也。"情有健康晦暗之分,辞有文野高下之别。作家的使命,是以健康思想内容与完美艺术形式相结合的作品去感染人、影响人、塑造人,进而推动历史发展和社会文明进步。纵观"雄风文丛"的十位作家,他们经历各不相同,创作各有特色,共同的是,他们都把文学当作崇高的事业,始终以敬畏的心情对待每一次创作、每一篇作品;他们与人民群众保持着密切的联系,坚持从丰富多彩的现实生活中获取创作资源和灵感:他们有高尚的艺术追求和鲜明的精品意识,竭力以精美的精神食粮奉献广大读者。正因为如此,他们的作品总能较为准确地反映时代的本质、生活的主潮、人民的呼声和愿望,总能给人审美的愉悦、心智的启迪与精神的鼓舞与激励。或者换句话说,在我们看来,这套丛书里的作品,正是当下社会需要、人民期待的那种弘扬主旋律,传播正能量,有道德、有温度、有筋骨又有个性和神采的作品。中国言实出版社精心组织这样一套丛书,导向意图不言自明,其广受读者欢迎和业界重视的效应,自可期待。

（作者系中国散文学会会长、中国作家协会原党组副书记）

目录

土改时期的母亲

夜深人静的时候，我常常独守这座只亮有一盏台灯的高楼，思绪零乱，回忆着很多与我相关的往事。这是近年，在我没有了母亲之后。

有些事我本来应该知道得更早，我的母亲生前却从来不告诉我，倒是在我十到十五岁的那段年华，早已经离开我家的保姆悄悄讲述给我听的。譬如说，我的母亲娘家是继承祖业的地主，她是我外爷的第一房太太所生的三个女儿中最大的一个，即小说和戏剧中常说的大小姐。我的外婆裹小脚，抽水烟，懂戏文，会唱曲，但不事女红（gōng），更不会做家务，和其他地主家庭不同的是她家只雇男工，不雇女佣，她用我们今天国家公务人员轮流值班的方法，管理着她的三个女儿，派她们一人做一天饭，洗一天衣服，料理一天发生在当日的一切，如此轮回，周而复始。

小城平民出身的保姆提起我的外婆，说到当地人尊称她为大奶奶时，一张永远黄皮寡瘦的脸上充满了对于地主剥削阶级的鄙夷之色。在我的保姆生动传神的讲述中，那位自我生下来便无缘一见的吝啬的外爷，其形象深深地种进了我的记忆，直到我上学读了不少的中外名著，不由得联想到了巴尔扎克笔下的老葛朗台和吴敬梓塑造的严监生。据我的保姆所说，那时除了我的母亲勉强长够少女应有的尺寸，我的二姨和我的小姨当时是把双脚站在一只小凳子上，两臂才能搭上灶台。此外，我的母亲一天能织一匹布，是个小姐派头的织女。

我的母亲绝不这样向人诉苦。事实上她一生的勤劳和智慧，坚韧和顽强，完全是因为外婆对她做闺女时的苛刻训练。在以后很长一段历史时期，当灭顶之灾猝然降临在我们的头上，我们兄弟姐妹几人居然能够平安度过，这在很大的程度上是取决于我的母亲从小练就的全套本事。

父亲的彭氏家族远没有母亲的凌氏家族那样庞大，与我的外婆那富甲一方、称霸乡里的甘氏家族相比，只是一个可怜巴巴的弱门小户，连祠堂也没有。唯一可炫耀的只有我的祖父是一个闻名遐迩的木匠，他可以画栋雕梁，绘凤描龙，其手艺之高妙令人叹为观止。用今天的话说，他是一位杰出的工艺大师。我的母亲能够许配给我的父亲，并不因为我的祖父艺名远扬，而因为我的父亲是一个读书人。并且他读的不是四书五经，虽然他最初也上私塾，先生是书法和算学异常之好的我的大伯，但他很快就转入县城著名的黉学，只因不守校规并棒打了校长被勒令退学，才又以一纸伪造的证书投考了邻省陕西的高校。

把时光推回到大半个世纪以前，一个洋学堂的学生在乡里眼中的地位可想而知。和母亲的凌氏家族联姻，使父亲的彭氏家族与外婆的甘氏家族又结成三角形的亲戚关系，这样，彭氏家族受人歧视以至欺凌的待遇，客观上因此得到了一定的改善。我的父亲在外读书期间受到新思想的熏陶，接触共产党后，和全力资助他上学的长兄兼启蒙老师、担任国民党区党部书记的我的大伯，在政治上开始水火不能相容。

据我的保姆说，我的母亲是坐着她们凌氏的八抬大轿，在锣鼓笙箫的吹打声中嫁进我们彭氏小院的。但是彭氏家有书香，他们的洞房对联就是我的大伯、很快就要成为历史反革命的当地著名的书法家亲手所写，上联是什么"东都才子"如何，下联是"南国佳人"怎样。那情形使我现在偶尔会想到一些反映旧时生活的影视片，想到那个时代关于婚嫁的经典场面。我的母亲嫁给我的父亲那一年是一九四九年，不久全国就解放了，地主小姐出身的新娘子几乎是在她革命青年夫君的强行动员之下，别别扭扭地走出还贴着一双大红喜字的洞房，在我的父亲担任队长的一支土改工作队里当了一名女队员。

我不知道我的母亲头戴有遮檐的延安帽，身穿双排扣的列宁装，在邻乡进行土改时听说她的娘家被另一支土改队划成地主，土地、房屋等五大财产全部没收，主人双双扫地出门，她的心中当作何想。幸好我的父亲家没有分得那份财产，我的祖父遵从世代正派人家的教诲，薄艺在身，自食其力，以一把好斧子收徒养家，盖房置业，土改中刚好达到中农的标准，不分人家的，也不为人家所分。

我的母亲在那支土改工作队里是唯一的女性，因此她很快成为妇女主任。她身穿一套蓝颜色的、两排扣的、名字叫作列宁服的统一工作服装，一头长发因工作的需要而剪得只齐后颈，头上戴一顶有檐帽，单看式样有点儿像二万五千里长征时的工农红军。但是她的性格一开始就和她的工作发生矛盾，第一，她不斗争地主；第二，她不发动群众斗争地主；第三，她在自己参加工作的登记表上连地主成分也不填，不填实在不行，她竟创造性地填了一个"劳动人民"。

她这说法肯定是行不通的，她的字肯定也比不上我的父亲。我的外公虽然有钱，养得起两房太太，盖得起三院瓦房，雇得起几个长工耕种几十亩土地，却舍不得让他家的三个小姐上学念书，一心指望我的外婆生下一个能够继承烟火的子嗣。但是上苍就要对他进行惩罚，我的外婆先后生了两个儿子都不幸夭折，遭此打击之后，后半生几乎每夜都在梦中大骂索命的鬼魂。

我的母亲不再担任妇女主任，她转而从事商业，成为县供销社的一名经理，一边工作，一边自学。她的各项天赋很快就显示了出来，一把铜框木珠的算盘被她打得行云流水，神出鬼没，满架商品的品名和价格也被她背得滚瓜烂熟，脱口而出。她的文化已足够阅读《青春之歌》之类的长篇小说，并且发表口头评论。当我的父亲被打成"极右"，也就是右派中的极端分子，被押解到襄北农场右派集中营去"劳改"时，也就是劳动改造的那段漫长岁月里，她在黑夜里的一盏煤油灯下给他写了成百上千封书信，告诉他说，天总是要亮的，月亮总是要圆的！

这个时期我的母亲的故事，和我的保姆的故事掺在一起，曾经被我写进一篇名叫《讲述我的两个母亲》的长文，发表在《中华儿女》杂志上，全世界妇女大会在北京召开的那一年，又收入一本《献给妈妈们的书》向大会献礼。那一年我的母亲还在，她看到了这本杂志和这本书中的这篇文章。我的保姆却看不到了，她死于"文革"第四个年头，一九六九年的一个特别寒冷的春天，她的儿子，我的润波哥哥却看到了它，看得泪水长流。

那个时期的保姆

　　木匠祖父的率真遗传到我的父亲身上，再加了我的大伯历史反革命的身份，一九五七年我的父亲被"贬黜"县委，到一个名叫天宝的南山区去做区长，母亲随夫远迁，工作也由县城调进天宝区政府所在的蔡家坝。六十年前，通南山的只有一条野狼出没的羊肠小道，山险路陡，从县城出发步行需走两日，途中偶尔可以见到一两户人家，但每次都是未见其人，先闻其狗。我和弟弟坐在一副庄稼人挑谷的箩筐里，由一位名叫凌受森的舅舅挑在扁担的两头，我的母亲，我的保姆，一前一后带着我的小姐姐，徒步向着她们从未听说的南山走去。

　　我们这一行中没有我的父亲，几个月前他已走马上任。头戴一顶呢子帽的父亲没有想到他会在这座大山里面继续栽跟头，并且一栽到底，因为对当时环境的不满言论和拂逆行为，呢子帽不久就会被人摘去，换上一顶右派帽子。四十年后，我在书店见到一本名叫《老照片》的图文杂志，于是费数日之工，找出家中最早的两张老照片，一张单人的父亲，一张母亲、保姆、姐姐和我的合影，我写了一篇名字就叫《两张老照片》的附图文章，发表在那本杂志上，其中就有关于他那两顶帽子的故事。文章后来被日本东京大学选作中国语教材，我不明白这篇散文对日本的大学生有什么教育意义，他们懂不懂得什么是右派帽子，会不会误以为是嬉皮士歪戴在脑袋右侧的那种饰物？

　　关于我的父亲，我还写过一部五万多字的中篇小说，同样是名字就叫

《父亲》，当时我想作为"人生三部曲"的第一部，接下来还有第二部《母亲》和第三部《保姆》。我记得1989年《父亲》在《长江》杂志上头题发表的时候，编者用黑体字加了一段按语："野莽的《父亲》使我们激动不已。它在淡淡的苦味中让人体会到一种乐观、坚忍、刚毅、遒劲的人生格调。几年来很少读到这种在拂尘见珠式的审美经历中产生的展示民族心灵的作品了，相信它会引起众多读者的关注。"

那次两百里长征，随行的有一个令我今生今世永远也忘记不了的人，她就是我的第二个保姆。我的第一个保姆是著名烈士何恐先生的遗孀，县城的人都尊称她何老奶奶，二十世纪三十年代，何恐先生任共产党地下组织湖北省委的要职，在武汉被国民党枪杀之后，他的孀妻一直住在老家竹溪县城一条名叫小十字的街道，靠为人洗衣和保幼而卑微地生存着。据说我小的时候调皮，何老奶奶治我不住，父亲方才为我更换了保姆，她姓周，叫周建仙，娘家住在竹溪县城东门街外面的东城角，她的丈夫是国民党的一名军官，新中国成立后在沙洋农场劳动改造。

我把我的第二个保姆叫嬷嬷，这是我们老家的称呼，一般是指父亲的嫂子，以及跟自己母亲同辈，年纪稍长和关系亲近的女性，相当于北方人叫的大妈或者伯母。其实我的嬷嬷身体并不比何老奶奶好，她有严重的胃病，一疼起来就用双手按着肚子呼天号地，每次她一发病我就吓得再也不调皮了，胆战心惊地坐在她的床前，倒开水喂她从卫生院买来的廉价止疼片。

在以后的日子里，保姆无数次地回忆起那次南山之行，她就无数次地绘声绘色。她说那次正爬一座笔陡的山梁，我一个纵蹦从箩筐里跳了出来，吓得凌受森舅舅一个坐勾子瘫在地上，好半天都缓不过气儿，站起来后腿肚子还直打磕磕，咋都不敢再挑我了。有着叙事天赋的保姆用了一系列的地域文化语言，"一个纵蹦"，"一个坐勾子"，"腿肚子直打磕磕"，以状动作之猛，形势之险，三岁半的孩子之好不懂事。

我的父亲出大问题的那一年我刚发蒙，在天宝区的蔡家坝小学读一年级，每天被我的小姐姐领着上学，往返都要走大约一里多路，其中还要过一道双木桥。有一天放了晚学，一进家门我突然被眼前的一幅情景吓坏了。我看见我的母亲像得了急病一样趴倒在桌上，肩头剧烈地抽搐着，眼睛红肿，脸上全是泪水。我的保姆怀里搂着我的弟弟，两人相对而哭，一回头看见了我，她一把将我搂了过去，嘴里大叫一声"我的儿呀，往后你要受苦了哇"，接下去就哽咽起来。我的小姐姐先我一步进屋，扑在我的母亲怀里哇哇地哭，所有人里只有我的母亲没有出声，一点声也没出。我立刻明白家里出了大祸，从喜欢听戏的我的保姆那一哽一咽的念白声中，我才知道大祸是出在我的父亲身上。

整个事件的过程，是我的保姆后来断断续续地告诉我的。饥馑之年，我的父亲擅自开仓济民，鉴于当时反右运动已经结束，他被补划为右派分子，还是右派中的右派，名叫极右。消息带给母亲的时候，他已经被逮捕入狱，接着又被押解到襄北农场右派集中营里劳动改造。二十年后，我开始了文学创作，在一篇获全国奖的中篇小说中读到一个名叫李铜钟的犯人的故事，它让我想到了我的父亲，泪水一涌而出。

我的保姆每次给我讲述这个事件，她的黄皮寡瘦的脸上都会珠泪滚滚，反复强调的一句话是："我的儿，你要记着，你的爸爸是个清官，他是被奸臣所害！"她的语气悲愤而又武断，斩钉截铁，不容置疑。其实在发生这个事件的前不久，父亲还因我患了一场眼疾而和我的保姆大吵了一架，她的抗议方式是流着眼泪开始收拾行李，宣布马上离开我们。倒是父亲的遭难反而使我的保姆坚定了永远陪着我们同生共死的决心。

我的保姆懂的戏文比我的外婆还要多，和我的母亲就更不能同日而语了。《搜孤救孤》《岳母刺字》《错斩崔宁》和《四郎探母》之类的京剧中，某个正面人物的重要唱段她能记得一字不差。我的保姆爱憎分明，疾恶如仇，她痛恨秦桧，拥护公孙杵臼，一心盼望海瑞和包拯那样的青天大人有一天掀开轿门，出来为我的父亲平冤雪耻，官复原职，再升三级那也是理所应当。

现在细细地回想起来，最初我走上文学道路，虽然多少有一些别无他路可走的意思，但在文学兴趣方面，却是与我的保姆有关系的。我的保姆是一个故事大王，无论民间传说，还是唱本戏剧，她都有着过目不忘和过耳能诵的记忆力，尤其是对那些故事里忠奸人物的情感表达，简直具有一种迷人的魅力，自然而然地滋养着我童年时代的文化生活。

在我的父亲出事以后，我们家在政治上的地位一落千丈，社会上很少有人再青睐我们姐妹兄弟，蔡家坝小学的同学们中常常有人公然喊我"小反革命"，他们搞不清右派和反革命的区别。而我在忍无可忍的时候奋起搏斗，若是挨了别人的打，那就算白打了，若是打了别人，那就要遭到闻讯而来的老师的训斥。

经济上的困难更不用说，我的母亲每月工资三十七块五角，相当于我父亲当年的三分之一，这是我一生中不可能忘记的一个数字，吃饭的包括我的母亲和我的保姆在内却一共有六人之多，迁进南山以后我又添了一个妹妹。我的母亲纵然能将一把算盘打得行云流水，却没办法给自己多打出一分钱来，她努力地减少开支，恨不能还要减少人口，思来想去自己的儿女一个也不能减，要减只能减我的保姆。有一天，她们又为给我购买学习用具的事发生了争吵，我的母亲就此流着眼泪对她说道："周建仙，你走吧，我买不起那好的作业本，也付不起你的保姆费了，你走了我们一家人会记得你的！"

我的保姆这个非凡的名字，取自一位卜卦先生，有些神秘和古怪，就连她本人也不知有何寓意。一听这话，我的保姆泪水比我的母亲来得还快，从两只眼睛里面一滚就出来了，她也叫着我的母亲名字说："凌受凤，你不要趴在门缝里把人看扁了，我不得走！我不是舍不得你，我是舍不得我的儿！"

在我的记忆中，我的文化水平不高的母亲至少改过两次名字、我的父亲成右派之后，她觉得这个"受"字暗示着她将终生受苦受难，就改成一个同音的"淑"，后来又觉得此字过于雅致，与右派家属的身份不符，又改成一个同音的"寿"，鼓励着自己一定要活下去，一定要熬过这段苦难的岁月。

我的保姆又留了下来，从下一个月开始，她不再吵着闹着让我的母亲给我们买任何东西，需要什么她买就是。为了证明自己口无虚言，她不仅提出不要每月十五块钱的保姆费，还要把她国民党军官丈夫劳动改造期满转入新人队后每月寄给她的十五块钱，从邮局取回来伙在我的母亲工资一起使用，把日子过得大方一些。我的母亲更不能同意了，理由是不能欠她太多，也不能让别人怀疑自己在经济上有什么问题，特别是同单位一个姓宋的女人，那女人总想以自己的家庭成分和男人身份压倒我的母亲。

姓宋的女人实在没法打倒我的母亲，就背开我的母亲暗地里对我的保姆说："周大姐吧，你留在她们家里想当反属哇？"

我的保姆回答她道："眼看着人家是落了难，我怎能忍心不搭救？"

颇似京剧里一句老旦的韵白，然后水袖一甩，再进谗言就有小人贼子之嫌了。

二母相争

在那艰难的岁月里，我的母亲和我的保姆酷似一对夫妇，我的母亲主外，上班挣工资，我的保姆主内，在家管生活。我的保姆以身作则，率领我们兄弟姐妹到附近的山上、沟边、地里，挖马齿苋、地米菜、捡野山药、地溜皮，洗净晾干，总能省下一些粮食和买菜的钱。我的母亲也极会以最廉的价格，买得大堆的芥菜和豆渣，掺在有数的米饭中让我们像小猪一样吃得津津有味。那个时候，附近总有一些胆大的农民，感念我的父亲开仓济粮的恩德，趁着夜晚敲开我家的后门，嘴里念叨着"彭青天对我们好哇"一类的话，丢下几个南瓜红薯和苞谷托子之类，坐也不坐就悄声又走了，有的连个名姓都不留下。

二十世纪五十年代末和六十年代初，我的母亲还让我们吃她用蒿草煮的面糊糊，用谷糠、稗米、绿豆壳、苞谷心烙的粑粑馍。那年头我最喜欢吃我的母亲用老南瓜和老红薯蒸的糙米饭，我的独创性的吃法是用锅铲把南瓜红薯和糙米饭捣成一摊黄糊糊的烂泥，舀在碗里以竹筷剜做坨状，撬入口中，潦潦草草地打几个滚儿，咕咚一声吞下，那香香甜甜的味道一路穿肠过肚，好不快活。几十年后，这种做法和吃法我依然衷心地热爱着，有时候竟无缘无故从尘封的记忆中想起它来，喉咙里立刻会润出一汪口水，由此冷淡了其他的美食。

我不怀念那个时代，我怀念的是我的母亲战胜那个时代的生存方式和劳动艺术。我的母亲那时候做得最好吃的还是用粉丝、黄花和少量的瘦猪肉做成的汤，那味道真是美到极致，一口下去矢志不忘。这道菜可能是她从小受命于外婆在家里值日帮厨，在灶台上练出的一手绝技。不过不到年节或者家里谁的生日，我们是很难吃到这种高档菜的。

多少年后的一个冬天，受一家电视台的蛊惑，我和两位朋友专程打车去西单"忆苦思甜大杂院"，花三百块钱嘬了一餐。在"想起往日苦，两眼泪汪汪"的如泣如诉的歌声中，那些花高价买来的粗粮野菜统统都没有我的母亲做得好吃。

现在推算起来，我感到有些震惊，我上小学二年级的时候，我母亲的年龄只有三十岁，在同一国度不同时代的今天，多少时髦的女性早已突破了如此的年龄，有的甚至快四十岁了，还谦虚地称自己是女孩子，白天跟男朋友们下馆子喝酒，晚上就在摇滚歌厅唱歌蹦迪。而我的母亲，她已经头顶一块右派分子家属的黑色招牌，暗下决心要把两双儿女一个一个抚养成人了。

我的保姆当时的年龄也不到四十，她有一个被发配远方劳动改造的丈夫，她还有一个初中毕业在外谋生的独生儿子，她却把她那根生命的绳索拴在我家这块打得稀烂的船板上，她真的是要效法戏剧故事中古人的忠义，助我们这家落难之人一臂之力了。

我的母亲居然还和我的保姆发生争吵，而且各不相让，直吵得我的保姆一把鼻涕一把眼泪。我记得她俩争吵的内容有时是关于我们兄弟姐妹的穿戴，在这个问题上我的母亲和我的保姆之间永无调和之日。由于我们家从政治到经济的彻底崩溃，家大口阔，钱少事多，我的母亲整日在供销社收付现金，买不起也不敢给我们买像样的衣服，甚至像样的笔和作业本。我记得从小学到初中，我的作业本都是我的母亲用她作废的账页装订而成，我把大字和小字、数学和造句都规规矩矩地写在那些账页的反面。在全班同学整整齐齐的作业本中，唯独我的要比别人长和宽出一截，而且又黑又硬，老师远远地就能看得出来，就像一个背着火枪的民兵混在一支正规军里。

我的保姆能够接受后者，但却哭着闹着，坚决不允许我们的衣服穿得过于破烂。她的理由是不能让别人看我们的笑话，她要让别人看到我们还跟我的父亲没有出事的时候一样，穿得漂漂亮亮，整整齐齐。我记得那时候我有一双高腰的红皮鞋和一双低腰的黑皮鞋，本来已经被我的母亲打了油，收藏进一口樟木箱里，我的保姆又把它们搜出来，跟我的母亲横吵横闹，硬抵硬抗，叫我继续穿着皮鞋上学。我的母亲实在斗她不过，不得已只好做出让步，一边叹着气走开，一边咬牙切齿地对我的保姆说："你这是要害我！你这是要害我！"

我的母亲的手经常是蓝一块黑一块的，那是她扯足了一种当时只要几分钱一尺的，名字叫作龙头布的粗白布，再花几分钱买袋名叫煮蓝或煮青的染料，趁着晚上我们都上床睡了，把白龙头布染上颜色，在水里淘清漂净，晾在房门背后，干了以后就用它给我们做成服装，骗我们说是什么毕叽，什么咔叽，我们都被她蒙在鼓里，高高兴兴地穿了去上学。

只有我的保姆一人知道这其中的秘密，她把两条腿蹲在地上，一边替我扣着新衣的纽扣，一边打抱不平地说："我的傻儿子，这是啥毕叽？这是啥咔叽？这都是你妈拿煮青染的龙头布，几分钱一尺，农民都嫌不结实的，等到过年的时候，我给我儿子做一身真的咔叽布衣裳！"

说着说着，我的保姆眼泪又一滚就下来了。

锅底滩遇险记

那时候供销社的百货架上，已经出现了大人和小孩穿的球鞋，但是我们从没买过，我们穿的鞋子全都是我的母亲和我的保姆以合作的方式亲手做的，就有点儿像是一家鞋厂两个车间的流水线作业。我的保姆的鼻梁上架着一副老花眼镜，把一双一双的鞋帮铺在自己的膝盖头上，偏了头以遥远的距离穿针引线，而我的母亲年轻力壮，眼睛又好，右手的中指上戴着一枚金黄的铜箍，这种器物被她们亲切地叫作"顶针儿"，利用它身上密密麻麻成千上万的小坑，把同是这只手上捏着的一根粗针奋力地往鞋底上纳着。在通常的情况下，我们一年可以得到两双出自她们联合制作的白底黑面的新布鞋，冬天一双棉的穿了过年，夏天一双单的穿了开学。

有一年的暑假值得我永久地纪念，大约是读小学三年级的时候，一个意外的事件，使我把布鞋、钓鱼和游泳联系在了一起。那天傍晚我穿着一双新做的布鞋，和我的弟弟各持一根用山竹自制的钓鱼竿，带着装有蚯蚓的玻璃小瓶，到一个名字叫作叫花子洞凼河滩边钓鱼。我至今也不明白那个河滩为什么叫那个名字，是否曾经有一个过路的乞丐淹死在那个凼里，还是那里还没形成河滩的时候只有一个小水凼，有一个要饭的穷人曾经住在水凼边。反正我至今也不明白，这个问题已经成了一个次要的问题，而主要的问题是我差点儿像那个想象中的叫花子一样，淹死在那一滩河水里了。

我坐在河滩边的一块大石头上，一会儿钓起一条鱼来，一会儿又钓起一条鱼来，情况就像是我们语文课上读过的那一篇《小猫钓鱼》，只可惜钓到的都是一种出身低贱的黄色无鳞鱼，嘴边有两根硬翘翘的胡须，触之像刺一样扎手，当地人叫它黄须公，又叫它黄蜡丁。这种鱼因为贪吃最容易上钩，但为一般的钓者所不齿。我正期盼着钓到一条高贵的鱼，忽听坐在另一块石头上的弟弟尖声大叫，说他那里的白鱼成群结队，围着一个石洞不停地旋转，我一听就手持钓竿往那里奔去，不料一脚没有踩稳，连人带竿掉进滩里。

这是一个锅底滩，滩里的水像口铁锅一样由浅到深，大约有三丈多宽，靠岸的地方是淡绿色，中间一段是碧绿色，到我坐着钓鱼的岩石下面就变成墨绿色了，这颜色表示着深不见底。在此之前我还没有学会游泳，只是学过同样不会游泳的同学，来到河边脱下自己的长裤制造气垫船。我们把两只裤脚用绳子捆住，敞口的裤裆朝向河水，两人合作着"嗵"地往下一掼，裤子立刻神奇地变成了两只冬瓜形的气筒。然后我们就把身子趴在两只气筒似的裤裆之间，上面两手使劲儿地往前面划，下面两腿使劲儿地往后面蹬，竟能像会游泳的人一样在水里游动。

在这落水的一刹那间，我完全是出于求生的本能，居然以那种在裤裆上练过的姿势扑通扑通游过了三丈多宽的水面，爬上沙滩，坐在被太阳晒得滚烫的沙子上望着绿色的水面发呆。水面上浮着一只崭新的黑布鞋，小船儿一样随着波浪荡来荡去，而另一只必然是沉入了看不见的滩底，这一对孪生兄弟的命运，就这样因我两腿一上一下的扑通而分开了。

锅底滩的对面站着已经吓傻了的弟弟。我们兄弟两个默默地对望了很久，最后我发现天快黑了，于是从沙滩上站起来说道："我们回家吧。"

小船儿一样漂浮在水面的这只鞋已失去了打捞的意义，我索性不要它了，打着一双赤脚，扛着一根钓鱼竿打道回府。我们兄弟二人顺着河水的两岸平行地往前走，一直走到一座双木桥边，也就是我们平时上学必然路过的那里，方才合兵一处。快要走进家门的时候，弟弟的鼻子里面突然"哧"地一响，接着他问："哥哥你啥时学会的三把抢过河？"

在我惊魂未定，心情如此沮丧的时候，这句话还是把我给逗笑了。后来我觉得这句话里有一种黑色幽默的味道，当时形势的危急，惊险，落水者的姿势，速度，全都在"三把抢过河"那生动凝练的五个字中准确传神地体现了出来。我记得我们小的时候，母亲的同事都说弟弟比我聪明活泼，我是一个典型的书呆子，只喜欢把自己关在家里读书，整天都不说一句话，像那座名叫思想者的著名雕塑，因此有人怀疑我是个哑巴。而弟弟简直算得上是多才多艺，会说押韵的顺口溜，会跳自编的歪嘴舞，会写作文也会说相声，与人对话时有妙语，把人逗得大笑不止。

如果照这么发展下去，弟弟应该成为至少比我优秀的作家，然而在他有着无限光明的前方，一个毁灭性的打击正阴险地等待着这个未来的明星，等待着这个没有资格展现才华的右派的儿子。上中学后，有一次他对同学吹牛，说父亲年轻时篮球打得如何地好，跑得如何地快跳得如何地高，被他的同学举报给了老师，老师说他是右派老子的吹捧者，集合全校师生对他进行批判，中学毕业时只发给他了一个肄业证。从此弟弟的性格大变，继我之后，家里又出现了一个沉默寡言的小老头，他的天性在很早之前的一个夜晚，被他以阶级斗争为纲的老师和同学们给扼杀了。

从此以后，我再没有听到他类似"三把抢过河"这样的妙语。当然，我也再没有带他到我曾经死里逃生的锅底滩去钓鱼了。

这天晚上，我的母亲手持竹条把我罚站在床前，旁边还毕恭毕敬地站着我的弟弟，他是作为从犯被牵连进去的。我看见我的母亲气得哭了，在她的严厉拷问中不时发出喷鼻涕的声音。她委屈、心疼、悲伤、恼怒、百思不得其解地一遍又一遍吼道："鞋子是我们一针一线做的，你就是嫌我们做得不好，也不能故意给我们扔了哇！"

我和弟弟早已在回家的路上就统一了口供，宁可让我的母亲误会，宁可让自己挨打，也不能供出钓鱼落水的事，因为如果她知道了她的儿子今天差点儿淹死在那个名叫叫花子洞的锅底滩中，必然会吓个半死。我的保姆坐在离我不远不近的另一张床边，既一言不发也一步不离，她是在时刻准备着，一旦我的母亲拿起那根吓人的篾条真的抽向我的屁股，她就会不顾一切地扑过去把它夺下来。很多次她都这样成功地保护了我，她简直像是一个泼妇那样，向我的母亲大声哭喊着："吼都行，骂都行，就是不能打我的儿！"

我的保姆拼命地保护着我的样子，使我联想到母鸡和小鸡，她的话让人听着她就是我的生身母亲，而我的母亲不是，我的母亲是一只老鹰，要从她的怀里把我叼走。实在不合情理和不可思议的是，受罚后的当天夜间，我睡在床上一点儿也不难过，相反兴奋得久久不能入眠，一遍又一遍地回忆着白天落水后的惊险场面，庆祝自己居然无师自通地学会了游泳，用我的弟弟佩服得五体投地的话说，那叫三把抢过河。

丢失布鞋的风波很快就过去了。母子无隔夜之仇，第二天清早起来，我的母亲对我爱抚如初，她还特意给我一个将功补过的机会，以无比的信任让我帮她整理商品架上的香烟、火柴、牙膏、肥皂一类形状方正的零星商品。这项业务是我的母亲销售工作的一部分，在顾客们从早到晚的大呼小叫声中，我的母亲常常累得喘不过气来，夜里洗脚睡觉时我的保姆总说她的腿是肿的。因为这个原因，我的母亲很少能有片刻的时间去整理上述商品。

我非常乐意帮助我的母亲干这些事，我发现我的天才除了游泳之外，还表现在建筑艺术上。我把货架上的各种香烟根据品名、颜色、图案以及是否锡包纸和硬盒装进行分类，以各种造型重新展现在顾客眼前。听着买香烟的顾客嘴里发出的惊呼和赞叹，我觉得我在这方面可能比我那著名的木匠祖父更有艺术天赋。我还会用给供销社干活的木匠师傅锯剩的木板和木条，钉成一个个长方形或正方形的小木凳，以此解决家里屁股比椅子多的问题。我记得那时候经常会有一些喜欢我的阿姨，逗问我将来长大了准备做什么，也就是有什么远大的革命理想，我严肃地回答说想当木匠。喜欢我的阿姨听了一愣，接着就拿一根指头捣着我说："这个娃子！这个娃子！"

我的母亲每当别人对我说到"将来"二字，脸上立刻现出一丝凄然的笑。而这时候，我的保姆会霍然站起身来，以不容别人小看的尊严发了言说："要不是他的爸爸被奸臣所害，我的儿子将来连领导都能当的！"

这句话把阿姨们给镇住了。我的母亲却吓白了脸，飞快地制止她说："周建仙你不要乱说，是他爸爸对不起社会，对不起党！"

石板下的竹泥小屋

　　我的母亲随同我的父亲被贬进南山，新的工作单位是一个区级供销社，位于长着一棵五百年老樟树的山垭子脚下一条半边街的中部，石板盖的房顶，木板做的墙壁，临街的一面是活动木板，白天卸开卖货，夜晚合上防盗。这是供销社的营业部，而我们一家住的却是一间紧贴着营业部的偏厦，偏厦的墙壁有两方是竹片编的，为了冬天挡风，春秋挡雨，夏天遮挡酷热的阳光，墙壁的竹片之间糊着泥巴。母亲又和保姆齐心协力，在竹片泥巴墙壁的内面糊上一层报纸，把这间支着两张床住着六口人的小房子打扮得温馨而又整洁。

　　除了我的母亲，供销社还有一个姓段的书记，一个姓秦的经理，一个姓涂的会计，一个姓宋的女售货员，一个姓王名叫王长海的做饭的大师傅。王长海师傅有心给我们这个右派家庭施加一些照顾，开饭的时候总是一边和我的保姆开着荤玩笑，一边擅自突破标准给我们多打几勺饭菜。我们并不跟别人一样蹲在王师傅的伙房外面吃饭，而是把全部饭菜端回自己的竹泥小屋里，再添放一些别的附属品，譬如青菜和水之类，使其分量大幅度地增多，以供大家把肚子吃饱。整个供销社只有我的母亲和那个姓宋的女人大包大揽地售货、收钱、开票和做账。一列四尺多高，五六丈长，呈一个"凹"字形的木板柜台，被我的母亲和姓宋的女人从中分断，我的母亲负责纺织、百货和副食，姓宋的女人负责五金、电器和化工。

　　姓宋的女人眼睛极度近视，那年头又不兴戴眼镜，眼眶里爬满了绿色的眼屎，一眨眼就嗖嗖地往下掉着，吃饭时我们都不敢跟她在一起，担心她的眼屎掉进我们碗里。有一次她在锅里炸豆腐，王长海师傅帮我们劈柴，一块柴片飞进锅里她没看见，被炸得黄亮亮的，姓宋的女人把它跟豆腐一道夹进盘子，吃饭时却怎么也咬不动，她左看右看也看不出是什么名堂，奇怪地说："瓦呀扣儿屎的，炸得黄亮亮的豆腐咬不动！"我们在这边笑得直想打滚，以后一想起来就模仿她的口气说："瓦呀扣儿屎的，炸得黄亮亮的豆腐咬不动！"她还经常把桐油当作煤油打进顾客的油桶里，引起顾客的强烈不满，他们就对我的母亲把她说得一无是处。

但是她的丈夫是另一个供销社的经理，她对右派家属我的母亲持一种鄙视态度，为了显示她跟我的母亲政治上的高下之分，以此弥补自己工作上的不足，姓宋的女人经常眨着两只巴满绿色眼屎的近视眼，在柜台那一头向她的顾客小声介绍我的母亲："她的男人是个反革命。"

这样的话有时候传到我的母亲耳里，我的母亲自然不甘受辱，站在柜台的这一头对她喊道："你不要欺人太甚，你这个宋瞎子！"

她们两人好几次都吵成一团，姓段的书记和姓秦的经理明知姓宋的女人无理，却都因为政治立场的缘故不敢公然站在我的母亲一边，处理的方法是走过去对姓宋的女人说："你以后不许瞎说了！"然后又走过来对我的母亲说，"你以后听见了只当没听见。"

姓宋的女人也跟我们家一样，住在营业部后墙一间石板下的竹泥小屋里，我们在左，她家在右，中间一道带栓的两扇木门，门后是一块公用的空地，空地的两边打着两个土灶，那是我们两家各自的厨房。我们两家住的竹泥小屋都没有前门，每天我们上学放学必须经过营业部，在那一列"凹"字形柜台的活动门下钻出钻进，好像一窝天生羸弱而又训练有素的小狗。

我的母亲分管的这半边柜台，工作量比姓宋的女人分管的那半边要大得多，因为纺织百货和副食是生活用品，而五金电器和化工是生产用品。我的母亲从早到晚四肢不闲，常常夜里要睡觉了还有人拍门，说是谁个结婚要买香烟和糖果，甚至睡到半夜还有人在窗子外面大喊，说是哪里死了人要买鞭炮和电池，一听到喊声我的母亲就得立刻起床，穿上衣服，点上一盏煤油灯出去营业。为了防止门外的人是歹徒，我的保姆每次都以高度的警惕性起来陪护着她，直到她把那些东西卖给了人家，两人这才重新睡下。

我记得在当时的副食品中，裹着一层美丽外衣的水糖果是最突出的一个亮点，但是不管它怎样美丽，怎样诱人，我从来都不会去拿一块。即便是眼看着我的母亲在很远的地方正全神贯注地数着一沓钞票，我也不会去拿，我得坚决管住自己的嘴。我已经牢牢地记住了我是右派的儿子，知道那东西虽然好吃但却不是我们家的，如果引起我的母亲收支上的不平衡，后果一定不堪设想。我会突然想起此时远在天边的我的父亲，以及同学们曾经喊我的"小反革命"，于是我假装对这些食品不屑一顾的样子，从它们身边昂首阔步地跨了过去。

鉴于我的这种优秀品质，我的母亲骄傲而又自信，我的保姆更是敢于在人前大声地吹牛说："我的儿子是全世界最有志气的，不信你就是把东西喂到他的嘴里，他也会给你吐出来！"

我的保姆说这句话的时候，总是一眼接一眼地看柜台那头的姓宋的女人，意在攻击姓宋的女人又没志气又好吃贪嘴的儿子，一心要挑起战火，打击对方。可惜的是姓宋的女人因为眼睛近视而看不见她丰富的表情，倒是由于她说得次数多了，引起别人对她的看法，群众关系大受破坏，人家背地里给她取了个绰号，叫作"长了一张敞嘴巴的周建仙"，意思是她的一张嘴巴没有遮拦，信口开河，像是两扇敞开的大门一样。

守望双木桥

　　我就读的那所小学，是欧九老爷家的一幢青砖上顶的花屋，欧九老爷是当地数一数二的大地主，复姓欧阳，兄弟十个中他排行第九，新中国成立后，青砖上顶的花屋做了小学。在母亲上班的供销社和我读书的小学之间，有一条曲曲弯弯的泥路，还有一条把泥路裁成两截的河，河的上游，就是那个险些让我丧生的锅底滩。

　　二十世纪末，这条河上已经有一道模样有点儿像赵州桥的拱形石桥了，然而二十世纪五十年代的桥面却只是两根带着树皮的圆木，圆木的长度不及河的宽度，河中便又砌了一个石墩，石墩的那一头再搭两根同样的圆木。春秋的雨水使双木桥湿润滑溜，过往山民走在上面尚且步步为营，结了冰的冬天就更使行人如踩钢丝。每当夏天洪水来临，桥下的滚滚黄浪令人头晕目眩，两腿发颤，年年都有上学的孩子一不小心掉进河里，连人带书包冲到十几里外的回水湾处，有的打捞上来已经死了，有的则连死尸也捞不上来。

　　由于常有这类消息传到我的母亲耳里，担心和恐惧只有在星期天才会暂时离开我的母亲，平日一到放学的时辰还不见我们，我的母亲便不顾一切地把柜台托付给一个她所信赖的人，自己飞快地奔到桥头守望我们。我在短篇小说《我的三个小学班主任》里，曾经写到因为担任学习委员，天天要收齐所有同学的作业，不满七岁读小学二年级的我往往和迟交作业的同学一道，被班主任留到天黑也不准回家，害得我的母亲几乎天天跑到桥头，朝着学校的方向望眼欲穿。

那时候我就隐隐约约地懂得了同情我的母亲，担心她因为天黑掉在桥下，更可怕的是她还会掉进河里被大水冲走，有时竟在梦中出现这样的事。我决定不顾一切也要按时回家，那一天作业还没收齐我就去交给了班主任，却被班主任发现以后把我关在他的小屋子里，我人小嘴笨，不会说话，没有向他说明情况，只是一个劲儿地喊着要回家，挣扎之中，不小心脚上那双我的母亲不让我穿的皮鞋把他踢了。愤怒的班主任把我和我的父亲联系起来，进行了一通严厉的批评，有一句原话是："我希望你不要走你爸爸的道路！"这件事也是真的。

这篇小说发表在《北方文学》杂志上，引用某些评论家的话说，这应该是一篇非虚构的作品，是我所有小说中的一个另类。小说里除了我的三个小学班主任，还有关于我的母亲的描写，有一段是这样的：

> 每天放学以后，我的妈妈都会站在她的柜台后面。对着我们放学回家的那条小小黄泥路，那座两根树筒子搭起来的小桥望眼欲穿。她永远都是提心吊胆，在我们应该回家的时候不见我们回家，她就担心我们会掉进河里。有时候她不顾一切地奔出柜台，拉住一个放罢学从供销社的门口路过的小学生，详细地询问可曾在哪里看见了我们？小同学若是回答说，看见啦，还在教室里坐着收作业本子哪！我的妈妈她就会长长吐一口气出来，接着，又把那口气深深吸进去，神情是说，唉！有的时候，被拉住询问的小同学若是回答没有见着我们，妈妈竟敢冒下一切风险，将她的柜台托付给一个她觉得可靠的熟人，代她看住，她则飞快地奔到那座双木桥头，然后再奔到学校，直到亲眼见着我们姐弟两个还活在教室内外，方才放心……

我还应《教师博览》之约写过一篇散文，名叫《教书是一种多么危险而又多么幸运的事》，在这篇散文里我把上述事情又重提一遍，并且说出了那个班主任的名字。他叫李家柄，高个，黑脸，生于紧邻县城的水坪，被分配到偏僻南山的天宝蔡坝来教小学二年级，大概是心中有气无处发泄，就把它撒在学生身上，出身好的学生也不敢撒，只好临到我了。

那件事我一直没有告诉我的母亲，我的小姐姐知道了也没有告诉她，我们当时的岁数加起来也不到成年的标准，但我们这对右派的孩子几年来已被训练得心有灵犀，根本不用互相串通就本能地懂得，千万不要让我们的母亲知道。

二十多年以后，我们的班主任李老师才从南山调出县城，在青坪中学做了领导，他的手下有一位女老师是我当年一个也写小说的朋友的前妻，当他听她说了我此时的成绩和名气，高兴地说出了我们的师生关系。但他对一个不足七岁的孩子说过的那一句"希望你不要走你爸爸的道路"，早已经忘得光光的了。

后来我朋友的前妻说他病了，我沉默着。过不久说他的眼睛有一只坏了，我依然沉默，认为是上帝怨他当年不该用那只眼睛区别看待他的学生。又过不久说他死了，我的心里立刻难过起来，我甚至想起了他对我的好，他明知我是一个右派的孩子，他还让我当班干部，让我收作业，让我管贫下中农成分的同学，那原本是对我的器重和信任。

他只是不理解我对母亲的同情，当然我也不理解他为什么对我不能理解，我七岁，他该有二十七岁吧。

一刀劈成两半的家

上了中学以后，我的母亲经常给我们写信，我们也经常给母亲写信。教给我们书信这种应用文的启蒙老师，不是我的母亲更不是我的父亲，而是我的保姆。还在我上小学的时候，我的保姆就以口述的方式教我如何给我的父亲写信了，那时候我的父亲正在襄北农场劳动改造，收到儿子的来信应该是他当天的一件喜事。我的保姆样子就像我童年想象中的孔夫子，以极其庄严的神态坐在我们的身边，千篇一律地指导着我们从"敬爱的爸爸冒号"，一直写到"此致敬礼儿子某某年月日不打句号"。

我的保姆绝不认为她的文化水平低于我的母亲，她甚至认为她对京剧、历史以及医学上的知识超过了我的父亲，这一切都是出自她从国民党军官并且精通中医的丈夫身上得到的熏陶，我的伯父离家时留下了大量藏书，譬如说《资治通鉴》《太平御览》以及医家必读的《金匮要略》等等。我的保姆的眼睛和姓宋的女人正好相反，她是一个远视眼，在夜晚的煤油灯下她的鼻梁上经常架着一副老花眼镜，双手把一本书平举在三尺开外，嘴里喃喃地给我们念着里面的故事。

在我的父亲身边我读完了小学，并且考取了全县最好的县城第一中学，这所中学的前身是我的父亲曾经因为违反校规受到处罚，又因棒打校长再被开除的黉学。可是我命里不能做我的父亲校友，县城一中每月的生活费是八块钱，我的姐姐上的是南山的丰溪三中，每月只要五块钱，我若是照姐姐的例子吃三块钱的助学金，每月只花两块钱就可以了，于是我的母亲就动员我从一中转到三中去读书。为了每月只花两块钱,我得付出每个学期穿着磨脚的草鞋,来回步行二百四十里山路的代价。

这趟山路比我不到四岁那年坐在凌受森舅舅的箩筐里,从县城到天宝的山路还要险要,人烟还要稀少,恶狗还要扑咬。在一次放了暑假回家的路上,几个一道的同学身上热得难受约我下河洗澡,害我第二次险些淹死在一道深水滩里,我那曾经"三把抢过河"的一点儿可怜的游泳技术,终于对付不了比三丈更宽的河面。这次是比我高一年级的一个名叫李家义的同学搭救了我,事情发生学校和我家的两地之间,我的母亲同样不会知道。

我的保姆直到我的妹妹也长到四岁的时候,才离开我们回到城关,在东门街紧靠城门洞子的一家姓李的房东手里租了两间木板房子住下。由于长期跟着我们住在南山,粮油户口迁回城关时大费周折,让她不知流了多少眼泪。那一年,我的父亲从襄北农场右派集中营里改造完毕,被遣回原籍继续改造,虚肿的身子上面顶着一颗剃光的头,重新出现在我的母亲眼前。这次团聚之后,我们家里的体制有了一项重大的改革,我的母亲作出决定,让我的父亲带走一个儿子,回到我们的祖籍之地,建立一个由父子二人组成的半边家庭,作好以后长期务农的思想准备。到了老家,我转学在一所新中国成立后我的大伯曾任第一届校长的三合小学读四年级,从此跟我的父亲朝夕相处,相依为命。

又过了一年,我的母亲又派我的弟弟出山,加盟了我的父亲和我的队伍,也转学到老家的三合小学读书。我们家开始出现一父二子和一母二女天各一方的分割格局。我们都没有忘记曾经与我们患难与共的保姆,中峰和天宝两地相比,中峰离县城要近得多,因此我差不多每个星期日都要步行三十里路,去看望县城东门街上我的保姆,在我的保姆家吃一顿饭,临走时我的保姆总会给我三毛五毛的零用钱,让我回家路过西关街时,买两个水煎包子或者羊肉火烧"锻嘴儿"。我的保姆说的锻嘴儿不是正式吃饭,而是在未必饥饿的时候锻炼锻炼自己的嘴,也就是没事时嚼巴嚼巴的意思。但是每次拿到这笔巨款,我都擅自作主挪作他用,转眼就跑进位于县城十字街的新华书店,买成我所喜欢的书。

由于严重的营养不良,我们兄弟二人都长得过于苗条,尤其是我的弟弟瘦得两扇排骨历历可数。这一年他得了麻疹,浑身烧得滚烫,皮肤上面长满红色的颗粒。我的父亲看见他的小儿子热得难受，就拿一把蒲扇使劲儿地给他扇风，又把他背到外面去乘凉，让他高高地骑在背上，自己则像一匹战马在田野上面纵情奔跑。这情形幸好被我经验丰富的大嬷嬷一眼发现，她站在门口放声大喊，说是小儿"出肤子"吹不得风，就这样不死人也要烂成满脸的大麻子！吓得我的父亲背着我的弟弟转身就逃，逃回屋里关紧门窗，捂紧被子任他出汗。

我的弟弟福大命大，人也没死，脸也没麻。但他不久又得了肺结核，人瘦得像只猴子。

二十世纪中叶，肺结核几近于今天的早期肺癌，我为我的弟弟得下如此重病感到担忧，从此每个星期天再进城去，我就要带上我的弟弟，首先到县城医院给他照了透视，买了西药，再去东门街去看望我的保姆，然后又步行三十里路回到我的父亲身边。有一次，拿着我的保姆给我的钱，我在小十字的新华书店买了一本《用革命意志战胜疾病》，我记得那本书的封面是红颜色的，大概是一角多钱，我鼓励我的弟弟乐观坚定，要像打败麻疹一样打败万恶的肺结核。苍天保佑，不久医院里有了一种西方研制出来的名叫雷米丰的新药，在世界范围内打破了肺结核不可治愈的神话。我的弟弟每日口服的药被调整为雷米丰、青霉素和黄连素，三种药连着吃了一年，我再带他去医院透视，肺部的阴影已出现了钙化。

那一年我只有十岁，读五年级，我的弟弟七岁，读一年级。

当我小学毕业上了初中，每月的伙食费只花两块钱的时候，听说我的保姆被一个骗子一下子骗走了两百块钱，骗子直到一年以后才被抓住。想不到事情竟与我家有关，一个自称是刘同志的年轻人，有一天来到城关我的保姆家里，对她说自己刚从南山我的母亲那里出来，我的母亲托他务必要来看她一眼，并且还说自从她走以后，我们一家人的日子过得更不如以前了。我的保姆听到这里眼泪又滚了出来，当即从枕头下面翻出一个存款折子，去银行里取了两百块钱交给刘同志，要他回南山时带给我的母亲，至于刘同志叫作什么名字，住在什么地方，干的什么工作，她一概都没有过问，她只认定他是我的母亲托来的人，这就行了。

五十多年前的两百块钱，相当于我的母亲半年工资，相当于我的保姆一年保姆费，不知道相当于现在多少，那是我的保姆省吃俭用存下的全部流动资金。

刘同志走了，一去再不回头。我的保姆只字没向我的母亲问起这件事情，她认为这都是她应该做的。一年多的时间过去，公安局突然来人把她传去，指着一个戴手铐的年轻人问她认不认识，我的保姆一眼认出是刘同志，刘同志两腿一弯跪在了她的面前，说是去年那两百块钱他没有交给我的母亲，我的母亲也没有托他来向她诉苦。我的保姆咬着牙，朝着刘同志走了几步，刘同志说："大嫂你打我两个耳巴子吧！"

我的保姆把手举了起来，又放了下去。公安局的人说，钱他已经退不出来了，你把他的这只手表捋去。刘同志的左腕子上戴着一只手表，我的保姆把手伸了过去，又缩了回来。望着这个马上就要判刑的人，她的眼里又开始流泪，喉咙一哽一哽地说："我实在是捋不下心，算了吧，从今往后，你可不能再做这种伤天害理的事了！"

1966年，学校停课，英姿飒爽的红卫兵小将穿着军装，戴着袖章，举着战旗，全国各地到处串联。我在丰溪三中无课可上，于是转回我原本考取的县城一中，以为这里还能读书。一中的校址在东门街的钟楼鼓外，与我的保姆租住之处同一条街，不料一中的形势比三中更甚。

我的保姆害怕我也卷入革命，被对立派打死，坚决不许我出门，逼我躲在她的家里看书，白天不吃学校的伙食，夜晚不住学校的宿舍。这一年她的独生儿子，我的润波哥哥，在多年的颠沛流离之中已经成年，正和一个姓余的姑娘谈着恋爱。余姑娘是本县水坪区人，看中了我的润波哥哥家优越的城市户口和不多的家庭成员，但她连续几次上门，发现家里的人口比她听说的多了一个，问我是谁，我的保姆回答说也是她的儿子。余姑娘觉得母子二人过去隐瞒人口，欺骗了她，一气之下甩手而去，致使我的润波哥哥以后娶了同城的陈姑娘。

父子恩怨

　　我初中毕业回到老家，陪着我的右派父亲一起劳动的时候，管我们的是一个姓凌的大队书记。凌书记有一个十七岁的女儿，小名叫翠兰子，长得好漂亮，大眼睛，双眼皮，头发乌黑，辫子粗又长，远近提媒的人踏破了门槛，翠兰子一个都不嫁，书记和老伴儿也一个都不应，部队当兵的哥哥同样主张妹妹找个人才出众的夫君。有一天，父亲又受邀去给军人儿子写信，吃喝已毕，信也写了，书记就提起自己的女儿，接着又提起我，我的父亲听懂了，这天晚上吃得酒足饭饱，想到书记多年来对他的破例关照，一时百感交集，两人就当着翠兰子面，毅然订了亲家。

　　这件事很快就传开了，而我本人并不知晓，当我的右派父亲回家试探着征求我意见的时候，我表现出的激烈态度把他吓了一跳，他立刻知道他完蛋了，他无法向他的恩人一家交代，他捂着脸小声地哭了起来。他的哭声并没有感化我，我仍以钢铁般的意志进行抵抗，他见软的不行又来硬的，擦干眼泪暴跳如雷，逼问我人家如花似玉的书记女儿哪点配不上我这个狗崽子！不料我比他还硬，我站起身来回答他说，你要报恩你报恩，你不能用我去报恩！我说，你要是再胆敢逼我，我现在就离家出走，永不回来！

　　我可怜的父亲终于沉默了，最后他早早地倒在床上睡了过去，天知道他到底睡着没有，第二天我发现他的枕头湿漉漉的。我的心里软了一下，可是马上又硬了起来，嘱咐自己决不能心软。我以为他会像老将廉颇一样，到他的恩人家去负荆请罪，但他没有，一连好几天他都没有。他一定是觉得这话说不出口，自己也就没脸去见他们，死猪不怕开水烫，他已经横下一条心，准备接受书记对他的惩罚了。

书记是个地地道道的好人，老伴儿也是，冰雪聪明的翠兰子更是个好姑娘，他们从我的父亲接连几天避而不见意识到了事情的结果，但是他们一家对他关照如旧。不久后的一次五类分子批斗会上，我的父亲照样没有低头站在台上，贫下中农们照样称他为彭先生。又过不久，书记被上面宣布撤职。

撤职后的书记精神彻底垮了，第二年就生病去世。那一天我的父亲极其小心地望着我，提出要带我去参加葬礼，想不到这回我竟然答应了。不过事到临头他又改变了主意，改为他独自一人去送的葬。这天深夜他才回家，我发现他两只红肿的眼睛成了细缝，一张脸都变形了。

不久书记老伴儿又去世了。翠兰子家发生了巨大的变化，她在部队当兵的哥哥复员回家，去县城水泥厂做了工人，恰好娶的是我的四叔家女儿，按理我应随我堂弟叫他姐夫。他的心里明明白白知道妹妹跟我的事，却装作从不知道，对我客气友好，就像他的父亲对我的父亲。十八岁的翠兰子不能再等，匆匆嫁了一个几十里外的农民，她几乎没做什么挑选，出嫁的那天吹吹打打，有八抬嫁妆跟在她的身后。这在当地是最高的规格，很多人都眼红她的女婿有福，说他捡了个面红薯，捡面红薯是老家民间的俗话，用了比喻和象征的艺术手法，因为又甜又面的红薯是最好吃的，意思是那人捡了个大便宜。

我心怀了大的愧疚，觉得这辈子欠了他们，也欠了我的父亲。同时我又觉得，若是不然我会欠我自己，而且更多，我将同样愧疚终生。

在以后的日子里，我的父亲仍一如既往地和他家剩下的成员保持亲近，双方像从来没有过这样一件遗憾的事，直到一九七八年的冬天。这年冬天，全国的右派分子平反昭雪，恢复公职，因为他是极右，即右派中的右派，也就成了当地第一批落实政策的人。此时他已经五十岁了，五十而知天命，他知道他就要结束二十年前的右派生涯而回从前，不禁百感交集，老泪纵横，竟然舍不得离开老家那些有情于他的乡亲，尤其是有恩于他的凌书记家。

在我的父亲恢复工作的第三个月，我也有了工作，不知是命中注定，还是偶有巧合，我的工作竟然是在我的父亲曾经担任行长的那家银行担任信贷员。自从通过斗争，享有拒绝和选择的自由之后，我们父子之间的关系已渐渐和好如初，闲暇时候我想，如果他还是行长，我是他的手下，他不会再把他另一个同为手下的恩人女儿，强行地许配给我了。

读书记

　　读中学时我是住校生，同室住的都是红卫兵造反派，我的父亲是个右派，在这方面我就本能地要更小心一些。事实上我曾经和一位挨斗的右派老师一道，被写进过大字报的，因为这位老师公然欣赏我的语文成绩，并且公然把我和一些出身好的同学去做对比，这就被人记住了。

　　很多书我都是在上小学时读的，开始自然是看连环画。《三国演义》我买全了，总共是六十本，还有《水浒传》《西游记》《说岳全传》《杨家将》等等，也是几十本地买了来看，看了就整整齐齐地收藏起来。我不愿意把书借给别人，也不喜欢和人交换，害怕把书弄脏了，弄破了，宁可都自己花钱买，这些钱多数是我的保姆给我的过早钱。老家人说的过早，就是北京人说的吃早餐。

　　有一次，父亲给我理发的钱我拿去买书了，回家不好交代，就自己用剪子在头上整了一通，像狗啃了似的，前后一两个星期在学校里抬不起头来。幸亏我的右派父亲是个马虎之人，这事他可能到现在都不知道。看了几年连环画，后来觉得不过瘾了，就开始读一些大本头，读《封神演义》《隋唐演义》《三侠五义》《说唐》，读《三国演义》《水浒传》《西游记》的原著。

　　我喜欢《西游记》里的那些诗词，如"怎见得？有诗为证"下面那些字数相等、排列相似、声韵相同的短句，读到这里就用钢笔把它们抄在一个本子上。《水浒传》我读得可谓认真，书中的一些故事情节，甚至段落都被我记得滚瓜烂熟。我的右派父亲晚上给老家院子里的孩子们讲书，讲到武松杀嫂的那段，一句"只见他手起刀落"音还没落，我坐在一边不动声色地纠正道："还没有呢，他还有几句话没有说呢！"然后我把那段话说了出来，我的父亲便很不好意思地又推倒重来。

那时候我并不懂得什么是四大名著，觉得《说唐》比《红楼梦》要好看得多，后者里面都是些小姐丫鬟，成天跟在一个脖子上挂石头的公子屁股后头转，一时哭一时笑的，没有意思，哪里赶得上手舞双锤天下无敌的隋唐第一条好汉李元霸呢？以后我倒是读了两本讽刺小说，《儒林外史》和《官场现形记》，还有《镜花缘》和《绿牡丹》之类的才子言情书。《东周列国志》我读不懂，《聊斋》我也半懂不懂，又特别想读，逼急了就去读白话文。

接触现代小说是在小学快毕业的那一年多时间里，那年头国内流行的革命现实主义长篇小说有《红岩》《红日》《红旗谱》《播火记》《青春之歌》《烈火金刚》《林海雪原》《野火春风斗古城》《战斗的青春》《铁道游击队》《山乡风云录》《晋阳秋》《小城春秋》《苦菜花》《迎春花》等等，差不多我都读了。

我的母亲知道我喜欢读书之后，有一次托人给我带了一个大纸箱子出来，打开一看，里面全都是书，这真把我高兴坏了。我不知道这么多的书是我的母亲从哪里弄来的，它们一下子把我的藏书丰富到了百册以上，我拿着这些书和人交换，以后看的就更多了。如今回忆起来，我还有一个大的书源，我的二姨家的书比我还多，我的姨夫有一个么弟是书迷，二姨就暗中把他的书带给我看，嘱咐我不要丢了，也不要弄破弄脏，弄卷了书角，以免被他发现，下次带不成了。我严格遵照执行二姨的指示，每一本看过的书就像没有看过一样。

我读小说的速度十分惊人，一天一夜就能读完一本，晚上趴在煤油罩子灯下读，通宵不打瞌睡，真的叫如饥似渴。有好几次，头发都被油灯苗子给燎了，第二天头上黑一绺黄一绺的，燎过的黄头发尖上每根都有一个小糊球球，梳子一碰就掉了下来。

当时我最爱读的要数欧阳山的"一代风流"，这也是我的二姨带给我的，我读了第一卷《三家巷》，接着又读第二卷《苦斗》。除了喜欢那个傻乎乎的周炳，喜欢爱上他的区桃和胡柳，还喜欢那个也爱上他的资产阶级小姐陈文婷，觉得他应该把她们三个全都娶到手里才好，真是莫名其妙，毫无原则性可言。这三部曲我一连读了好几遍，超过读巴金的《家》《春》《秋》，后者同样来自于我的二姨。

上小学时我读的外国小说基本上是苏联卫国战争时期的，《钢铁是怎样炼成的》《暴风雨所诞生的》《普通一兵》《海鸥》《毁灭》，还有高尔基的《母亲》等等一些作品。《钢铁是怎样炼成的》中有一些句子我至今还背得，不仅那段关于生命的著名独白，还有一些是保尔和冬尼娅之间的描写，比方说保尔对冬尼娅说的一句话：等你长大了，我就做你的好丈夫。我喜欢冬尼娅这个资产阶级的漂亮小姐，尽管后来做她丈夫的不是保尔而是一个有钱的商人，我也经常为她曾经爱过保尔而感动着，甚至因此而睡不着觉，好像我就是保尔·柯察金。

上了初中以后，我读的书反而不如小学时多了，我说的是在1966年以前的短短的一年里。但我开始接触苏联以外国家的作家作品，印象最深的是伏尼契的《牛虻》，那个无比崇拜他的生父蒙泰尼里主教的童年的亚瑟，长大后却无限矛盾和痛苦地与其进行斗争，二十四枪都没打死令刽子手浑身发抖的列瓦雷士，还有他一生中两次失去的女友琼玛，我为他们感动得泪流满面。这本书我读了一遍又一遍，直到今天我还顽固地认为它是世界上最好的小说。

还有《斯巴达克斯》《十字军骑士》《奇婚记》《黑奴吁天录》等等。灵魂受到大的震动的是读《海狼》，那是一本没有封皮首尾不全的书，很多年后我才得知它的作者就是大名鼎鼎的杰克·伦敦，紧接着我又读了他的《野性的呼唤》(另一译名为《荒野的呼唤》)，这时候我开始认识到，什么是世界名著。

大约在初中二年级的时候，我忘了从哪里弄来一本撕了封皮的《醒世恒言》，看得我脸红心跳，大吃一惊，觉得世上怎么还有这样的书。有一段时间没有文学书读了，就读《宇宙之谜》，还读医书，印象很深刻的是一本药书叫《药性歌括三百味》，当时我已经能够背诵其中的许多中药性能了，什么"人参味甘，大补元气"之类，曾经产生了长大要当一名中医的理想，开方治病，悬壶济人。还有一本把几百味中草药作为主人公的名字，以它们的药性分为正反两个阵营，串起来进行演义的书叫《草木春秋》，让我真正大开了一回眼界。直到现在我还想再读一遍，可惜再也找不到了。

初中一年级时发生了一件事令我永生难忘，带我们地理课的老师从班主任那里知道了我喜欢读书，有一次上课给我们讲到我国的东三省时，他居然向我推荐一本名叫《逐鹿中原》的长篇小说，要我一定从图书馆里借来读读，书中有个日本将领号称名将之花，精通中文，可以写格律严谨的中国诗词，后来在中原一战兵败自杀。

我听他的话把这本书借来读了，可是我不该在同学中议论本书的推荐人地理老师，说他长得像那位剖腹的矮个子日本名将，他听说后当时就气哭了。这位老师在"文革"中成了造反派的一个头目，在一次研制自制的手榴弹时，不小心炸断了一只胳膊。我一直觉得自己少不更事，这辈子欠了这位破例让我读文学书的地理老师。

买书记

　　从小到大，以至到老，我最愿意自动钻进去的建筑物，第一是书店，第二我还没有确定，有可能是电影院、剧院、邮政局，反正不会是饭馆和酒店。我永远记得，在我读小学四年级的时候，用父亲给我理发的一角七分钱，到小镇上的一个书店里买了第一本书，那本书的名字叫《海瑞》，当然是一本连环画。这个书店的紧隔壁就是理发店，那时候我们把理发店叫剃头铺，把理发师叫剃头匠。剃头铺里有一个名叫李德仁的老剃头匠，带了两个徒弟，我们把他们叫小剃头匠。我是从来不让小剃头匠理发的，因为我蓄的是一边倒的学生头，我怕只剃光头的小剃头匠给我理坏了。

　　把理发的一角七分钱买成书了以后，回家我不好交差，就找出一把剪子，对着镜子自己给自己理了一个，理得七长八短，有几处连白头皮都露将出来。好在一向马虎的父亲没有发现，如同没有发现我买的书。倒是被我大伯的妻子，我叫大妈嬷的看出了问题，点名道姓地大骂老剃头匠道："挨刀死的李德仁，给娃子脑壳剃得像狗啃的一样！"

　　从此，我与书店结下良缘。那时候我跟回乡劳动的右派父亲住在一起，往上走五里就是那个有书店和理发店的小镇，往下走三十里是县城，从小带过我的保姆离开我家就回到这个县城了，那是她的娘家所在。我经常在星期天去县城里看望保姆，清早去中午回，每次她都会给我一笔钱让我买吃的东西，如油条、火烧馍、芝麻饼、水煎包子之类，她给我的钱从两角到五角不等，最多时可达一元。这些钱全都被我买成了书，县城里的书店比小镇上的书店要大得多，里面的书也多得多，它坐落在一条名叫小十字的街道上，我可以饿着肚子在里面看上半天，先就那些买不起的看，看到最后决定要离开了，再量体裁衣地选上一至数本，把这两角到一元钱花个精光为止。

我的藏书迅速地丰富起来，足足装满两个抽屉，还码一些在桌面上。把买吃的钱买书与把理发的钱买书，其结果是不相同的，连明察秋毫的大妈嬷都看不出来，她无法检查我的腹部，只是不明白我的书为什么越来越多。我的购书款的另一个来源，是我把冬天上学带的烘笼里的木炭卖给同学，以此得钱。烘笼是一种外面套着一个篾篓，里面装着一只瓦盆的取暖设备，瓦盆里垫一层炭，点燃的木炭架在灰上，篾篓的上方有一道提梁，手就提着那道提梁轮流烘烤。如想两手同时取暖，那得把它抱在怀里，不过那样容易从怀中脱落，掉在地上就打碎烤不成了，真正叫作灰飞烟灭。我采取的办法是上学前在烘笼里装足了木炭，到校有同学买我就卖给他，自己不烤火也罢，只要有书看，心头之暖强似烤火。

县城里的书店很不规矩，有时说不开门就不开门，门上也不贴出告示。曾经有很多次，我去保姆那里拿到买吃的钱后直奔书店，发现没有开门我就在外面等，以为过一会儿就有人来从里面打开。隔着一层玻璃我清楚地看见一些人在里面走来走去，还看见一些上次没有的新书，甚至我能根据书的厚薄估计出它的定价，已经决定要买它了。但是，往往等上一堂课的时间也没有开门的迹象，回头再看身边，竟无一个像我这样想要进去的人。于是我就开始恐慌，走到书店旁边一个百货店去打听，卖百货的黄老头儿说，今天盘存，不开门了！

即便我吃够了书店的亏，我还是记着第一次走进书店的激动，忘不掉一次又一次书店给我制造的喜悦和希望，我原谅了它的过错，仍然一如既往地热爱着它。当我后来有了工作，哪怕月薪才三十元，我也财大气粗，至少要在县城书店花去一半。这时候的县城书店已经从小十字街搬迁到大十字街，规模也随着街道增大，遗憾的却是我不能赖在里面看半天书了，我要上班，为了不让书店有数的好书误落他人之手，我让售书员加入我的朋友队伍，以便来了新书就通知我，钱不够时给我留着。

再后来我到市里，到省城，到京都，每到一个新地，都会首先打听一个最大的书店，一个最好的书店，一个最近的书店，然后确定前往的路线和车辆。因公在外，出差，开会，采风，旅游，明知当地的书店不会超过京城的同业，也都必去拜谒，买得少就随身带回，买得多就打包邮寄。

出于对书店的痴迷，二十世纪最后一年，我自己还开过一个书店，赐名国风，店址选在北京西城区百万庄大街，距我单位三百多米的地段。与其说是从事经营，不如说是进行试验，当时我以出版社编辑部主任的身份，承包了本社中文图书的出版，我的崭新理念是用自己出版的书，码洋兑换国内同业的书，以另种形式扩大本版图书的发行，店员的工资从销售利润中支出，多的就发奖金。这次试验进行不到一年就失败了，因为刨除房租、电费、税款、工资以及其他，全部收入是一个五位的负数。

二十一世纪到来的一天，忽然我从报上看到，北京的书店纷纷倒闭，连席殊书屋、思考乐书、风入松茶座、第三极书局这样的名店也都一个接一个地关张停业。我很惊讶，并且困惑，同时怀疑，但愿这是记者的误会，于是带着纠正的理想出去考察，居然发现这是真的。

这些书店曾经风流一时的旧址，有的成了餐馆，有的成了水果铺，有的挂起了T恤和牛仔裤。细究原因，得知都是民营书店，房租太高，书价又贵，左有免交房租国营书店的挤压，右有大打其折网络书店的抢占，它们的出路越来越窄，终于只剩一线天了。

我把百思不解和万千感慨化作悲哀，悼念我这昔日的恋人。正在此时，天津作家吕舒怀从网上发来一封邮件，替他在一家报纸任特约记者的千金约我写一篇如何看待这种现象的时论，不由正中我的下怀，于是有了以上的回忆，并且又有了以下的短文。星晔小姐收到稿子微喜，为没见面的野莽叔叔加了一个唯美的标题，叫《怀念老书店像温柔的恋人》，发表在《假日一百天》的"人文专栏"头题，文本如下：

> 民营书局的倒闭，是一个令人难过的事件。这似乎是中国城市大量民营书店面临集体崩溃的信号和先声。它既没有新旧交替时期国家仍在继续扶持的大型国营书店的资金优势，又无法抵抗二十一世纪以来已成时尚的网络购书的形式冲击，因此，谁也没有回天之术，挽民营书厦之将倾，看起来是时无英雄，气数已绝。

但我认为也不尽然。在一定的时间内，在一定的区域中，在一代"遗民"书生的支持下，小型民营书店苟延残喘，甚至风景这边独好的可能性还是有的。这完全得看它自己在不公平的竞争夹缝中生存和发展的能力，比方说，它对读者需求的敏感，图书信息的通畅，新品补充的迅捷，等等。

相比国营大店的巨轮，它是游人快速乘达的轻舟，相比网络购书的空穴，它是可容读者暂栖的小巢。我称的遗民书生一族，是指二十世纪六十年代中叶的小书迷，七十年代末和八十年代初的图书暴购户，我们这一代人与书店的恩爱有如恋人。我至今还怀念着那些曾经的书店遗址，至今还保持着一头钻进书店几个小时也拔不出来的美好回忆，除非解燃眉之急，至今仍不习惯省时省钱的网上购书。

我喜欢在书店里摸书的感觉，翻书的声音，选书的犹豫，抱着一摞书往柜台上一码的冲天豪情。

记暑假里的一件事

　　真正的初中我只读了一年，印象中作文做得不多，我们的语文老师擅长古文，作文课他总让我们把一篇古文改写成现代散文，类似于古文今译。当然每次都是我译得最好。

　　我倒是死死地记得读小学四年级时写的一篇作文，题目是《记暑假里的一件事》，我写的是我们老家的一个亲戚，红脸大汉，绰号叫猛张飞，按辈分应该是我的远房外爷。他奉命为生产队看守地里即将收割的庄稼，这项工作的专业术语叫作"看境"，防止老鼠啃吃地下的红薯，也防止有人偷掰地上的玉米。有一次真的就有人来偷了，猛张飞从埋伏的玉米地里纵身而起，扑过去抓住了那个偷玉米贼，一看却是他的侄儿。

　　我在这篇作文里故弄玄虚，大打出手，用了一个"说时迟，那时快"，这个词是学《水浒传》里的，又用了一个"怒发冲冠"，这个词是学《说岳全传》里的。其实猛张飞为了动作迅速，便于穿行，"看境"从来不戴草帽，他是个光脑壳，在太阳下晒得又红又亮，往下滴油。语文老师高兴极了，破例用红笔给我打了双圈。

　　那时候作文写得好打一个圈，写得不好打一个叉，不好不坏的就什么也不打，只在下面写上一段批语。他给我写的那段批语原话我已记不起来，三十多年了，得意而忘言，只记得评价高得很，让全班的同学无限崇拜，特别是女同学。

　　有些同学不服气，攻击我说我的作文是我父亲帮我写的，因为他们道听途说我父亲过去是有名的大笔杆子。其实我父亲根本就不懂文学，他过去写的是调查报告、工作总结、讲话材料之类，再说他都当了那么多年的右派，锄头把将手掌磨出了寸把厚的茧子，连小笔杆子都捏不住了，还怎么帮我写作文呢？我父亲读的书和我不同，他读的是《联共（布）党史简明教程》《政治经济学》《斯大林全集》。这些书在他被打成右派后还保存了一段时间，后来就不知所去。

从小就喜欢读书的孩子占的便宜简直是太大了，十三四岁、十五六岁的少年，脑子又空，容量又大，记性又好，就好像是刚买的一台电脑，硬盘里什么也没有存。就是存也存得不多，读的书全部都装进去了，要装多少就装多少，一个文件一个文件的，也不会和别的文件互串。将来长大了，想当作家了，要写文章了，叫一下调出来用就是，古今中外，引经据典，什么都有，什么都熟，简直是一个肉体的图书馆，作家一当就不寻常，就是学者化的大作家。

大学以后就再也没有这样好的条件，要忙着找工作，忙着谈恋爱，工作有了还要拼命干，爱人有了还得生孩子，时间再也不够用了。同样还是这一台电脑，里面的文件却一下子多得要命，你中有我，我中有你，完全是意识流的，有时记着是存进去了，第二天一打开，却连影子也没有了。

古往今来真正的好作家，无一不是先读了很多书后，才想起自己也来写一写的，是读足了书才来写作，而不是要写作了才去读书。等着立志要做作家之后，再去苦读十年寒窗，这几乎是不可能的，巴尔扎克的老爹也只答应供应他儿子两年的伙食费。

所以古人说，临渊羡鱼，不如退而结网，少壮努力，方免才尽之悲。这是说少年阅读的好处。我本人是这方面的直接受益者，许多古典名著名篇都是在那时候读的，这省去了我从事写作后的大量时间和精力，因为对于一个作家来说，这些作品是应读甚至必读的。当今文坛风行一些不读书的作家，他们的创作心得是读得越多，写得越少，读得越少，写得越多。

此言若是幽默调侃，可谓这是歪才、怪才、奇才、天才，但要属实话，就是假冒伪劣之骗才了，老实如吾辈者是做不来的。吾辈愚笨，吾辈平凡，吾辈认为不读他人之好书者，岂有资格著劣书与他人读之？

我最崇拜的人物永远是鲁迅先生，年轻的时候只管漂洋过海，饱读诗书，钞考碑帖，笑傲江湖，躲进小楼，不知春秋。时间一到，噗嗤一下，一鸣惊人的《狂人日记》就出来了。

学木匠的故事

在我刚满十五岁，也就是我初中毕业的那年冬天，我的母亲从南山里托人带信出来，要我到她那里去一趟，说是有件事情想跟我商量。我感觉她要跟我商量的肯定是件好事，立刻坐车去了。下车走到我的母亲单位供销社时天还没黑，我看见她正在柜台里忙着售货，我悄悄地站在顾客背后，一直等着他们全都买完了东西，这才喊了声"妈"。我的母亲一下睁大了眼睛，惊喜地把我看着，见我头上脸上都是灰扑扑的，要我快进屋去洗一个脸，等她下班上好了铺门板，晚上再跟我商量那件事情。

吃罢晚饭，到了晚上，我的母亲才小心地问我，你愿不愿意学木匠？我愣了一下，想不到她想跟我商量的是这件事，我还以为有别的什么好事在等着我呢，但我很快就镇静下来，回答她说我愿意学木匠。我看见我的母亲眼睛里一下子光彩焕然起来，刚才她的小心原来是害怕我不愿意，害怕我不仅不愿意而且还要生她的气，不料我只愣一下就答应了。我的母亲真是高兴极了，她是总算为儿子找到了一个工作而高兴，这时她才告诉我这件事情的起缘，说最近来了一个四川木匠给供销社做活儿，她已经试着对四川木匠说了，说她有个儿子很聪明的，问他能不能收下做个徒弟？四川木匠一口答应她说："你的娃儿嘟格儿还有不行的？你让他来就是嘛！"听四川木匠这么一说，她就托人带信让我来了。

我的母亲得意地回忆着我小的时候，用香烟和火柴盒在货架上不断码出新的建筑图案，用木匠锯剩的木板和木条钉成板凳，让她坐在上面洗衣服的事，说她之所以想到让我学木匠，就是觉得我有这方面的爱好。同时我的祖父就是一个好木匠，父亲这一代兄弟四个都断了这门手艺，到我这一代总得有人捡起来吧。说话里含有一种惋惜，意思是说，如果父亲当初也学木匠的话，他就不会被打成右派了。

我想的确也是这样，木匠也会关心左右，但那是木头上的位置，他们手里端着一个墨斗盒子，睁一只眼，闭一只眼，只管在木头上吊着墨线，谋划着怎样才能中规中矩。

这天晚上我们家里喜气洋洋，我的弟弟偷听了我们的谈话，笑着直喊我彭木匠。我的姐姐和妹妹也都高兴，祝贺我明天就要参加工作了。参与这件事情的还有一个重要人物，这时候我的保姆已经离开我们家了，她丈夫的妹妹还经常来家看望我们，同是小城平民的"娘儿"，当年跟随丈夫一道迁进南山，夫妻俩经营着一个代销店。我一直随着我的润波哥哥，把他的姑母叫"娘儿"，这个字念平音，老家话里就是姑母的意思。我的"娘儿"也坚决地支持我学木匠，而且希望我能成为一个好木匠，说有一个姓王的木匠给他们代销店做活儿，手艺很臭，有人就在背后用谚语来挖苦他，说是"王木匠做粪桶——冒屎（冒失）"。她要我将来争一口气，别让人说彭木匠做粪桶冒屎，这句话又让我的弟弟听在耳里，笑得要在地上打滚。

第二天，我的母亲带我去见那个四川木匠，准备举行拜师仪式。四川木匠见了我赞不绝口，说我真是一个好娃儿，但是话锋一转，他说他不打算带徒弟了，一个四海为家吃手艺饭的人，带徒弟只怕耽误了娃儿的前程，而且一副木匠担子好重，害怕我挑不动。他接着问我"不读书了噻"？我说全国都不让读了，他接着又问我"不去学个医噻"？我的脸就一下红了，我的母亲也大感意外，不明白四川木匠答应得好好的事，为什么会突然变卦。

我们母子二人悻悻地回到家里，发现我的"娘儿"正在家里等着我们，一见我就问道，师傅不带你了吧？我的母亲问她怎么知道，我的"娘儿"说，连我都晓得了，只有你还蒙在鼓里，有人在这木匠面前点烂眼药，说他爸爸过去是这里的区长，现在成了右派，带他做徒弟恐怕在这里站不住脚，木匠就不敢带他做徒弟了。

"点烂眼药"是南山里的土语，意思是不怀好心从中破坏，我那城里来的"娘儿"也学会了说这句话。这下我的母亲方才明白，顿时无语，她用惭愧的眼光望着我，觉得害我木匠没有学成白跑了一趟，实在有些对不起我。但是我说，学不成木匠就不学了，我回去修水库吧！

在我接到我的母亲通知之前，听说离家二十里的龙坝区要修一座水库，指挥部将在全县调集人马，清一色要年轻力壮的人，那时我就在打探消息，跃跃欲试。现在既然学不成木匠，正好我就修水库去，我已经十五岁了，得像一个成年的农民一样去挣工分，自食其力，不能再让我的母亲用她那点儿可怜的工资养活我了。

那次重返家园以后，我真的去了龙坝水库，在那里干了一冬一春。由于是干最重也最危险的工种，用一辆木板做成的箱车装满黄土，沿着陡峭的小路拉到拦水大坝，我比壮劳力挣的工分还多，算成分值，不仅够自己吃饭，还能多出一些粮食和钱。我的父亲留在队上从事农田生产，我们父子二人的工分加在一起，年底居然成了余粮户。

水库上每天都有人员伤亡，而我却机智非凡，安然无恙。我为此感到自豪，每到月末，晚上收工以后，我就坐在垫着稻草的地铺上给我的母亲写信，把我在这里的艰苦生活描写得像诗一样，让她别担心我，让她爱护自己的身体。

但是我的母亲决不相信我写的鬼话，据我的父亲后来告诉我说，自从我上了水库之后，她几乎每天夜里都做噩梦，我在梦里有时伤了，有时死了。在我的家乡有一种迷信的说法，说梦要在前半夜，就是反的，反的就是假的；梦要在后半夜，就是正的，正的就是真的。另外还有一种说法更加迷信，要是做了坏梦，醒来后不能说话，赶在天亮以前用嘴去啃石磨，梦里的坏事就不会灵验了。于是我的母亲每次从梦中醒来，就胆战心惊地回忆一遍她做梦的时间，如果是在后半夜里，她就不等天亮，以最快的速度赶到有石磨的邻居家，进门直奔他们的磨坊。

那天夜里我差点儿牺牲

我当知青时候喜欢修水库，不喜欢种庄稼，喜欢拉车，不喜欢挑土。我总共在三座水库上拉过车，一座叫龙坝水库，一座叫东方红水库，一座叫大沟水库。在第三座水库上拉车的那年冬天，有天晚上挑灯夜战，我差点儿牺牲在那条名叫大沟的沟里。

修建水库的目的和意义不用说了，程序是这样的：在两山之间选择一个狭口，用石块砌成基脚，再用黄土筑成堤坝，再用石块镶嵌在堤坝的内外两面，以防库水和风雨的侵袭。石块和黄土都是从两山开采，经过临时挖出的两条又窄又陡的土路，车手用板车和箱车从山上运到山下，填平夯实。随着土坝的一层层升高，土路也由陡峭渐趋平缓。忽然有一天，有人背着手在堤坝上转上几个圈子，又跺上几脚，说声行球了，这道堤坝就不再往高处修筑。剩下来的工作是从略低于坝顶的位置，用洋炮在山上炸开一个缺口，安个闸门，这叫溢洪道，防备山洪暴发对堤坝形成威胁，届时派人上去把闸门一抽，让洪水从那个缺口泄掉一批，这座堤坝就可以保住了。

凡是修过水库的知青，经我这么一说就能回忆起来，没当过知青的，没修过水库的，一小时活儿都没干过的，吃麦当劳和肯德基长大的八零后们，我儿子他们这一代走运的骄子，再写这么长一段文字他们也看不明白。而且，他们根本就懒得看，那我也就不写了吧。

那天晚上是个月黑头，月黑头是月亮被黑夜裹在里头，天地一片黑暗的意思。出事的前几天，水库工程指挥部接到上面一个通知，某月某日，这道堤坝必须胜利竣工，时间紧迫，任务艰巨，因此大家白天干了，晚上还要接着干，月黑头也不例外。可是四周漆黑一片，对面看不见人怎么干呢？指挥部想了一个办法，派人买来几十盏防风马灯，顺着那条窄陡的土路，隔几丈远放上一盏，从山上的土场一直通到山下的堤坝，让马灯的微弱光辉照耀着工地，广大的水库建设者们该做什么，就做什么，一切还跟白天一样。

指挥部分给我的工种，是用一辆箱子车拉土填坝，从山下把空车拉到山上，用洋镐挖下黄土，用篾筐装进车厢，踩着灯光下的土路拉到山下的坝基。那时候堤坝还处于初级阶段，上山取土的路不仅窄陡，而且遥远，一天只能拉二十车。我拉车的方法与别的车手有所不同，现在想来恰好是这个不同救了我，别人都用一根绳子套在肩上，像是给牛套上轭头，上坡时好低了头全身使力，我嫌这样套着麻烦，就把绳子掀在一边，两手握住车把，用胳膊使力把车子拉到土场。装满了土，运下坝时也是这样，自以为很潇洒的。

那晚的挑灯夜战是头一回，很多车手看着几丈远一盏的马灯心生恐惧，看着有马灯的路段光线暗淡，没有马灯的路段更加昏黑。土路一边是几十丈高的悬岩，往上竖着，一边是几十丈高的绝壁，往下竖着，路的宽度却只容两车相错，空车上去，重车下来，一步没有走好，撞着那边的悬岩大不了破皮流血，掉下这边的绝壁可就得粉身碎骨了。大家都说自己眼睛不管用，要求改行去挖土抬石，或者打夯也行，指挥长大发脾气，说是你不拉车他不拉车，谁来填土谁来筑坝？我料定自己更别想推脱了，就硬着头皮，说是我来拉吧。

拉头两车还没有问题，因为诚惶诚恐，步步为营，先后都安全地到达了目的地。拉到第三车时我的胆子渐渐大了起来，竟敢加快速度，眼睛也不左顾右盼了。不料刚把一车土拉到一个灯光照不到的路段，突然觉得左边的车把往下一降，接着后边的车身往左一倾，我就知道大事不好，车子要翻。说时迟那时快，我飞快地撒开车把，一缩左脚，再一低头，简直就在我做这三个连续动作的同时，这辆土车的右边一根车把呼噜一下卷过我的头顶，然后装满黄土的整个车子霎时消失在茫茫夜色中了。我傻站在土路当中不敢动步，单等着想象中的那个声音出现，半分钟后，果然从脚下远远地传来哗啦一声，好似来自地狱深处，跟我想象中的那个声音一模一样，是一辆土车摔碎在了几十丈高的绝壁下的声音。

当晚的夜战立刻宣布结束。这是大沟水库的第一个夜战，以后夜战虽然还在继续进行，可是指挥部取消了从山上往山下拉车的这个危险项目，改用扁担竹筐挑土。这样效率要低一些，却不会发生车毁人亡的惨案。马灯也增添了几十盏，中途还给大家加了一顿夜饭，防止有人饿昏了头，挑着挑着一头栽倒在土路上。

第二天我专门跑下山脚，找到了我的那辆运土的箱车，它已经不再是车的形状，而变成了几块残破的木板，横七竖八散得满处都是。车轴上只剩下一只砸瘪的车轮，另一只怎么也见不着了。我有些担心指挥部会找我算账，扣除我相当长一个时期拉车挣来的工分，作为对这辆土车的赔偿。还好没有，这样一来我更是心怀愧意，觉得对不起党和国家以及人民。我从车库又领来一辆新的土车，从此我时时小心，处处谨慎，直到那座水库修成，再也没有发生过类似那晚的事故了。

回想起来，当时我并没有感到多么害怕，倒是事情过去之后，很多的水库建设者为了炫耀自己是亲目所击，纷纷对那场事故进行了描述，我这才觉得自己居然是一个九死一生的人。我的眼前甚至出现了以我命名的追悼会现场，说是村里人死了，开一个追悼会，以此寄托我们的哀思。水库指挥部当时订了一条政策，修水库的人在工程中死了，算是因公牺牲，除了开追悼会，寄托哀思，还补助死者家属五十块钱，死者的尸体愿意运回去就运回去，不运回去就埋在水库堤坝的旁边。这时候我有点后怕了起来，耳边不由得响起一部电影中的女革命者之歌：娘啊娘，儿死后，你要把儿埋在那大路旁，将儿的坟墓向东方……

那年我才十七岁，我的母亲在几百里外的供销社里工作，不在东方，而在南方，此时正在给人卖货。我的父亲是一个很多年后才平反的右派，此时也正在农村劳动改造。补助我的五十块钱，有可能会拨给我的右派父亲，他也有可能会把它领去买成劣质旱烟，以此冲淡中年丧子的悲伤。

修完这座水库之后，我又跟随队伍转移到新的战场，在全国农业学大寨中修了几座梯田，修了一座山顶平原。在山顶平原上我受到一个名叫薛立君的小公社书记的恩典，去一个名叫东方红的学校做了民办教师。接着又被知青办集中到一个名叫龙王垭的茶场。再接着毛主席去世了，"四人帮"粉碎了，"文化大革命"结束了，知识青年返城了，我的父亲平反昭雪了，我也参加工作了。当了十年知青，像做了一个噩梦。

大约三十年后，我带着北京的妻子和儿子，去参观了我曾经修过的那三座水库。在第三座大沟水库上我们逗留了很久的时间，我指着那条已经长满青草的土路，语重心长地对我的儿子说，看到没有，就在那里，那天晚上要不是你爹眼尖腰快，心灵脚巧，这个精彩的世界上就没你的什么事啦！

儿子茫然地凝视着那条土路，这位无比幸福的少年，不知道他在想些什么。

我的生日

　　要说托祖国的福，可能我托的比别人都多，连生日也让祖国给免了费，除吃好的，穿好的，还能净拣好的玩儿。从小到大，没有专为生日花过一分钱。

　　其实我自己心中有数，我的生日并不是很确凿的。我的母亲在小事上精明，在大事上却有时犯了糊涂，就比方说我的生日。也许是新中国成立初期，百废待兴，各行各业的工作都太忙了，或者便是她过于信任全面管理家务的我的保姆，竟连这事也不亲自记住。但是还有另外一种可能，她本来并没糊涂，是我的保姆把她给说糊涂了，我的保姆一口咬定我的生日是阴历八月初四，说我满岁时依据的就是这个日子，那一天好像又是阳历的 10 月 1 日，不仅全家欢乐，而且还全国欢乐呢。

　　事情就从那时开始搞乱了。我的保姆以后离开了我们，而我的生日过完第一个，再过第二个就以此类推，阴历的日子不大好记，那就按阳历吧，于是一锤定音在那个国庆节。我的母亲对此似乎还产生过怀疑，她曾经自言自语，到底是不是那一天呢？我的父亲从来都是个怕麻烦的人，他赶紧狠狠地点头，十分有魄力地回答，是这一天！是这一天！这一天我在人民广场上讲完了话，兴冲冲地跑回来，看见床上多了一个人！

　　二十世纪五十年代，中国人民过生日一般都论阴历，即便现在，我老家的乡下也多半是这样。我们是太阴历的国家，种庄稼按太阳历五谷不生，元宵端午，中秋大年，这可都是阴历的节，春节永远比元旦庄严，肥猪的脑袋统统要掉在腊月二十七八。在那时候，我的父母能开风气之先，将儿子的生日定在阳历，自然与他们是革命干部有关。但是也不能排除这种因素，他们看中的是国庆节这天全国放假，又好记，又有时间，还免得专门为我操办宴席。不然的话，他们自己的生日为什么一如既往地按阴历呢？

但无论怎样说，我的生日便这样和祖国捆绑在了一起，秃子跟着月亮走，几十年沾光如一日。

不料四年前，我在汉口的一个小书摊上，偶然看到一本极难看到的万年历，突发奇想，将它买在手里，要查对一下我出生之年的国庆节可曾真是阴历的八月初四。不查则已，一查不禁大吃一惊，当年阳历的十月一日，竟是阴历的八月二十四，霜降！而阴历的八月初四，则是阳历的九月十一日，距寒露尚差四天！

回想已经过罢的几十个生日，竟有非常之大的可能性，是让那两个阴差阳错的日子为我造了一个笑话。我是没有能力知道我确凿的生日了，如果阳历的十月一日是对的，那么满岁为什么是在阴历的八月初四？如果阴历的八月初四是对的，那么又为什么我的父亲从广场上讲话回来床上多了一个人？二者必错其一，时过境迁，一个极其重要的证人我的保姆，又在二十多年前辞世了，这真叫作死无对证。

幸亏我不是大人物，诞生的日子有了分歧，不会在活着的生日宴会和死后的纪念周年上引起学者的辩论和斗争。因此当我查出万年历上我的生日阴阳不符之后，我的想法是，与祖国一起过生日实在是太好了，一到国庆节之夜，电视里必须派一个女歌星出来，用一张亮晶晶的红嘴巴对着我唱，今天是你的生日。

遗憾也不是一点儿没有。近年常有算命先生，黑暗了双眼或者两只都光明的，能根据人的生辰八字，道过去之祸福，言未来之吉凶。我的朋友已有不少在那里消费了货币，有的说是比较灵验，极力怂恿我也去试一试，只当是作家体验生活。我便心旌摇动，某一日真的去了，先生是一个戴墨镜的，不知道那后面有没有眼睛，开口便要我报出生的年、月、日、时，要阴历，不要阳历。

我的手已经伸进衣服兜里开始掏钱了，立刻缩回来了一半，报八月初四么？分明不是国庆节；报国庆节么？又分明不是八月初四。何况就是依了我的保姆的说法，也不知道是什么时辰，我试问随便报一个行不行？墨镜先生极负责任地摇手说，那不行的，子丑寅卯，辰巳午未，申酉戌亥，十二甲子，变化多端，神出鬼没，半个都错不得，同年同月同日者，不是同时，就有皇帝与囚犯之差，驸马与乞丐之别。为了神算的声誉，他不肯贪我几块钱的便宜。

因此，我至今也不明确我将来的凶吉。

不过塞翁失生日，也焉知非福，不知道就免得骄傲得睡不着觉，或悲观得吃不下饭，该活的反而活不好，该死的却提前死了。再说我自己的命，算命先生未必有我自己会算，当不了官，一张臭嘴巴，发不了财，一颗笨脑袋，皇帝和驸马是做不成的，天下已定，妻也娶了。囚犯和乞丐我不会当的，我又不杀人放火，贪污盗窃，除非有人硬要陷害我，同时我也不喜欢沿街叫化，口称好心的大爷和大妈给点吃的，人活到那一步完全可以不活。

去年的十月一日真是巧极，即便在我从小摊上买来的那本万年历中，此例也当鲜见。不仅是新中国的生日，我的生日，而且被我从老家接来京城的、让我过阳历生日而他自己却过阴历生日的、已度过六十二个生日的父亲，在六十三岁的阴历生日上，居然也和阳历十月一日不谋而合。于是三个生日便一起过了，赋予三重的意义并倾以三倍的庆祝。

当夜我便以举罢高脚酒杯的通红而发颤的右手，在节日的灯光下给我的妹妹写信道："今日乃三生齐贺之日也，我的生日，爸爸的生日，妈妈的生日——祖国是母亲，母亲是妈妈，所以国庆节即妈妈节，所以今天我们一家人都过生日……"

生日过罢，我的妹妹回信了："哥哥的生日一说，把我们肚子都笑疼了……"

九月九的风景

　　有一首歌子的头两句是："走走走走走啊走，走到九月九"，每有艺人歌唱，我都会聆听三分钟之久，细品其味，尤其身在旅途的时候。读王维《九月九日忆山东弟兄》，可知这个九月九是中国的阴历，即登高赏菊的重阳节。人若以阴历正月初一出生推算，能活满二百七十九天左右者，走到九月九都没问题。然而，九月九只是一个时间的概念，空间在哪里则不得而知。

　　若再将人生比作一条路，那条路又是限速的，曲曲弯弯，窄窄宽宽，跌跌宕宕，伏伏起起，走到尽头就很需要一些时间。高速路好倒是好，走起来反而要吃大亏，因为它节省了时间，同时也节省了生命的长度。当然有人在一生中，可能会上一次高速，譬如要走破脑壳运，或者要倒八辈子霉，但听得马达一响，呼隆几下就到达了人生的极点，要么上天，要么入地，要么先上天然后再入地。

　　同时我还在想，这条路的中途有没有三岔口，走上三条甚至更多岔路的人，他们的九月九又各自落脚何处。后来我假装反思的样子问自己，在我这长长的一生中是否走错过路，回答肯定是走错过的，最错时一天要错好多次，被小鬼骗喝了孟婆汤一般。不过有几个紧要三关处，我似乎是走对了，这就决定了我今天还能安静地坐在电脑前面，以过来人的身份写下这篇可做纪念的文字。

　　先说父亲，不是有其父必有其子么？我的父亲年轻时走路不慎，走着走着被人把一顶做好的"帽子"戴在了头上，而且他这一戴还牵连到我。于是在我不满十五岁的那一年，我回到我们的老家和他患难与共。这种特殊生活，其实是很丰富多彩的，并非电影电视中演的那么千篇一律，时而还有奇迹发生，比方说负责监督和改造他的大队党支部书记，破例不拿他当右派看，却口口声声以先生相称，把全世界最轻的农活儿连贫下中农都不舍得安排的偏要安排给他。如捡粪，如刮田埂，如给社员们记工分，后来还索性提出来和他搭一个亲家，也就是要把自己的女儿许配给我。

俗话说人穷志短，马瘦毛长，这从天而降的喜讯，怎不教走入人生低谷的人兴高采烈，那一天他在大队党支部书记家里喝完了亲家酒，红着脸，哼着歌，扛着粪筐一溜小跑回来向我发出通知，不料遭到了我的一票否决。我以离家出走相威胁，全然不顾他的死活，以及他如何去向他的恩公交代。他始而吼，继而骂，百般手段全部无效之后，最后他软弱地哭了起来。

我们父子只差一点反目成仇。我之所以没有出走，是因为他知道我会出走而停止了威逼，宁可硬着头皮去向他的亲家请罪。直到事过多年，他平了反，我也有了工作，"当我们回首往事的时候"，他竟害羞地笑着低下头去。

有时闲着没事，我就爱玩假设，假设我十五岁那年是个孝而顺从的儿子，父亲指东我不打西，今年的九月九日我在哪里，在干什么？

母亲当时的工作还在，听说我们父子之间斗争异常激烈，写信让我到她那里去学木匠。我乘兴去了，那个命中不能做我师傅的四川佬，在见到我之前先耳闻了我的父亲，唯恐因此而影响了自己的光明前途，他用抑扬顿挫的川言劝我改变人生志向，说，这么秀气的娃儿，啷格儿不去学个医噻？

我懂得这叫婉言谢绝，于是又回到父亲身边。这年冬天，我像做着一个春梦，同时还像骗子，去报名参加中国人民解放军。躲在阴暗角落的右派父亲这次扮演着巫师的角色，只是不忍心说出他的谶言，我走时他嘱咐我早些回来，我回来他催促我快些吃饭，说完戛然而止，再也没有了我极想听到的话。回家后我鼓足勇气，正要告诉他我又被人婉言地劝出了验兵场，忽然我看见他闪闪的泪光，才知道这个结果在我不知道的时候他早就知道了。

很多人都能上工农兵大学，我觉得我比很多人强，只可惜我不是工农兵的儿子，本人也不是工农兵，便只能眼睁睁地看着身边的人上了大学，毕了业，分了配，进了首都北京的大机关。有一位曾经在工农兵大学入学表上盖过公章的大队会计，也是我们父子险些成仇的知情人，同时还是老牌的初中生，自以为旁观者清，觉得我已到了人生命运的转折点上，决定像智叟一样做我的启蒙者。他扛着一把锄头站在曲线的田埂上，为我讲解起了农业知识以外的美术和化学，批评我做错了一道题，现在重做一遍为时不晚。

　　我非但没有醍醐灌顶，反而想起为革命献身的先烈，浑身肌肉一麻，这次婉言谢绝的是我。

　　闲下来我又假设，假设我今生做了木匠，当了兵，上了工农兵大学，后者是用化学的技术，我不知道今年的九月九日会在哪里，在干什么？

　　又有一天，我在一个小学文化的农民家里见到一本撕了封皮的辞典，他家女人用它夹着针线，翻开看了几页，书中写的都是文学艺术家，他们的出身居然一个也不地道，要么是地主的小姐，要么是资本家的少爷。那本辞典纸页发黄，边角卷起，里面是竖排版，繁体字，人名和地名的左侧画着短促的波浪线，分明编印于一九五七年之前。虽然如此，有一点是可以肯定的，他们毫无疑问都是资产阶级。我怀着无意中找到一丘之貉的激动和喜悦，自以为是另一个哥伦布，发现了自己当不上工农兵大学生以及军人和木匠，但是，可以当一个文学艺术家。

　　连我的父亲也没觉察，从这天起我开始了猛烈的读书和写作。那年冬天我正满十八岁，这位十八岁的哥哥可没心思和小英莲坐在小河边，每天劳动一结束就趴在一盏煤油灯下，觉得寒冬不寒，冷风不冷，胸中升起一轮朝阳，眼前由黑暗变得光明一片。第二年我写完了一部三十万字的长篇小说，我把它誊在一摞自己油印的稿纸上，给它取了一个象征自己美丽前程的名字，叫作《绿水青山》。

　　接着我步行三十里路，到县城的照相馆里去照了一张相，计划在这本书出版时印在扉页。我懂得那页有作者肖像的纸比内文要白，要厚，要细腻和光滑，用食指翻动时发出轻微而好听的声音。我已读过很多本薄薄的署名鲁迅的书，这个集那个集的，我莫名地喜欢上了这个人，包括那一撮与无产阶级不同的小胡子。

然而我的水没绿，山也没青，直到现在我已成了老翁，那一部真正的处女作依然密藏在老家的一只油漆斑驳的旧书柜里，每次还乡我还会打开柜门无限深情地看它一眼。不过我却因此而名震山城，待到父亲平反，雪过天晴，有三家单位抢着要把我招去写作公文，总结材料和调查报告之类，他们认为这些东西和长篇小说是姊妹艺术，向我郑重表态，写得好就把我提拔为股一级的领导干部。我将计就计，装聋作傻，选了其中一家作为活命的食堂，假以写作公文之名依然写着小说。并且开始发表，开始打响，开始出名，开始翅膀硬起来了，十分自信地感到可以离开单位的束缚而去自由任性地写作了。

这个时候，武汉大学的校长刘道玉不拘一格，挽起裤脚，在珞珈山上一口气种了"七块试验田"，其中的一小块，是史无前例的作家插班生。

作家插班，这两个词语如金风玉露，一旦相逢，便形成一件陌生但却美妙的事，令天下才子蠢蠢欲动，五名考官翘首待之。苍天幸我，于两万个报名者中被择优录取，从"文化大革命"中的初中一年级，插入恢复高考后的大学三年级，跨七级而一步登上了仙山珞珈。

我像作别西天的云彩，作别了银行，文化馆，文联，像扔下长征路上的辎重，扔下了档案，工资，户口，粮油关系和有关组织的一切，裸奔到我的向往之地。这在今日，是一出多幕的荒诞剧，而在当时，二十世纪八十年代中叶，则是一条必须的生命线。我一心二用，脚踏双舟，以每年发表作品的数量换得省作家协会的生活津贴，人却在即将免职的刘道玉耕种的试验田里，不要命地往上生长着。

毕业后我到了北京，这是我走过很多地方以后，希望最终到达的城市。

越二十五年，我为这位伟大的教育家作传时，这位曾经也为我们鸣不平的校长告诉我说，我本可以在三十三年前就考上这所大学。那是结束工农兵推荐重新正式高考的第一年，让一个只学一年初中数学的学生考试高中几何，一个也只学一年俄文的学生考试英语，虽然后者是参考分数，但是前者如得零分，文章写得再好还是不行。

这也是他执意改革的原因之一。校长怨我，不得零分有一个诀窍，对那道共计十分的选择题要么全部划勾，要么全部打叉，因为十道题里总有一道是对的，或者总有一道是错的，你怎么就那样笨呢？

他骂我笨，乃是变着花样夸我诚实。他说当年我如那样聪明地做了，我就会是今天我的学兄，然而当年会是学兄的我，也未必就是我的今天。

教育家的思想总是让人受教终生，只要向着一个方向行走，每一条路都是同一条路，最终走到前面的那个曾经走在后面的人，往往都是品性诚实的人。

这条我正走着并且还将走下去的路，的确是向着前方的。然而大凡是路必有分支，如江河，如树木，更如人之一生。若是路的一侧开满了鲜花，另一侧遍布着荆棘，行路人是该醉入花丛，还是踏荆而去，那就不仅要看他的追求，还要看他的品性了，这将决定着他明年的九月九会在哪里，在干什么。

红儿之死

　　我的母亲总共生了八个孩子，两个送人，两个夭折。生最小一个妹妹的时候，我正在一百二十里外的丰溪三中读书，开学后在学校吃饭住宿，每年放寒暑假才能回到我的母亲身边。我一回家就抢着去抱我的小妹妹，晚上睡觉也把她抱进自己的被窝里。我的小妹妹是我们兄弟姐妹中长得最好的一个，她叫红儿，这个名字是我取的，因为这一年爆发了"文化大革命"，整个中国都是红的。也许这个名字过于灿烂，美如朝霞也惨如鲜血，她的一生只过了两个生日。她本来是应该活到今天，如无数生于那个时代却大难不死的生灵一样，但由于偶然一次感冒后的急性肺炎，一个姓丁的哑嗓子的医生没有及时抢救，后来又误诊成小儿抽筋，一针下去就死了。

　　回想起来，红儿的死似乎跟我有关系的，那是我回到老家劳动的第二年，我奋战过一冬一春的龙坝水库已经大功初成，又被转入白杨树垭水库，在这里仍然拉土填坝。南山里我的母亲经常都会听到有人在施工中不幸伤亡的消息，她每天都担心着我，有时突然一个电话打到镇上邮电所，让人传我去接，说是昨夜做梦看见我脸色苍白，也不说话，惊醒后就以为我出了事。我说你别担心，我保证是出不了事的，但她就是不肯相信，后来她下决心回家一趟，要亲眼看看我拉车时是个什么样子。就在这个时候，我的姐姐从南山托人带信出来，说是红儿病了，要我的母亲马上赶回去。

　　得到红儿死讯的那天我没有拉车，而是跟七个年长我很多的壮汉一道打夯，我的双手一下子就抬不起来了，一个人跑到大坝边上失声大哭。当时在我十五岁的愤怒的心里，直想一刀杀了那个姓丁的哑嗓医生，心想一个连自己的嗓子都治不好的狗屁医生，怎么能够治好别人的肺炎？在那个时期，我的血液里悄悄地流淌着一个可怕的念头，有时候突然就想杀人，杀死一个像陀思妥耶夫斯基笔下那种污辱与损害我们的灵魂，在现实生活中也处处欺负我们的恶人，然后亡命天涯。三十五年以后，花山文艺出版社的一位编辑来到北京，请我写一部关于少年犯罪的长篇小说，我曾经想到过写我自己，虚构一个当年我为我的小妹复仇的故事。

红儿生前只照过一次相，有人事后诸葛亮地说就是那张照片把她给照坏了，照片上的红儿头上扎着一把刷子，身上穿着一条围裙，一双眼睛是闭着的，很忧郁地站在一棵名叫万年青的灌木前面，万年青的树根下围着一圈白色的石头。"诸葛亮"说，万年青是栽在烈士陵园的象征，是一种永远活在人们心中的树，而树下砌的那一围白石则像一座坟墓，闭着眼睛的红儿是极不情愿到那里去的。为此我像仇恨那个哑嗓子的丁医生一样，仇恨过那个给红儿照相的人，他为什么要选栽在烈士陵园的万年青和坟墓一样的白石圈做红儿的背景，为什么要在红儿闭上眼睛的这一瞬间按下快门！

这张照片后来被我们有意识地销毁了，为的是不让我的母亲看见难过。小时候我们曾听人说照片是有生命和灵魂的，烧它时它会默默地流血，撕它时它会小声地哭泣。可是红儿在她的影子离开我们的时候，却什么表现也没有。

我想象着我的母亲是以怎样的坚忍，眼看着自己的幼女走进另一个阴冷黑暗的世界，又是以怎样的果决亲手将襁褓中的婴儿送给出身比自己清白的人。我的父亲成右派以后，我的母亲把我的第二个弟弟送给了别人家，她想的是让右派的儿子弃暗投明，到不是右派的人家去脱胎换骨，将来的命运必然比在她的身边要好，那时候充满阶级斗争气息的中国流传着两句话，叫作"出身不由己，道路可选择"。我的母亲似乎还有一个不可告人的目的，像电影里的地下工作者一样，尽可能地保存下家族的火种，因为这都是未来的希望。

然而我的母亲不会想到，最终酿成人生悲剧的恰恰是这个送给别人的幼子，而留在她身边的我们四个都侥幸地熬过了最黑暗的岁月。我的母亲忘我地推销着自己的骨肉，差点儿把小时曾经陪我钓鱼，看着我掉进河里险些淹死的我的第一个弟弟也送了别人，先是要送给一个名叫王明三的老师，接着又要送给我的二姨，他们两家都没孩子。送给谁我的弟弟都没有意见，他从小就不与命运抗争，后来没有送走的原因不是他不愿去，而是王老师不敢接收右派的儿子，二姨家也领养了出身于贫下中农的三姨父的小女儿。

　　我不知道我的母亲有没有过把我也送给别人的打算，如果有过，以后没有实行可能是想到我的性情刚烈，不是像小狗一样说送谁就可以送给谁。童年的我对于我的母亲的记忆，永远是一张铁青的面孔，一副焦虑的神情，一双白天马不停蹄晚上肿得发亮的脚。我们姐妹兄弟只以百分之七十的成活率，幸运地生活在我的母亲身边，而那一对送给别人的儿女，他们的心灵从小到大，那曾经有过的伤口是永远也不可能愈合的了。

　　红儿的死还使我常常怀念我的保姆，如果我的保姆还没离开我家，如果我的保姆还没有死，我想也许红儿还不会死的。

临终的遗恨

　　我的保姆病逝于一九六九年的春天，一生只活了五十岁。她在和我们苦苦厮守的岁月里，一直有着很重的胃病、心脏病，以及一些没做检查的杂症。我的保姆没有根治这些病症的经济能力，她的丈夫和我的母亲也没有，病情发作时她只能一手捂住腹部或者胸口，一手往嘴里喂送大把带有麻醉性质的止疼药片。在她去世的前一年冬天，也就是一九六八年的十月，初中毕业刚满十五岁的我下了农村，临走时她当着我的润波哥哥的面送了我两块钱，是两张半新的红票子。我的润波哥哥当时已经能挣钱了，他在一个公路段上里找到了临时的工作，但是他们母子二人在经济上依然拮据。我的保姆送我的那两块钱我本想留着永远不花，但在下乡以后没过多久，我还是用它买柴烧了。

　　那年春天，我还不很懂事，我的保姆病重的时候，我跟我的润波哥哥一起在她的床边守了几天几夜，我恨我那时不能挣钱，不能买来贵重的药品挽救她的生命，在她临终的那一刻我离开了她，进南山去拜木匠为师，想的是早去早回，我的保姆还不会立刻离开我们。替换我的是她一直都在为他喊冤叫屈，直到她死后十年才平反雪的我的父亲，此外还有我的弟弟。我的母亲远在几百里外，没有办法为她送终，而她的丈夫此时正仓皇奔走在还乡的途中。

　　在她弥留之际，咽气之前，她还在含混不清地呼唤着她丈夫的名字，问身边的人他现在已经到了哪里，她分明是有一句什么重要的话要对他说。

但她临死也没有见上她的丈夫一面，生前他们夫妻两人在一起的时光很短。我的保姆的丧事过于潦草，一口没有油漆的薄棺装殓了她的一生，葬在她的娘家东城角外一片长满荒草的土丘。

我们两家人前世有缘，我的保姆丈夫也姓彭，是一位古学根基很深的中医，祖籍陕西镇坪，因为年轻时曾是国民党的军官，解放后流放到沙洋农场劳动改造，以后又转入新人队，在我的保姆去世的那一年他正好可以期满回家。关于他的简历我只是很小的时候听人背开我的保姆对我讲过，可能记忆不详，但我知道这不是什么好事，也就从来没有咨询过我的母亲，在我的保姆面前更不会追问。其实在我的保姆病危之日，我的少安伯父正在准备回家团圆，由于办理各种烦琐的手续，一路辗转乘车，星夜赶回来时，我的保姆已经含怨躺在了坟中。

我的少安伯父追到坟地，碰头大哭，为了生计，第二天他又带着失业的儿子，租借一辆人力车去东门外的河滩上拉沙卖钱了。在他们父子二人卖沙度命的日子里，我还像我的保姆在世的时候一样去看他们，那一阵子他家连吃饭都没有了保证，我记得我第二次去是要送给他们二十五斤粮票，那是从我的母亲寄给我的粮票中省下来的，为此我积攒了差不多半年的时间。但是我的润波哥哥不明白我才过几天为何又来，当时从他眼里露出的惶恐令我终生难忘，直到我从蓝色学生服的上衣兜里掏出五张红色的票证，他才明白我从三十里外赶来的意图。那次我没在他家吃晚饭就打道回府，我感到自己受了委屈，同时我还发现，他家的确没有一颗米了，这二十五斤粮票我送得正是时候。

我在发表于《当代小说》的《三个彭先生》中，曾经对我的少安伯父作过描述，我说这位伯父是一个看病的彭先生。另一个教书的彭先生是我父亲的胞兄，我的大伯，还有一个写信的彭先生就是我的父亲。看病的彭先生出生于中医世家，即便在我的保姆弥留之际仓皇回家，也没忘记提着一只装满了书的皮箱，箱子里的书除了医学部分，还有一些其他的古籍。我对少安伯父旧学深厚的感觉，在很大程度上是出于这一箱书。

事实证明我的感觉是有一定道理的，在粉碎"四人帮"后，我家的喜事连绵不绝，首先是我的父亲平反昭雪，接着是我的姨夫冤案澄清，又接着是我的大伯取消"罪名"，再接着就是我的少安伯父，他的国民党军官伪职问题也得以纠正。最后,我们兄弟姐妹四人连同获得新生的父亲一道参加了工作。这时候,我的父亲和我的少安伯父情不自禁地开始写诗互赠,我看过他们的作品之后觉得父亲有点儿班门弄斧,因为他的诗类似打油,而少安伯父的诗则对仗工整,平仄严格,频频用典,华丽灿烂,足以看出他是真正熟读诗书的人,青年从政的父亲和他不在一个档次。

一个长期埋在我心中的不解之谜,突然一下被破译了,没有跨过学堂门的我的保姆对中国古典文学和戏剧的了解,原是出自她丈夫的熏陶。

一九八七年,我大学毕业分配到了北京,冬天我回老家过年,那是我的保姆去世的第十九个年头,春节过后的阴历正月十五,这个夜晚天上下着毛毛细雨,我抱着一沓从城关高桥一个杂货铺买来的纸钱,让我一位写小说的朋友陪同着,用手电筒照亮去往东城角外那座坟茔的小路,在一片乱石中找到了我的保姆的坟。那是一个很小的坟包,和坟里的主人一样渺小无闻,坟顶的黄土皱裂,上面伏有几株衰草,坟前则是几丘种了油菜和小麦的薄地。

我在我的保姆坟前双膝跪下,点燃纸钱,心里一遍又一遍地默念着充满迷信色彩的话,祝保姆在阴间过上比在阳间幸福的日子。最后一张纸钱的光芒在夜风中摇晃了一下,消失在山城寒冷的冬夜,我知道我的保姆一定收到了我寄去的心情。此夜归来我灵感突发,文思如泉,脑子里竟有一炷天灯般的亮光打通了人间与鬼界,催促着我直想在纸上写下一点什么。

两天后我写出了一篇名叫《临街的坟》的小说,讲述人的道德良心,生前死后。这篇小说不久发表在广州的《作品》杂志,天津的《小说月报》作了转载,不料我却因此得罪了一个靠吹牛撒谎起家的七品芝麻官,以为我的小说是写他的,他组织四个县城最大的笔杆子状告作者,轰轰烈烈地忙乎了好一阵子。这是一幕题外的小喜剧,有点儿像莫里哀的杰作,此案在玩笑声中落下帷幕,后来我就听说芝麻官被一位姓马的女士当众打了一个耳光的故事,接下来芝麻官在更多人的联名告发下灰溜溜地离开了我的老家。

我一直想向芝麻官和四个秀才解释这篇小说的真相,担心他们害我不成,却像周瑜一样气坏了自己的身子。然而芝麻官从此销声匿迹,四个秀才中的一个也在异地度过了他不平静的一生。他们最终也不会明白,《临街的坟》的的确确是来自保姆的坟前。

全世界妇女大会将在中国北京召开之前，《中华儿女》杂志的朋友曾平打来急电，约我写一篇关于母亲的文章，限期三日登门取稿。我几乎不假思索，一口就答应了下来，我说我要写的母亲不是一个，而是两个，我这一生有两个母亲，我曾经享有双倍的母爱。

在这个世界上有人就会有母亲，有多少伟大的人物写他平凡的母亲，也有多少平凡的人物写他伟大的母亲。然而无论是我还是我的生母和保姆，都平凡而又平凡，是平凡人的平凡母亲，她们也是母亲啊。她们存在的意义是全世界任何一位伟大的人物也不能够替代的。种田的人可以不写自己的母亲，织布的人可以不写自己的母亲，他们只要记着给自己的母亲可口的饭吃，保暖的衣穿，就可以算是有良心的人了。然而写作的人却不可以不写自己的母亲，因为如种田织布者的本职工作一样，写作是我们的职业，我们一辈子写了那么多也许根本就值不得一写的乱七八糟的人物，我们为什么就不能写一写自己的母亲呢？

今天我写了她们并为她们默默地祈祷，死去的我愿她灵魂超度，天国含笑，活着的我祝她健康长寿，安享晚年。

教书的彭先生

我的祖父膝下四子，最有学问的应数我的大伯。依彭氏家谱，忠良学友昌，世代兴家邦，父亲这一辈应是"代"字辈的，因此我的大伯名代礼，我的二伯名代义，老三是我的父亲，按理说他的名字应叫代仁才对，可是受尽当地甘氏大族欺负的我的祖父忽然发现了一个问题，人仅有礼义仁智信是不管用的，还得有一把子力气，威武雄壮，最好还像他一样有点武功才好。我的祖父会舞齐眉棒，打板凳拳，曾经只身打死过一头豹子，他的儿子至少得青胜于蓝，于是便为我的父亲命名代魁，为我的四叔命名代胜。

我应《安徽文学》杂志的朋友之约，写过一篇散文，名叫《回忆我的两个伯父》，文章中有个教书的伯父，彭先生彭至行，那就是他，其实他更应该叫写对联的伯父。还有一个看病的伯父，彭先生彭少安，那就是我保姆的丈夫。我的大伯作为彭氏长子，后来在旧学任教兼做国民党区党部委员的时候，却用了至行的代号，这名字令我疑惑至今。至者到也，行者走也，他究竟是想悬崖勒马还是想继续前进，是想一心教书还是想从党从政，这是个谜。

也许正当他犹豫徘徊，进退维谷之时，新中国成立了。重返教坛之后，他曾在一所邻近的学校讲过几次数学，但学生们都不好好听讲，还有的在下面悄悄地指着他说，他不是那个彭至行吗？

他是很想教书的，他已经有三十年没有教书，但他实在教不下去，就只好不教了。

不久他就得了大病，一病不起，终至辞世。此前的三十年中他都没有得过大病，或许他早已经重疾在身，只是无从察觉而已。

在他漫长的劳动改造期间，生产队的社员都叫他彭先生，一任一任的生产队长都从不给他安排重活，要么看境，像在边境线上巡逻的战士一样，不让贼人偷窃玉米一类的庄稼；要么刮砍，手握一张半月形的薅锄将长在田坎上的杂草清除干净。这使公社干部无数次地大光其火，批评生产队长和队员群众没有阶级觉悟。但批是批，彭先生还是只干轻活，不干重活。

全生产队几百个劳动力中，我的大伯的出勤率是最高的，除了大年三十初一，春秋四季，下雨飞雪，他几乎全都在地里干活。那一张半月形的薅锄是他唯一和永远的武器，他把它磨得像老剃头匠手里的剃刀一样锋利，以便保证他把蓬头散发的田坎剃个精光。在刮坎除草的漫长岁月里，他研究出了一个如何打磨锄口的绝招，每晚收工之后，坐在月亮下面，对着锄口呸地吐泡唾沫，然后用一块瓦片在上面来回擦动，不一会儿锄口就磨得雪亮，锋利如一把剃头的刀子了。

不知道他以唾沫磨锄，其亮如雪，其利如刀是个什么原理。

我的大伯是我父亲的启蒙老师，教五经四书，子曰书云。我的父亲从小就不是个好学生，调皮捣蛋，胡作非为，被我的大伯视为害群之马，不严加惩戒何以正学风？遂命两名力大无穷的学生将他放倒在一条硬木凳子上，一人按其头，一人按其脚，我的大伯则亲持教鞭，将他同胞兄弟的屁股打得皮开肉绽。

相信我的大伯是一位书法家，始于我小学四年级的老师一次课堂上的演讲，此前我也曾听我的父亲多次宣扬，但我都认为他是吹牛。我的老师叫肖远成，是我大伯解放后教过的学生，他为全班同学每人写一张大字，吩咐各自夹在大字本的薄纸下面，照着纸上透出的字样，每日写张大字交他批阅。全班谁都领了他的字模，唯我没有，追着去要。肖老师说，你回家让你的大伯写吧，我的字是没法跟他比的！

后来是我的大伯给我写的字模。从此我才开始注意他写字了，那时候方圆几十里但凡有人婚丧嫁娶，或者年关将至，我的大伯就来了业务。他把一扇门板从门框上卸下来，平放在两条长凳子上，我凭空怀疑这长凳是父亲爬着挨过打的，并且把他手中的毛笔想象成竹鞭。只见他挽袖站桩，洗笔磨墨，用一把快刀将红纸裁成五尺长短，六寸宽窄，提笔蘸墨，运腕挥毫，着一人站在对面，双手捏住红纸上端两角。每写一字，他将红纸轻轻上移数寸，一联写毕，双手换捏在红纸的上下两端，将墨迹未干的对联平铺在地上，细看一遍再去写下一副。

我喜欢看他写字时的脸，甚于看他写在对联上的字。那张脸上的表情极其地严肃，极其地神圣，这一刻他真是忘乎所以，忘了自己的不幸是一个用锋利的蓐锄清除田坎上杂草的老农，他竟一变而成了一个艺术家，彻底陶醉在他的书法艺术之中。

每年从腊月二十四日清晨，至大年三十晌午，他都要坐在一个名叫蒋堰的小镇上，出售自己写在红纸上的书法作品。小镇上卖春节对联的除了他，还有一个号称书法家的凌某人，凌书法家写的对联一天卖不出去几副，我的大伯写的对联却早早就没有了，人们还等着要买他的，逼得他临时买纸，现给人写。凌书法家就向大伯提出一个建议，说是为了扩大声势不妨珠联璧合，两人将对联放在一起来卖。然而珠联璧合之后，凌书法家的营业额虽比同期有了上升，但真正识货的人还是挑着买我的大伯写的对联。

其实我的大伯过去做教书先生，赏析对联是他的一绝，起句落脚，平仄对仗，常以明朝大学士解缙为例，讲他在"门对千竿竹，家藏万卷书"一联上的即兴添减字数，号召学生模仿并创造之。他津津乐道地对我讲述解学士张口就是一副对联，张打油眨眼就是一首诗的故事，那些对联和诗妙趣横生，他本人也以会作对联闻名乡里。

后来，他写的对联全都是从书报上面抄录下来的话，明知道有的既不对偶，也缺文采，无非是两句长短差不多的口号，他也每字照搬。不仅照搬，还把照搬的原件都保存好，防止别人认为里面有政治问题，来追查时他好有个凭证。

我的毛笔字写得并不好，他却一心想为彭家推出一位书界新人，有人请他在红纸上写几个字，代替门神贴在门上，他就倒一个手让给我写，见人双手捧字赞不绝口，他高兴得眼泪都笑了出来，对人亮出我这张底牌说，哈，这是我的兴国侄儿写的！

十八岁那年我家盖房，在我的大伯怂恿之下，立门时我自己写了一副对联，用现在的话说，那算是我的处女作吧。我与我的大伯不同，对联偏偏是自撰的。我的大伯与人一道站在门前，一颗脑袋偏来偏去地欣赏，听得一个读过书的人说，字虽写得不错，上联中"已然"二字却应改为"依然"才好，我的大伯就以权威的资格站出来发言，说是不对，依然是指仍同此前，而已然则是一个转折，唯此二字最见深意，好！

我的大伯共有三子一女，惜乎没有一个继承他的书法，甚至百分之五十连人都没有长大，余下两个的最高学历是小学毕业。长子兴顺，恰恰不顺，死于突发的癫痫病，我的大伯闻之顿足长哭；次子兴强，命更不强，上山砍柴从悬岩上摔下来，我的大伯见到儿子的尸骨，这次只喊了一声我的强娃子呀，人便成了一段木头，仅剩的一儿一女以为他也活不成了，不料片刻过后他却活了过来，喉咙里又喊了一声，与其跟了我受活罪，倒不如死了的好！

我的堂弟强娃子小学还没读完，就回家帮着大人做活，从每天四分工做起，死的那年已经升到六分工了。受我的大伯讲大学士解缙的故事影响，他能出口成诗，不假思索，开始是他看见什么编什么，后来有人不信，说他是提前编好了的词儿，就临时出题让他来编，结果他现场发挥编出的诗歌更好，七字成句，押韵合辙，而且幽默滑稽，逗得大人小孩哈哈大笑。

强娃子死的那年冬天，有人怀疑强娃子在山上跟某个干部的儿子争砍一根干柴，被他推下悬岩。但是我的大伯不敢调查。

抬回强娃子的那天夜晚，我也赶到了现场，我看见我的大伯从口中发出这一声嘶喊的时候，整个面部没有一点表情，两只眼里也没有一滴泪水。他的脸像一段年久经霜早已枯死的树皮，眼珠白而无光，一转不转。这是一座悲绝的雕像，三十年过去了，我还没有见过第二座这样悲绝的父亲的雕像。

而在十年之后，他本人却死得异常安详。

就在那次他自知得了不治之症，有一天听说我回老院子了，他手里拄着一根木棍，大弯着腰笃笃地走来，见了我他出口就说，兴国呀，我要死了！

我不知怎么安慰他说，大伯您不要胡思乱想，您的好日子才开了个头！

他口气更加肯定地说，不，我真的是要死了！

他的眼睛告诉着我，他在死前有很多的话要跟我说，可是我决不相信他要死了，我故意地笑着打岔，故意地说些别的，结果那一天他什么话也没对我说成。

果然不久他就死了，他死在县城的一家医院里。他死的时候我正在省城，因此我仍然不能知道他想对我说些什么。

对于我们双方，这无疑都成了一个遗憾。如果当时我相信了他的话，我得抓紧让他留下遗言，同时我还得问他，他那至行二字的真义。

看病的彭先生

这个伯父不是我的二伯。我的二伯叫彭代义，曾做过县城书店的店员，三十多岁就死了，留下一子三女，最大的一个不过十岁，最小的一个刚刚出生。那一年我们全家随着我的父亲进了南山，我也只有三岁多，对我这个不幸早逝的二伯基本上没有什么印象。这个伯父是我保姆的丈夫，名叫彭少安，他与我们本不是一个家族，小的时候我在老院子的燕子楼上看过一本用毛笔写在宣纸上的家谱，上下二十几代没有少字的辈分。是因为我的保姆与我们亲如一家，我们兄弟姐妹就尊称他为伯父。直到我的保姆死后的第二年春天，我才第一次见到他，此前我只听说我的保姆在重病中呼喊过他的名字。

他的情况颇似我的大伯，他曾是国民党部队的一名军官，还会给人看病，替人写状纸。因为他是城市人口，没有农村老家可以收留，就被流放到一个名叫沙洋农场的地方劳动教养，扔下他多病的妻子周建仙，和年仅几岁小名叫作丑娃的独生儿子，在一座小县城里相依为命。

他的妻子就在那个时候成了我的保姆。我叫她嬷嬷，最开始我把她的儿子称为丑娃哥哥，以后改叫润波哥哥。小时候我和我的嬷嬷，我和我的这个哥哥感情是非常深的，但我很久都不知道还有这样一位我叫伯父的"历史反革命"，我的嬷嬷和我的这个哥哥也从不对我提起。直到后来我上了小学，发现我的嬷嬷每年一到春天，都托人买来一斤新鲜的茶叶，用一块纱布擦干铁锅里的油气，锅上再垫一层白皮纸，把茶叶铺在上面用微火又烘焙一遍，倒在一张新的白皮纸上，白皮纸外又套一张草纸，然后卷成柱状，装进一个从医院熟人那里要来的装纱布的纸筒，然后在纸筒外面裹上一层白色的纱布，用针线缝好，从邮政所里寄到遥远的沙洋农场。

我的保姆如此烦琐地做这一切，目的是保证这斤春在茶寄给伯父的路上不会受潮，不会变味。从事这些步骤的时候一般我都守在我的保姆身边，纱布上写着的和我同姓的名字引起了我的好奇，向我的嬷嬷追问那人是谁，方才知道他是我的伯父。

再后来我的父亲成了右派，被送到另一个名叫襄北农场的地方劳动改造，而我的那个伯父却在沙洋农场劳教期满，转入了新人队，在管教人员的监督下为人看病，每月还可以拿到几十块钱的薪水，身份一跃在我的父亲之上。

我的保姆饮憾而死的那个冬天，正是我初中毕业下乡劳动的第一年。她在弥留之际一直呼唤着我的伯父的名字，当他急如星火地奔回他阔别十八年的小城，我的保姆已经安静地躺在东城角一座小小的土坟里了。最终他也没能见上结发妻子一面，他趴在她的坟前大哭一场，次日开始新的谋生。

也正是在这一个寒风刺骨的冬天，我的伯父发现他唯一的儿子已经默默地长成了大人。

据说，我的这个哥哥生下来后为了好养，才取了最难听的名字叫作丑娃，后来曾请人算了一命，算命先生说他五行缺水，三代单传，早年失父，父回母丧。算命先生的话耐人寻味，既是"失父"，又是"父回"，那就证明失而未死，只不过是远离了妻儿。失父丧母的命运不可逆转，缺水的问题却可以在名字上做些修补，于是小名丑娃的哥哥大名就叫了润波，偏旁都是三点水的。在我长大以后，我就不再叫他丑娃哥哥，而改叫他润波哥哥了。

为了纪念发妻，我的伯父找出我的保姆生前寄他的一张相片，要我画成一幅大像挂在墙上。那时候我们的小县城里还没有会画像的画师，对于丢失底版的相片，相馆也没有放大术，他是听我的润波哥哥说我会画画，就把希望寄托在我的身上。然而照片太小了，而且又黄又旧，有多处裂纹，我也只会画些简单的线条人物，试着画了几次都没有画成。我觉得对不起我的伯父，也对不起我的保姆，同时还对不起把我吹上了天的我的润波哥哥。后来那张照片突然不见了，可能是我的伯父失望之余，暗自收回去又保存了起来，我竟然也不好意思向他追问。幸好我的母亲那里还有一张我的满岁照，照片中我的母亲抱着我的小姐姐，我的保姆抱着我。多少年后我到了北京，我把它连同家中最早的几张老照片一起，拿到北京最好的大北照相馆翻拍放大了五套，分别寄给我们兄弟姐妹各自珍存。

我的伯父这次还家，带回满满一箱线装本的医书，他希望自己的晚年继续从医，他甚至希望自己的儿子也随他从医，他白天跟儿子一道出去拉沙卖钱，晚上回来教儿子攻读医书。然而也就在这个冬天，国家又颁布了城镇人口下放的政策，他们父子二人所在的城关镇胜利街的街道办，把他们的名字填写在了下放人口的第一排，几个月后，他们被下放到往南山去的汇湾区法峪公社幸福大队某生产队，由城镇居民变成了农民。

我在县城一中读书的时候没在学校寄宿，而是住在我的保姆家，我的保姆租的是城关镇胜利街紧挨着东城门洞子的两间铺门板隔成的平房，房东姓李，人称李黑皮，夫妇在门口摆了一个小摊，做着卖猪头肉和老黄酒的生意。我的保姆死后我偶尔也去那里看望我的伯父和润波哥哥，他们那时已穷得用当天卖沙的钱来买米下锅，有一次我去看他们时，正遇上我的伯父晕倒在烈日下的河滩上，我的润波哥哥把他背回家来，家里竟没有做饭的粮食。

那时的城镇平民每人每月只有二十六斤口粮，平均一天八两多点，粮分粗细二类，七成是粗，三成是细，细粮是白米白面，粗粮是玉米面以及各种杂豆，全都在一个粮食本上记着，买一次记一个数字，盖一个红戳，买完就没有了。我的伯父和润波哥哥因为在河里拉沙，这点口粮远不够他们父子吃的，只好从卖沙的钱里拿出一些，去城郊的乡下出高价买些粗粮。

只过了一天，我又到他们家里去了，我的伯父看见我时眼里分明露出一丝为难之色，我的润波哥哥刚刚开口说了一个字"你……"，我赶快把一只手从裤兜里拿了出来，我的手里捏着五张红色的纸片，那是五张全国粮票，每张五斤，总共二十五斤。这二十五斤粮票是我的母亲从她们母女三人的口粮里省下来寄给我们父子三人的，我却瞒着我的父亲拿来送给他们父子二人。全国粮票里面不仅有粮，还有油，还能跨省使用，因此比全省粮票更值钱，有了这批粮票他们能少买二十五斤高价粮了，省下的钱可以少拉多少车沙。

我把这二十五斤粮票称为一批，至今我还是这么称呼，那时候这的确是一笔大的数目，而且还是粮票！我之所以敢瞒我的父亲把这批粮票擅自拿走，是知道我的母亲虽说寄给我们，其实主要是寄给我，这年冬天我在一座水库上拉车，母亲怕我劳动量大吃不饱肚子，就省下她们的口粮为我救急。我的润波哥哥看见了我手里的东西，后面的话还没出来嘴唇就闭上了，脸上露出又惊又愧的神情，我的伯父则长叹了一声。那天我没在他们家里吃饭，送完粮票我就走了，心想我要是再吃一顿，二十五斤就只剩二十四斤半了。

从这以后，我没再去过城关镇胜利街东城门洞子内第一户，房东李黑皮家的那两间铺门板隔成的小平房了。我记得那时的胜利街原名东门街，反修街原名西关街，东方红街原名十字街，其他几条反帝、前进之类的街原名南关、北门和小十字街。我还记得胜利街名叫东门街的时候，有很多炸油条、炸油饼、洋糖饺子、糖面角、水煎包子、羊肉火烧、锅盔馍、芝麻饼、碗儿糕、绿豆丸子、臊子面的店铺，被我们叫作小吃一条街，改名胜利街后，它们就失败地关张了。

我的伯父和润波哥哥很快就被下放到离县城一百多里的大山沟里，走的那天披红挂彩，敲锣打鼓，汽车一直把他们送到山下。跟随他们一道进山的还有我的润波哥哥刚娶的陈嫂子，以及陈嫂子的大伯大妈，他们陈家的出身同样不好，陈家大伯过去也是国民党的一个军官。彭、陈两家自知身在异乡，人单力薄，害怕受到当地山民的欺负，就把两家并成一家，用街道发放的安家费买下三间盖在半山上的石瓦房，这是生产队过去用来关牛的房子，他们两家就住在里面，男人上山开荒种地，女人在家喂猪喂鸡。

不料，这里成了我的伯父在县城没有的用武之地，他的中医手艺很快派上了用场。住在那条沟里的农户以往看病要跑几十里山路，现在从城里来了一个懂医的彭先生，望闻问切，把脉开方，实在给他们带来了方便，于是就背着粮食上门求医，看好了病还另有重谢。一时间我的伯父受到的礼遇超过了以往任何时候，他不用上山去种苞谷也有饭吃了，名医彭先生的声望传遍了一条法峪河。

他们下放山里以后，有一年我又步行一百多里山路，专程去看望了他们一次。那时候他们已经不需要粮票就能做出丰富的饭菜，为了迎接我的到来，还特意杀了一只鸡。

城镇下放人口纷纷回城的那一年，我的伯父快六十岁了，与他家合住的陈氏夫妇先后死去，他完全可以把三间石瓦房子卖了，然后回到城里居住。然而他仍然死守异乡，原因不详，可能是跟当地称他名医的山民有了深厚的感情吧。

我的伯父不仅幼读医书，精于脉理，而且擅诗词，通音律，每逢年节以及寿诞之喜，必作诗一首，且唱且诵。我到北京工作以后，一日我的润波哥哥寄来一信，信中抄录了一首名叫《六十感怀》的诗，说是诗中"南冠"一句他不得甚解，我的伯父深为失望，他特地寄来与我切磋。我看后觉得，我的伯父是将流放异地十八年不得回乡的自己，比做北宋覆亡后被掳五国城的徽钦二帝，便学着唱和了一首，意思是说那个时代已告结束，奉劝大难不死之人晚年好好做个扁鹊。

收到我的回信，我的伯父大加赞赏：终于有人懂得我的诗了，终于有人懂得我的诗了！

他坚决要我把这两首诗写出来挂在墙上，我羞于没有一笔好的书法，最终请一位书法家朋友代为写了，裱好寄给我的润波哥哥。

我的伯父死后，同陈氏夫妇一样葬在那个名叫法峪河的异地他乡，和远隔一百多里的城关镇胜利街东城门外那一丘荒冢下我可怜的保姆，夫妻一场，生不在一起，死也不在一起。

我的润波哥哥在他死后几年，才听从我们的劝说回到城里，租房住着做一些小生意。别的生意人家堂屋里都供着手持大刀的关云长，或者头戴金冠的赵公明，以求财神保佑，香烟袅袅，财气氤氲，他却为了怀念死去的父亲，把我的伯父和我的唱和诗挂在墙上，南来北往的客户看了都说，他家财气不是很旺，文气倒是很旺的哦！

听了这话，我的润波哥哥并不以为讽刺，嘿嘿笑着，眼里的泪水都快要出来了。

写信的彭先生

　　这个彭先生是我的父亲。我曾给《当代小说》杂志写过一组小说，题目是《三个彭先生》，他是其中之一。

　　在我的老家，乡民对他的宽容首先表现在称呼上，对于其他的地主富农和坏分子，任何场合他们都是直呼其名，呼者表情很凶，声音也是恶狠狠的，对于他这个右派却有例外，批斗时喊他彭云程，批斗完了就喊他彭先生。有一次，一个贫下中农代表被安排上台批斗，不小心把他喊成彭先生了，坐镇指挥的公社主任十分生气，下令取消了这个贫下中农的批斗资格，贫下中农一边下台，一边嘟哝，不要我斗，我还喜欢了！

　　不过情况很快就有了改变，我的父亲不再上台挨斗了，因为大队党支部书记决定对他进行保护。大队党支部书记姓凌，有一个儿子在部队当兵，每月都要写一封家书回来，问完爹妈身体和庄稼收成，然后汇报自己在部队的成长。这是一个懂得尊敬文人的大队书记，他自己不认得字，知道右派是认得的，就把我的父亲请到家里替他念信，念完又帮他写封回信寄给儿子。我的父亲在书记家享受着贵宾的待遇，写前抽烟喝茶，写完再吃一顿夜饭，有酒有肉，临走还揣些瓜子花生之类的东西，回来给我和我的弟弟好生享用。

　　当地的贫下中农对右派分子本来就不严格，看见大队书记对他如此尊敬，更加一窝蜂地尊敬起来，家里有人在外当兵或者干事的，都把我的父亲请去写信，管吃管喝，还送礼物。久而久之，连我们都尝到了甜头，恨不得每天有人请他写信才好。而事实上，我的父亲因此得到的好处，决不仅是吃喝收礼，他在贫下中农心中的地位逐渐提高，慢慢地不再是一个右派了。不但是不挨批斗，连干活儿都越来越轻，轻到最后，索性只给社员们记记工分，到地边上看看庄稼，日子过得比有些贫下中农还好。

我的父亲给人写信种类很多，有父母给儿子写的，有哥嫂给弟弟写的，有妻子给丈夫写的，也有没过门的媳妇给订了亲的女婿写的。他不愧是一个大笔杆子，日试万言，倚马可待，不管什么样的信他都对付得了。除了写信，他还受另类人物之请，帮犯了男女作风问题的大队主任写过检讨，替贪了集体粮食的小队保管写过悔过书，为偷了队里耕牛的社员群众写过"再偷剁手"的书面保证，因此上至基层干部，下至贫下中农，无不把他佩服得五体投地。他们在背地翘着大拇指说，到底是右派呀，句句话都写进我们的肠子里去了！

那时候有个口号叫一人参军，全家光荣，贫下中农再加革命军属，就是光荣的二次方，军人的爹妈走起路来也跟儿子一样，雄赳赳，气昂昂，肩上扛着挖地的锄头，就像是上阵射击的枪。参军入伍的战士回家探亲，看中了周围哪家姑娘长得好看，当面忍着不说，一回部队就写信给她，姑娘正在田里干着农活，收信一看是革命军人写的，心里一下子乐开了花，立刻活都不想干了，有文化的回家连夜回信，没文化的就上门来请我的父亲。还有的自己本来读过书，写一封恋爱信不成问题，但是担心写得不好，把到手的革命军人给弄跑了，就也来请我的父亲相助。我的父亲害怕挨斗，决定广泛地团结群众，谁请他写他都给谁写，一时间方圆十里，流传着有一位右派分子最会写恋爱信了，写一个成一个的神奇故事。这么一来，请他写恋爱信的越发多了起来，姑娘请他写，小伙子也请他写，他也名不虚传，果然是写一个成一个。

跟大队书记儿子同年出去当兵的，有一个贫农的孩子叫尹先旺，他是孤儿，没有家人给他写信，他也不给家人写信。院子里的叔伯大人替他做媒，说了一个外地的姑娘，两人互通书信，姑娘这一头的信就是我的父亲包写。后来当然也写成了，姑娘不远万里，坐车到部队去成的亲。革命军人尹先旺吃水不忘挖井人，专门给我的父亲写了一封感谢信，这封信却把父亲的名字写错了，引起一场天大的笑话。

我的父亲学名彭云程，本名叫彭代魁，只上了两年小学的尹战士不会写那个"魁"字，他在信封上写的是"彭代鬼收"。邮递员手里握着这封信，跑到田坎上大呼小叫：彭代鬼！彭代鬼！贫下中农们笑得倒在了田里，笑完才晓得喊的是我的父亲，赶紧解释说彭先生哪，对不起，对不起。父亲也笑，说是没啥，右派本来就是牛鬼蛇神，魁字少写一个"斗"，证明往后不挨斗了，是个好事！是个好事！

　　在以后的日子里，我的父亲仍一如既往地给人写信，直到平反离开老家。老家的人舍不得他走，他走之后还念记着他，多少年过去了，说起当年请他写信的事，很多人还会发出啧啧的赞叹，说还是彭先生写得好！他们说现在就是打起灯笼，都找不到彭先生那样的好写家子！这些人里，有当年的军人和他们的未婚妻，如今自然是孙子孙女都已婚的老大爷和老大娘了。

两张老照片和一封金婚贺电

我从家里搜出两张最早的照片，相纸早已发黄，所幸上面的人物还很清晰。一张是我的母亲、我的保姆、我的小姐姐和我，另一张是我的父亲一人。有我的一张是我的满月照，我的父亲那张大约也是同年照的。照片上的我坐在我的保姆的右膝，穿着花布做的破裆裤，扎在里面的上衣也是花布做的。我的保姆曾经对我说过，那是进口的苏联大花布，当时风靡于刚刚解放的中国，革命干部家庭的成员要带头穿，直到赫鲁晓夫上台才不兴穿了。

我的保姆此时三十刚过，头上蓄着两条从中分线的大辫子，面目慈善，心肠柔软，对我的疼爱胜过了对她自己的亲生之子，对我们这一家人的感情深如自家。

在我的父亲被划为极右以后，有人劝我的保姆与我家划清阶级界线，可是我那爱听京剧的保姆大哭一场，说我的父亲是被奸贼所害，她不能落井下石，坚决要把忠臣的后代抚养成人。她甚至提出不再要母亲付她的保姆费，还情愿把她丈夫每月寄她的钱拿出来，给我们买衣服、鞋子和学习用具。

我的保姆后来贫病交加，逝世于一九六九年，年龄刚到五十。那时我也刚初中毕业下乡，自身衣食难保，对她没有尽到一点孝心，仅仅保留下了这张照片。这张照片寄托着我对一位平凡而又伟大的中国母亲的无限尊敬、感激和哀思，无论何时看它一眼，泪水都会一涌而出。

在双手抱着我的保姆左边，是单手搂我姐姐的母亲。这年她二十四岁，头戴八角帽，身穿双排扣的列宁服，左胸兜上挂着一支钢笔。据说钢笔在当时是极珍贵的学习和工作用品，几乎相当于今天的一台笔记本电脑。坐在她左膝上的姐姐，从头到腿也穿的是一身苏联大花布，活像一个棉花包。从服装上看明明冬天已经到来，可是我们的背后却桃花灿烂，春光旖旎。那不是自然景色，那是照相馆里的布景。

另一张照片上的我的父亲，他比我的母亲年长一岁。这年二十有五，头戴一顶呢子遮檐帽，身披一件布领长大衣，坐在一把竹椅上，跷着二郎腿。左胸兜上挂了两支钢笔，比我的母亲要多一支，证明文化水平是她的两倍。他的两道眉毛斜竖在额上，可能那就是所谓的剑眉吧，看起来有几分英武之气，脾气一定还有点儿大。

别看他这时很威风，很快他就要倒大霉了。头上那顶呢子帽不久便被人家掀掉，换上一顶右派帽子，虽然只戴了三年，但真正摘去却要一直等到二十年后。那年春天，他得以平反，恢复工作，但他的那两道剑眉不知何时已经在额上放平了下来，眉毛也掉得没剩下几根了，看上去完全成了另一个人。

我据此写了一篇文章，附上两张老照片，发表在山东画报出版社编辑出版的《老照片》上，题目就叫《两张老照片》。这年正好是父母的金婚之年，这么大的事却被我给忘了，是我的妹妹有一天从老家打电话来，说家里来了好多亲戚和朋友，把两间屋子都坐了个水泄不通，要喝我的父亲和母亲的喜酒，这时候我掐指一算，才算出他们的婚龄。买礼物寄回去已经来不及了，老家不落飞机，而且就是能落火箭也不中用，我急速率领妻子和儿子，乘车赶往石景山区的鼓楼电报局。正好那年，北京和全国中小城市开通了礼仪电报的业务，我让妻儿各自在电报纸上写下一句祝贺的话，我则站在门口的大风中，即兴作了一首打油诗。全诗现在我已忘了，只记得开头一句：风雨同行五十春。

发完我有些不好意思，觉得这话太落俗套了，远不能代表我的水平。不过我情愿落这个俗套，因为我的父母这半个世纪的的确确是从风雨中走过来的，不仅风雨交加，而且还是凄风苦雨，时时伴着飞沙走石。那个年代，乱石穿空，险些把我的父亲给打死了，从此他在污水里爬行了二十年，我的母亲也带着我们与他同行。

在他改造期间，曾经发生过一个毛骨悚然的故事。一个和他同住一室的人，有天夜晚把他叫到屋后，掏出两支纸烟，问他说你想不想死？我的父亲想了一想，摇了摇头。这是一个伟大的动作，这个动作决定了四十年后一个伟大的金婚仪式，那一刻他的心里想到了我的母亲，还有我们。他的右派室友就独自点燃一支，抽了一口突然走开，几秒钟后，一声爆炸惊动了整座农场，那条熬不过人间折磨的生命，灵魂和肉体一道超脱，我的父亲却默默熬受着更大的折磨，继续留在那个黑暗的地狱。

那些岁月，活不下去的人噩耗频传，我的父亲没有。

我的母亲还陪他活着，一双眼睛像洗净的玻璃，闪耀着善有善报的宿命之光。

伤害我的父亲的人大都没有过上金婚，有的连纸婚也没过上。他们喜欢以市侩的嘴脸对待婚爱，喜欢在富贵中易妻，喜欢在运动中易夫。他们极其便宜的婚爱和生命，都随着时代的变化早早地就完蛋了，他们不可能，也不配有金色的婚礼。

金婚是美丽的，它美如金子一般夕阳之下的合影，两头白发如霜，两张笑脸如菊，当半个世纪的年轮回照在金婚者的眼前，他们看到了两颗坚强和善良的心。享有金婚的人是天底下真正幸福的人，我的大难不死的父亲和苦尽甘来的母亲，他们是天下幸福人中的两位。

三个小时以后，我的父亲给我们打来电话，他说北京的贺电刚刚收到，宴会还没结束，他让我的弟弟当众作了声情并茂的朗读。全家人以及所有出席的亲戚朋友联合起来，在我的打油诗后又加了一句：儿孙个个度金婚。

此句含有向老一代学习的意味，思想甚佳，只是把一首四言打油变成了五句。

撕掉的悼词

　　二十世纪的最后一年，我把我的父母从竹溪县城迁移到十堰市，想的是这里相比县城，离北京要近一些，而且省去的是几百公里的盘山公路。既然他们不愿久居北京，以后我们过年回家，只需要坐一天一夜的火车。然而刚刚过了一个春节，夏天的时候我的父亲突然打来电话，说是有件事情想了很久，还是不瞒着你为好，你的母亲又住院了，是十堰市的太和医院，不过目前还没危险，你听了也别着急，心里知道这事就行。

　　我的父亲说话向来是春秋笔法，微言大义，这是他在长期的政治生涯中研究出的一种语言艺术，有些话还得反着去听。他的这种艺术经常把我害得很苦，使我觉得他的话不可不信，也不可全信，为了安全起见，最好应该半信半疑。他总是自作聪明地干出一些愚蠢之事，以善意的谎言掩盖家事的真相，有时甚至像搞文学创作一样进行虚构，由此结下本不应有的恶果。

　　根据历史的经验教训，我把他说的目前还没危险，理解成随时都有危险，因为近几年里，我的母亲每到冬春交替季节，都要住一次医院，我的父亲不仅自己不通知我，并且还让家里其他成员像是防贼一样对我封锁消息，他以为他的儿子在守卫着祖国的北疆，一离开岗位敌人就会冲了上来。我回忆过去我的母亲每次发病，几乎都是事过之后我才从老家的朋友那里得知消息，此时我的福大命大的母亲已经化险为夷，为此我回家后大发雷霆，但一到这时我的父亲就狡猾地离开现场，由我的母亲自己出来替他解围，说他瞒着我是为了我好。

我的母亲的生肖是蛇，那年七十二岁，正好是本命年，中国人闻之色变的一个紧要关口，北京的老太太一到这时就提高警惕，穿上红裤衩，系上红腰带，到大街上去扭延年益寿的大秧歌了。接到我的父亲电话以后，我预感到我的母亲这次非同往常，真实情况要比他说的严重十倍。我几乎没过多的考虑，立刻告诉单位我要回家。因为这次不知道要住多长时间，于是我索性提出内部退休，我的心里是这么想的，我的母亲这次如果活得过来，我就陪她度过以后的日子，自从远离家乡以后，这些年我们母子在一起的时候太少，因此我得补上；这次如果活不过来，我也不打算再上班了，就在老家住下，写一本关于她的书。我至今已写了几百万字的所谓作品，里面没有一个人物比得上我的母亲，我一直心怀愧疚，有时半夜醒来就再也睡不着了，为了使这种心情不至于折磨我到永远。

没有一个人支持我的想法，怀疑是这猝然临之的灾难把我变成了弱智，什么都不要了就为了我的母亲，我的母亲知道了病会好吗？但是我的决心已定，只等着单位批我内退。北京阜外医院是中国治疗心血管病最好的医院，门诊部的主任医师袁贤奇是我的朋友兼老乡，几年前帮我救活过我的好友，《十月》杂志的副总编邹海岗，我把我的母亲患病的情况告诉了他，他要我等她脱离危险之后接到北京来做手术，一切有他亲自安排。

六月十九日上午十点，我的兄长，十堰太和医院的党办主任彭新民给我打来紧急电话，要我马上回去，不可再晚。我听懂了他的意思，他是医院内部的人，他现在就在我的母亲身边，他的话代表着医生的观察和兄长的忠诚，还有关于人之生命的必然规律。我的眼泪哗啦一下流了回来，我一刻也不能再等，从哪里摸摸索索找出一张纸，给上班的妻子和上学的儿子匆匆写了几句话，立即奔赴车站。我锁了房门进了电梯，发现脚上穿的是双拖鞋，返身又跑回去。为了迎接2008年的奥运会，北京到处都在拆房修路，通向西客站的那条街道堵得厉害，去往十堰的2505次列车十一点四十分开车，而此时都快十一点了，我打的一辆出租车还堵在路上，好不容易能够挪动，刚开几步又被堵住。焦急是不管用的，痛哭和怒吼同样如此，给司机多少钱都不行，只能闭着眼睛等待，心里想着我的母亲此时已经成了什么样子。

谢天谢地，十一点三十分终于到达车站，我本要买张站台票上车再补，走进大厅却奇迹般地买到了卧铺，心想这真是一个好兆头，说明世上的事情变幻莫测，始料不及，说不定等我明天到家，我的母亲病已好了一半，正坐在床上看着她喜欢的电视。但再一想，怎么可能，我在车上给姐夫打手机说，明晨九点多钟我就赶到了，如果要做手术尽量等我，情况万分危急你才签字。

北京至十堰的列车常常晚点，这次到站时间却出奇的准，我老远看见我的同学和好友凌受举伸着脖子在出站口张望，见了我默默的一句话也不说，每次我回家他都这样。我们在车站拐弯处打了一辆出租车，直奔我还从没去过的太和医院，在济世楼十七层的六号病室，我一进门就看见了我的母亲，和我在火车上一万次的想象都不相同，她的脸色居然跟我春节看到的一样，完全不像是危重的病人，身子平卧在紧靠门边的白色铁床上，身边一层一层围满了亲人。我的妹妹率先发出一声欢呼，妈，你快看，你北京的儿子回来了！

我看见我的母亲眼睛一下睁得很大，很亮，接着她就把脖子努力往上抬着，大家一齐动手扶她坐起。我的姐姐说，妈听说你回来，今早突然就好多了！

我的母亲就笑，并不说话，不得不承认自己真是这样。我走到她的床边，叫她一声，抓住她的手，猜想着她会给我说出一句什么话来。比方她问，车上人多不多？或者问，还没吃饭吧？要不就这样子埋怨我说，他们都在这里，你何必那么远跑回来，我又死不了的！这都是她可能会说的话，她说这话时的神情动态，我想都能够想得出来。

然而什么都不是，我想错了。我的母亲把我看了又看，从眼睛看到嘴巴，从头上看到脚下，看够了她居然说出这样一句话来，她说："你都老大不小的人了，往后出门要收拾一下！"

我的姐姐妹妹都笑起来，既是笑母亲也是笑我。我的母亲说的收拾，其实就是打扮，她对我的穿着有了意见。我上身穿的是一件和尚领的大白汗衫，在北京一家商城的顶层花十块钱买的，虽然档次不高但它是全棉的；下身是一条铅灰色的休闲裤，从裤裆到裤腿都很肥大，人穿着显得又矮又粗，走在街上像两只移动的水桶，和家乡讲究男人的苗条风格形成巨大的差异；尤其是问题出在脚上，因为昨天走得紧急，凉鞋里面连双袜子也没穿，这一点实在说不过去。我笑着解释说，这些年都习惯了，穿着觉得蛮舒服的，袜子明天去买一双就是，回来的路上我看见满大街都是卖袜子的。

我的母亲决不妥协，当场让我的妹妹给我拿了三百块钱，要我明天就去买套衣服，把身上的和尚领和肥裆裤都换下来，最好再理个发，胡子也得剃了。我真是感到万分惊奇，一个生命垂危的人，在病床上睁开眼睛，看到她从千里之外奔赶回来的儿子，首先想到的不是别的，而是穿得太不像话了！

但我毕竟高兴得很，我的母亲病会好的，与我从新民电话中得到的信息相比，她今天的情况不知道好到哪里去了。我希望她就这样一天一天地好起来，千万不要再反复了。

这天晚上我回到家里，走进我的母亲睡觉的那个房间，坐在她平时练习写毛笔字的桌前，翻看她写在废纸上的书法。她已经写了满满一大纸箱，我一页一页地看着，从最上面一层看到箱底，开始她写的是字帖上的字，写着写着就变成了我们的名字，我忽然看到其中的一张，我的母亲写着：海涵呀，你怎么这样不争气呀！我的眼泪奔腾而出，我到底明白了她这次生病的秘密。海涵是我的母亲曾经送给别人的儿子的儿子，当我的父亲平反以后，我那苦难的同胞又回到了我们家中，但他已变得性情暴戾，行为异常，扔掉工作浪迹天涯，终于走上不归之路，留下刚满六岁的骨肉。

最初是我把海涵接到北京，跟我的儿子一道上学，已经读到四年级了，是我的母亲怕我精力用不过来，坚决要我把他送回老家，想不到这孩子回来又不听话，竟然把奶奶气成这样！我继续地看，在桌上又看到那字换成了我的父亲写的，用钢笔写在稿纸上。这个迂腐的人，这个已被岁月折磨糊涂的人，他写的是一篇悼念文章，开头是几句例行的总结，淑凤的一生，是什么的一生，又是什么什么的一生，总共有七八个排比句，抑扬顿挫，精辟凝练，像是悼念一位伟大的无产阶级革命家。

悼词上面洒着斑斑的泪痕，寄托着他老人家的无限哀思。他是觉得我的母亲这次必死无疑了，担心临时再写他来不及。我气坏了，抓起悼词揉成一团，接着又展开撕成碎片，把它扔进厕所，放水冲掉，回转头在屋里大声地咆哮着。我说你写什么写，我刚才去医院看过了，我妈这次死不了的！我的父亲被我吼得晕头转向，又羞又愧，内心里却激动得不行，拼命地对我解释着说，这是今天，昨天你没看见，她已经是不行了哇！

这天晚上有我的姐姐妹妹守在医院，我和我的父亲在家里坐到深夜，一直谈着我的母亲，一会儿充满忧虑，一会儿互相宽心，一会儿又接着忧虑起来。次日清晨我去医院，想不到真和他说的一样，我的母亲昨晚又心梗了，疼得险些窒息，医生全力抢救才又缓解过来。我再次看到的她分明和昨天判若两人，脸色苍白，两眼是闭着的，一只鼻孔插着黄色的输氧管，青筋暴露的手背上扎满了针眼，到处都是紫色的瘀血。她已经无力检查我今天穿的是什么衣服了，听到我说话的声音，她睁开眼睛示意我过去，她对我说，医生说是要给我做手术，不要做了！

我问，为什么？为什么不听医生的话？

我的母亲不回答，只是摇头。我的姐姐说，我知道妈的意思，她是听说要花好多万块钱。

我想哭，最终却笑起来，笑的声音和哭没有区别。我说，妈呀，花多少钱我们都要救你，我们是你生的，没有你我们连人都没有，还说挣什么钱呢？我们每月都有一千多块钱的工资，我还有稿费，钱我是花不完的……总而言之，给你做一个手术是绰绰有余呀！

我直管吹着牛皮，把自己说成是个百万富翁，差点儿把提前退休的事都说了出来。我的目的是让她去掉一切的思想顾虑，配合医生进行救治。我的母亲在我脸上看了很久，她相信了我的吹牛，因为她知道她的儿子从来没有吹过牛的。她的眼里闪着融融的亮光，如果儿子有那么多的钱，能活下来当然是最好的。

我的笑凝固在了脸上，心里已经号啕大哭。我的母亲不是农民，她是一个国家干部，而且是土改时期参加的革命，她把大半辈子最健康的生命献给了祖国的建设事业，如今老了，病了，还剩下很少一点不健康的生命了，应该算离休了，退休了，可以享福了，但现在却面临这样的身体状况。

大名鼎鼎的张群林教授知道我是新民的朋友，他把我叫到他的办公室里，用一根小棍指着墙上那幅万分复杂的心脏图，一如面对作战地图的将军。他说你母亲的心脏某处血管已经堵住不通，就像敌人切断了我军的道路，使弹药无法运输过去，必须尽快做搭桥手术，否则每梗死一次，心血管就会坏死一片，大面积的坏死之后就不好治了。张教授是太和医院心血管科的学术权威，他的小棍每指一处，我的心就好一阵战栗，他说为了准确找出你母亲的心梗区位，可以先做一个造影。

造影由该院心血管科的手术专家葛永贵医师主持进行，张教授坐镇指导，随时做好开胸搭桥的准备。葛医师给我讲了一遍何为搭桥，然后递给我一个大本子，又递给我一支笔，要我在大本子上签字画押。我握笔的右手抖个不停，要签字时又停下来。我说不忙，你得给我再讲一遍，先不说是手术，造影的风险到底有多大，造影之后手术之前，我们能不能够研究一下再做决定，如果你们没有把握，我就把母亲转到北京阜外医院！

我已经顾不得这句话会得罪整个的太和医院，我只想逼着他们做出万无一失的保证。葛医师真是一个好医师，还当着心血管科的主任，他说他理解我这个做儿子的，他说他也是一个孝子，他会一切都按我说的办。转到北京阜外医院并非上策，因为我的母亲目前根本不能乘坐飞机，而在火车上的二十三个小时将会发生一些什么意外，谁都无法预料。我到底在大本子上签了字，但我要求亲自进到观察室里，坐在张教授的身边，看看我的母亲那颗受难的心。二位权威答应了我，把造影的事情定在第二天。

我按照他们的医学解释，把造影的过程讲给我的母亲，为了消除她心头的恐惧，我讲得比医生要简单得多，我说就像是扎针一样，不过这次是扎腿，针管里的药水注入心脏，里面的问题就能看个一清二楚。

我的母亲是听说过安乐死的，她问，会不会就那样睡过去了？

我笑着说是不会，我说您要是想看的话，你还可以自己看到自己。

那天下午，我揣着我的妹妹给我的三百块钱，要我的朋友东明陪我，去五堰商场精心挑选了一套衣服，蓝色的真丝 T 恤，米黄色的盖兜裤，换下了身上的和尚领与肥裆裤，脚上的袜子也配齐了，我要让我的母亲高兴，让她明天进入手术室前，眼前出现的是一个漂亮的儿子。

母亲的心

　　我坐在张教授的身边，看到屏幕上我的母亲心脏的时候，呼吸几乎要停止了。我从没想到母亲的心会是那个样子，在黑白荧屏中它不是红颜色的，而被注入的药液变得玻璃一般透明，像一片对着阳光的破碎的树叶，一张挂在窗口的脱线的渔网，还像老树的根茎和吸水的海藻。纵横交错蚯蚓状的血管简直是一团乱麻，有的细若游丝，有的梗如枯藤，有的索性在中途断了，相隔很远才隐隐现出一根线头，在空旷和失落中漂浮寻觅。我想着那堵塞的地方一定是我小的时候惹她生气，而断掉的那根又是因为我长大以后迟迟不肯成家，我的母亲这颗心是操碎的呀。

　　然而这颗心却在有力地动荡着，它在摇摆，弹跳，一下一下地伸展和收缩，半秒钟也不停息。这使我在忏悔的痛苦中感到了惊喜，我的母亲心没有死，它是不会死的，它是一条历经磨难的鱼，只等着厄运过去，很快就会恢复过去的鲜活。

　　白衣白帽的葛医师悄然走到我的身边，把那些若断若续的血管指给我看，他说你看见没有，太复杂了，比我们想象的还要复杂，手术时万一碰断其中的一根……他不说了，看着我。我简直不假思索，立刻就对他表态说，不做手术了，让我妈多活一天是一天吧！

　　张教授当即决定，运用最新的基因搭桥术。基因搭桥是二十世纪末美国人率先研究出来的心血管病治疗手段，对病人的心脏注射一种生化药剂，使之利用自身的基因生长出新的血管。聪明的中国人几乎同步试用，开始对狗，继而对人。在我的母亲之前，太和医院已经成功地进行了三十五例，年龄最大的是一个七十多岁的南下干部，不久前他办了一桌酒席感谢张教授，自己带路，一口气登上了三楼。

不过张教授说，先得稳住我的母亲病情，基因搭桥需要观察一周之后。我同意了这个方案，然后一心等待着这个日子的到来。这期间医院对我的母亲要进行一天二十四小时的监护，用了最好的药物，最好的仪器，日夜吸氧和滴注硝酸甘油。新民让护士长把我的母亲从六号病房换到四号病房，一人一室带卫生间。朋友们轮流来看望我的母亲，送来的鲜花摆满一屋。

新民每天都到病房里来，俨然一个不穿白色衣帽的巡房医生。这天下午新民又来，戴着墨镜和遮阳帽，脖子上挂着一架照相机，告诉我明天他去庐山，带着医院里的劳模参加"七一"组织的一次活动，一周之后就回来。他对我的母亲说，回来正好赶上她做基因搭桥。

但是一周之后，新民没有回来，母亲做基因搭桥的头天晚上，我的父亲在走廊上无意中听到两个护士小声说话，说是去庐山的人在九江出了车祸，伤员正在当地医院抢救。我的父亲大惊失色，不敢让我的母亲知道这个消息，只悄悄地对我说了。我只觉得这事太奇，新民属蛇，今年也是他的本命年，我极后悔七天前没有劝他不去。可是，他是党的干部，党的节日组织党的活动，党办主任怎么能不去呢？

第二天我们早早做好准备，兄弟姐妹，姐夫妹夫，还有侄女和外甥女以及我的好朋友们，一个个都来到病房门外。我的母亲一双眼睛到处巡视，没有在人群中看到新民，她的心里分明有一点慌，她记着新民走前说过的话，她希望在如此重要的时刻，身边多一个医院内部的亲人，那样她就更放心了。

令我们不放心的事情还有。当我再一次去签字时，却听说张教授今天不能来了，我惊问是为什么，葛医师说不知道，所有的医护人员都说不知道。我抓住一位名叫肖敏的值班主任，因为她的哥哥也是我的朋友，我要她立刻带我去找张教授，她把我带到院办，才知道张教授凌晨接到一个紧急通知，已去东风宾馆学习重要讲话。我飞身下楼，冲上大街，招手拦住一辆出租汽车，问司机知不知道东风宾馆。司机一脸自负，说上车吧，我就上车，车子呼呼噜噜跑了老远，他却忽然抓着头皮自言自语地说，好像只有一个车城宾馆，没听说还有一个什么东风宾馆……

我一下子火了，我说我是去找医生来救人的，既然你不知道为什么还要误我！我叫他停车让我下来，他还想向我要钱，我一分钱也不给他，在马路边又招来一辆出租车。这次我再不上当了，要司机对我打了保票，才敢跳进他的车里。

东风宾馆真的是在开会，上面悬着大红横幅，下面坐着各色人等，台上几个，台下好几十个，一个电视台的记者扛着一架巨大的摄像机，正在重机枪似地逐一扫射。我透过大门玻璃看到了张教授，马上他就要被扫进镜头了，我不管三七二十一，叫过会场的服务员说，请通知那位名叫张群林的先生出来，太和医院有急事要他回去。张教授闻讯离开座位，跟跄着脚步奔出会场，一眼还没认出是我，却被我一把将他抓住。我说别开会了，别上电视了，回医院去救我的母亲吧，今天是给她做基因搭桥，你说好要赶到现场的！

我们又打车回到太和医院，我的母亲看到了张教授，脸上顿时露出笑容。基因搭桥做得非常成功，心血管科号称三巨头的三个重要人物全都披挂上马，张群林教授坐镇，葛永贵医师主针，还有一位名叫王家宁的医学博士临场观察，基因搭桥术就是王博士从北京医科大学他的导师那里带回去的。

在这段日子里，除了夜晚我们轮流守在我的母亲身边，我的姐姐和妹妹一班，我和我的侄女儿小华一班，每个白天我都要去病房里守望我的母亲，中午在医院食堂草草吃一盒饭。我懂得在现在，良好的就医环境对母亲有多重要，很多时候它就是生命，就是一切，因此我跟心血管科的工作人员关系搞得好极了，对十八岁的小护士我都尊敬，为的是她给我的母亲注射时针头能够找准目标，我的母亲血管太细，有的护士扎错了地方，拔出来接着又扎，多年来我的母亲手背上的针眼对的错的，加在一起已经成千上万了。

十天以后，奇迹出现了，我的母亲居然能够下地走动。新民仍没过来看她，看来事情瞒不住了，我把新民在九江遭遇车祸的事告诉了我的母亲，她立刻就苍白了脸，浑身紧张起来，我害怕基因搭桥前功尽弃，赶快说新民现已脱离危险，过两天也就能出院了，到时肯定会来看她。这下她才长长地叹口气说，好人老天爷会保佑的！

事实上直到我的母亲出院新民也没有出院，他的脑蛛网膜受震后严重下垂，头部肿大，眉棱骨上缝了三十多针，红汞和血糊在一起，看着都有些变形了。但他睡在床上一边哼哼，一边还问我的母亲手术以后情况怎样。

为了感谢张教授的救命之恩，我也学着别人的做法，带上两千块钱，晚上来到他家，要他收下我的一点心意。张教授宁死不收，他的夫人也在一边协助推脱，这晚我在他家吃了不少西瓜，却把钱又带了回来。张教授听说我是作家，要我以后送他我写的书，他让我放心地回京，他会按时检查我的母亲康复情况，指导用药，并且跟我保持联系。

七月二十三日上午九点，我回到北京，次日清晨去单位办理内退手续，却意外地得知单位根本就没批我。我失踪了一个月零五天，临走连手机号码都没有留下，同事们无从知道我的行踪，唯有总编辑周奎杰女士设法找到我的父母家中电话，以她女性的贤德两次问候我的母亲。直到此时，我才隐隐感到不安，心里有了另一种的愧疚，同时我还突然发现，原来我是一个庸俗的，没有出息的人，风云气短，父母情长。我真佩服我们中国历史上那些伟大人物，分羹的刘邦，葬母的韩信，烹子的易牙，看来我此生是当不了英雄和政治家了。

九月上旬的一个晚上，我接到张教授打来的电话，他说他收到了我寄他的书，说我的母亲目前康复得很好，比他们当初预想的还好；接着我又接到我的父亲的朋友何荣先生的电话，这位前市卫生局的局长，以三十五位心脏基因搭桥成功者之一的资格，担任着我的母亲的健康顾问；再接着，我收到了我的母亲写于八月三十一日的一封长信。她在信上写道："国儿呀，我的病已好了，你不要再一天到晚地想着我了，你集中精力去做你的事吧！"

只看到这一句，我就认不清下面她还说了一些什么，我早已喉头哽咽，泪眼婆娑。母亲呀，你是我的母亲，不想你怎么可能，怎么可能呢？

观音的瓷像

　　我的母亲是信奉观音的，每天清早起来，她首先要拿出一条白毛巾，轻轻拭去昨夜落在那尊观音身上的灰尘，插三炷香在香炉里，轻轻擦一根火柴点燃，在袅袅的香烟中打开佛音盒，让它放出那段美妙的唱经声。然后她神情庄严，站在菩萨的瓷像前面，双手合十，吸一口气，低头深深地鞠三个躬。

　　自从我的父亲平反以后，二十多年如一日，我的母亲希望观音菩萨能帮我们把这个幸福祥和的局面维持下去。她觉得这样的局面在别人家很正常，而对于我家来说，实在是太不容易了。

　　在她七十二岁这年，也就是她第六个本命年里，她的心脏病突然发了，躺在医院雪白的病床上，她极其郑重地嘱咐我的父亲，别忘了那个事儿啊！

　　我的父亲知道是哪个事儿，一鼓作气地点头，我记着的，我记着的。

　　他记着那个事儿，却把其他的事儿给忘了。那些日子他心乱如麻，脑子也不灵便，手脚又笨，回家在电炉子上烧开水，把一壶水烧干了，他还站在观音菩萨面前发呆。猛地发现满屋白烟，煳味都出来了，这时方才想起电炉子上的水壶，慌得张开两手，飞步就往厨房奔赶，只听得"啪啦"一声，那尊瓷像被他的胳膊碰倒在地，一下变成了几十个碎片。

　　这该怎么办？让我的母亲知道了，她那一颗信奉观音的心脏还搭得了桥吗？

不告诉她，等她出院以后自己知道，会不会还得进一次医院？

我记得在我小的时候，家乡有一种手艺人，用金刚钻在打破的瓷器上各自钻出一个小孔，用一根细铜丝穿进去，把它们连起来，打一个结子，再用锉刀把突出的地方挫平，这件瓷器就又完整了，修补得特别好的还能装水。只是原本好好的身上打了补丁，有碍观瞻。尽管这样，手艺人的水平不高，工具不好，也断乎做不了这件事，中国民间有一句谚语说了，没有那个金刚钻，不揽这个瓷器活。那时的瓷器价格很高，普通人家是用乌红色的窑碗装菜盛饭，用颜色更加难看的砂锅盛菜汤，没有几家人家里能端出几样雪白的瓷器。

而且，用金刚钻和铜丝打补丁的，还是普通的破瓷器，碗盘盆碟之类。观音菩萨的瓷像是能用金刚钻去钻的吗？钻出孔来穿上铜丝，又密密麻麻地布满一身，那还是观音菩萨吗？

透过一扇开着的窗户，楼下传来铁片击打的声音，由远而近，跟一个修鞋匠的吆喝声混在一起：补鞋啰——哗啦，哗啦——鞋底鞋面都能补啰——哗啦，哗啦——。我发现我的父亲眼睛亮了，偷偷地看我一下，他肯定想到了修鞋匠手里的胶水。

但是在他开口之前，我及时地斩断了他的这个念头。我说，观音菩萨可不是皮鞋，不是胶水能补的东西！

一家人都沉默着，看样子准备听天由命。最终还是我提出了一个大胆的设想，因为瓷像是被我的父亲打碎，所以还是由他负责，把打碎的观音菩萨包在塑料袋里，里外套上三层，放进远处的垃圾箱，不能让任何一个邻居看见。满屋子彻底检查一遍，墙角柜边，沙发底下，芝麻大的一片碎瓷也不能遗留。这一头我再按照这个观音菩萨的样子，去市场买个一模一样的回来，放在原处。

部署完毕，我带着弟弟，坐车到市中心的古玩瓷器市场，一个店子一个店子，一个摊位一个摊位，来来回回地考察，差不多快要转满两圈的时候，我的心情不觉紧张起来，这里的观音菩萨有很多种，没有一种跟母亲供的那个完全相同。母亲供的观音菩萨是白底青花的，既清清爽爽，素素净净，又光光堂堂，漂漂亮亮，而市场上的观音菩萨要么是彩色，两个红脸蛋儿，一副红嘴唇儿，身上五颜六色，金光闪闪，价格是好几百块钱一个；要么是全白，价格倒是便宜，一个才十几块钱，可惜塑型和烧制都粗糙得很，模样儿也不大像，摸上去还有些扎手。

这还不是主要问题，主要问题是如果把这彩色或者全白的观音菩萨买回家去，我的母亲又是一个特别精细的人，眼睛虽说是老花了，但她有一副老花眼镜，谁也别想打她的马虎眼。等她病好出院，回家一看，啊，观音菩萨怎么不是她原来的那一个了？一追问，不就把我的父亲不小心打碎的事追问出来了吗？

我们兄弟二人站着商量了很久，意见竟是统一的，不能买。不买又怎么办呢？正左右为着难，有个胖太太走到我旁边的一个玉器专柜，动手摆弄着柜子里的白玉坠儿，嘴里问卖玉器的女孩儿说，小姐，我家那口子的老人脖子上还差个挂的东西，你说买个什么样的好呢？女孩儿问，公公还是婆婆？胖太太说，公公要个什么呀？是婆婆。女孩儿脱口就说，男拜观音女拜佛，您听我的，挑个佛吧。胖太太就听他的，挑了个笑呵呵的大肚子玉罗汉，对着灯光看了看玉坠儿的成色，谈好价钱就买走了。

女孩儿的话让我心明眼亮，我对我的弟弟说，有办法了，我们给妈买个如来佛！

我的弟弟茫然地瞪着我问，一个男的一个女的，一个胖子一个瘦子，一个有头发一个没头发，妈一眼不就看出来了？

我成竹在胸地说，这事儿你别管了，你也别说话，你听我怎么跟妈说！

我就在瓷器专柜挑了一个如来佛的彩色瓷像，掏钱买了，让我的弟弟双手抱在怀里。接着索性又到玉器专柜，学那胖太太买了一个带红线的罗汉玉坠儿，又到服装百货商场，买了一件大红圆领汗衫，一条红皮带，拿在自己手里。也不回家，坐车直接赶到太和医院，我们兄弟二人一前一后，高高兴兴走进母亲的病房。

我的母亲仰脸躺在床上，首先看见了我的弟弟怀里抱的如来佛，接着又看见了我手里拿的红汗衫和红皮带，她的脸上露出惊讶的表情，还不等她开口发问，我就把那只小玉罗汉也亮了出来，带着一根红丝线递到她的眼皮下面说，妈，今年是您的本命年，本命年兴穿红衣服，系红裤带，还兴戴护身符，我们就专门给你买了这几样东西！

我把玉罗汉佩戴在她的脖子上，红汗衫和红皮带放在她的枕头边，接着我又把我的弟弟怀里抱着的如来佛接过来，递到她的眼前让她过目。我说妈呀，您每天拜观音菩萨，拜着拜着病了，拜着拜着住医院了，您知道这是为什么吗？

我的母亲睁大两只眼睛望着我问，为什么？

我说，今儿我才听一个信佛的老人家说了，说男拜观音女拜佛，您是应该拜佛的！这个大的是如来佛，这个小的是罗汉，又叫弥勒佛，也是佛，等着您出院了，往后就拜这个佛吧！

我的母亲脸上的表情吃惊极了，又有些恍然大悟的意思，好像在心里说了一声，怪不得呀！但她很快又笑了起来，笑里有一点儿难为情，像是为自己过去拜错了对象感到惭愧。不过她断然不会这样说出来的，她的嘴里忽地冒出了一句话，这句话其实不够一句，却是她此时最关心的事，她小心地问我，那……一个呢？

我当然不能说是让我的父亲打碎了，也不能说送了亲戚，或者邻居，因为假如我这样说了，依着我的母亲一生的精细，她会从此在心里记下这件事情，出院以后，要是有机会到亲戚邻居家去走走，她会顺便看一眼那件曾经属于她的东西，发现新主人放的位置不够正确，甚至她还会负责任地指出来说，啊，你们应该把它摆在迎着门的地方儿！那么，说是送了一个不认识的人吧，她倒是没有能力去打听了，却又会引起她的怀疑，她会想到是一个收破烂的老头儿，收破烂的老头儿收走了观音菩萨，不是接近于承认有人把它打破了，至少打破了身上的某一处吗？

瓷器店的老板太会做生意了，他们以旧换新，把旧的观音菩萨给他，新的如来佛可以便宜一半的钱。我出口成章地编着假话，骗我的母亲说，所以我就把观音菩萨换给他了，爸爸他们还有些不同意呢！

顺便我又把我的父亲保护了。我编这套假话的时候态度非常严肃，我的母亲竟然就相信了，望着我笑了一笑。不过她相信的是我用如来佛换观音菩萨的事，而对于这个陌生的如来佛本身却不是很相信的。这种心思在她的眼里闪了几个来回之后，她到底把它说出来了。我的母亲望着我又笑了一笑，试探着问我，这个如来佛，他是管什么的……

天上人间，什么都管！我用坚决的语气告诉她说，如来佛的级别比观音菩萨还高，您不是看过《西游记》吗？唐僧师徒四人到西天取经，那个经就是如来佛给的！他说给就给，说不给就不给！孙悟空一个跟头十万八千里，打不过如来佛的手掌心，你想他的法力有多大！

我这几个例子举得很好，我的母亲眼睛又亮了起来，眼前像是出现了那个白白胖胖的大人物。不过她的表情很快就暗淡了，脸上露出一丝留恋，过了一会儿，她望着我又笑了一笑说，其实，要是两个都放在家里……

我几乎不假思索，旋即就否定了她的这个设想，我说，那不行的，要么就拜一个，要么就拜齐全了，齐全您晓得有多少个吗？文殊广贤，地藏韦驮，还有五百个阿罗汉，唉呀，那得要多大的房子呀，那样一来家里不成了归元寺吗？

这一下子，我的母亲就忍不住笑了，把盖着胸脯的白色床单笑得一抖一抖的。她是真正地被我说服了，真正地感到了心满意足。

自始至终，我的弟弟坐在我的母亲床边没有说一句话，离开病房的时候，他怀里抱着如来佛走在前面，我看见他的后背都汗湿透了。这是个老实人，不会说谎，听着我说他都胆战心惊。

一个月后，我的母亲出院了。她的命真大，在她七十二岁的本命年里，她的一颗极度衰老的心脏，成功地做了一次基因搭桥。

我的母亲回家以后，对那件事就更虔诚了。她真诚地感激着这个新来的如来佛，认为自己的死里逃生跟它有着直接的关系，由往常的每天早晨一次，增加到每天一早一晚，香炉换了一只大一点的，佛音盒里播放出的唱经声，音量比往常也响亮了一些。她怕声音会从阳台上传出去，打扰左右邻居的休息，一到唱经的时候她就把阳台的窗户关上，唱完以后她才打开。

她的脸上慢慢有了红润，也胖了些，家里请的小保姆到期以后，她坚决不让再请，自己又重新走进了厨房，一切都恢复到过去的样子。除了做些家务，有空她还看一看书，写一写毛笔字，对父亲写的打油诗提几句意见。

有天中午，我在外面跟朋友聚会回来，进门看见我的母亲鼻梁上悬着一副老花眼镜，手里捧着一本翻开的书，眼镜离书的距离大约有两尺多远，嘴唇一动一动的，是在小声地念诵着。听到我进门说话的声音，她把鼻梁上的眼镜摘了下来，夹在那页书里，一双眼睛笑眯眯地看着我。这样看了很久，忽然她开口向我提出了一个问题，她说，我反复看这本书，书里没说观音是女的呀……

我伸手把书接了过来，一看正是我说的那本《西游记》。原来我的母亲一直怀念着观音的，自从家里的观音菩萨换上了如来佛，她没有办法看到观音菩萨了，就只好到书里去看观音菩萨。不想她这一看，无意中有了一个重大的发现，那就是观音的性别。

我料定她顺着这个思路还会往下想，进而还会想到我说的那句"男拜观音女拜佛"，再往下想，她会不会推翻家里目前的这个如来佛，重新放上那个久违的观音菩萨呢？我就不让她再想下去了，赶紧主动地告诉她说，佛教里那个大慈大悲救苦救难的南海观世音菩萨，其实非男非女，中国的老百姓坚决要认作是一个女的，所以民间就当女的供了。

我的母亲听我这样讲解，眼里一点一点地亮起来，她又问出一句话说，要是那样的话，说明我还是能拜观音呀，何况我们是一大家子人，一家人有男也有女……

那您就还拜观音吧！我爽快地表了一个态说。只要安全渡过了父亲打碎观音瓷像那一关，我的母亲拜谁我都没有意见，她爱拜谁她就拜谁，她有宗教信仰的自由。

我的母亲一听高兴极了，亮闪闪的眼睛里有了泪光，她继续笑着看我，又看了很久才说，你晓得吧，梦非还是那年我在北京的时候，从观音那里求来的……

是吗？我吃惊地问。梦非是我的母亲的长孙，这年十一岁，十二年来我还是第一次听说这事。

我晓得你不信，可是我信，我的母亲平平静静地笑着，平平静静地望着我说。心诚则灵，对菩萨就像对人一样，你相信他，对他有真感情，又听他的，行善，积德，有了难处他就会尽量地帮你！刚才你说他大慈大悲，救苦救难，他就是那样儿的一个人……

我的母亲把观音从天上请下来，变成一个人了！这一次我在她的脸上看了很久。

一年以后，当我又回老家去看望我的父母，我看见我的母亲卧室里香烟袅袅，供台上放着一尊观音的瓷像，白底蓝线，跟那年被我的父亲打碎的那个简直一模一样。我有点儿惊奇，不知道她是托了何方高人，又是从何处弄来的!

忽然我的心里生出一个疑问,当年那件事情的真相,在我走后有人告诉了我的母亲吗?

阳光从窗口照进来,在佛音盒放出的唱经声中,我看见我慈眉善目的母亲脸上又红又亮,喜气洋洋,本身就像是一个观音菩萨。

重读三十年前家书

历史上最黑暗的一天。二〇一〇年十二月八日。阴历冬月初三。节令大雪。

前一个夜晚，我的朋友尚振山来到我家，取走我送他的一套九卷名家档案丛书，我主编的，新华出版社刚刚出版。而在三个月前，他也出版了我的一部小说集，名叫《流泪的百合花》，是小说集中一篇小说的名字。二〇〇一年六月，我的母亲住进家乡的太和医院，我从北京赶去陪护，一家杂志很急切地约我写个短篇，说那一期是我们几个好友的专号。我从太和医院党办主任彭新民手里要过一本病历，趴在母亲的病床上，把小说写在病历的反面，当时我的母亲疼痛暂时缓解了些，偏了头看着我写，被我发现，她就转过脸去假装睡着。我写了一个漂亮的小姑娘，每次把病房里逝者的百合花收走重卖，那白色的花瓣一经洒水，含泪自落。我选这篇小说的名字作为书名，是为纪念九年前在太和医院与我的母亲共同度过的三十五天。

振山问我，明年干什么？我说为我的恩师武大老校长刘道玉写一部传，同学们共同推荐我写，献给他的八十大寿。振山又问，除此以外还干什么？我说把我的父母从老家接来，让我的父亲在葫芦上写打油诗，我的母亲在葫芦上写"福"，或"佛"，我的母亲是信佛的。葫芦音似"福禄"，是吉祥物，北京自清代即有民间艺人在小葫芦上烫字烙画，此物价值不菲。

今年春节，我新搬到城南别墅，前后园子有二分多地，于是在迎门的葡萄架下种了葫芦，居然结了好几百个。我将它们从藤子上剪下来，刮皮，晾干，在电器行里买了可以在竹木上写字作画的电烙笔，准备让我的父母在上面写些吉祥的字，写一个，送一个给亲人和朋友，当把这几百个葫芦写完，下一年的葫芦又结出来了。

振山迟迟说出他的来意，原来是想请我做他图书文化公司的总编，以便把我的文界朋友一网打尽，我答应帮他介绍些人，但实际的工作我却无暇去做。

这时候我的姐夫打来电话，告诉我的母亲住院的消息，我问因为什么，他说阑尾炎，我问要不要我回来，他说不要，小手术。听说手术我就紧张，问他能否不做，他说必须要做，院长亲自主刀，是他的朋友，说没问题。这些年我听多了"亲自"，时常发笑，好像校长讲课，汽车队长开车，本是份内的事却成了一种破例的恩惠。我让他转告陪护在母亲身边的姐姐，发一条短信在我手机里，我好顺着这个号码打过去，详细地问了情况，然后和母亲说一句话。我的手机太破，是很多年前一位学生送给我的，短信多到五十条左右就从中自动挤掉，电话簿也常漏去姓名。然而短信迟迟不来，我去洗澡，借此缓解一下自己，手机放在洗水池上，以免误了接听。

直到洗罢也无消息，我耐心地等，终于响了，我的姐姐说妈已进手术室，刚才没给我信是忙做术前准备，两小时后一出来就告诉我。我愣怔，恼怒，怨她没有守信，说好了通电话怎么又不通。但我无言，心中焦虑，两小时后，告诉我的不是我的姐姐，而是我的姐夫，大声说，手术做得很成功！我心狂喜，也大声说，好！合上手机，却睡不着，想着我的母亲，忽然要坐起来跟她说话，忽然又躺下去，让她休息，静待天明。

但是天色未明，我的姐夫第三次电话打来，这个当过兵的汉子，他硬着喉咙，毫不转弯抹角地告诉我说，妈已经走了！随后万籁俱寂，我相信自己没有听错，大叫一声，不知为何关了手机。我想可能是我不忍再听，不必再听，因为再听什么都是无益，或者在慌乱与绝望中这行为完全是下意识的。我的妻子从我的叫声中猜出已经发生的事，从她的被子里爬过来，搂着我低声抽泣。我挣开她，又把电话打给我的姐夫，问爸爸呢？爸爸在哪？我知道我的父母一生恩爱，我怕走了一个，又走一个！我的军人姐夫突然嗓子哽咽，他撑不住了，说爸爸，爸爸就在妈身边……

我恨说没问题却出问题的院长！因为恨，我怀念十堰太和医院的张群林、葛永贵，九年半前，张教授本来在东风宾馆参加一个光荣的盛会，想起对我的母亲许下的诺言，竟从世人艳羡的电视记者摄像机下"仓皇出逃"，跳上一辆破出租车，回院与葛医生一道，为我的母亲主持做完心脏搭桥的手术，以完美的医德和医术挽救了我的母亲！

我恨我的姐姐！这个天底下最孝顺的女儿，说好术前要通电话，为何短信发来母亲已进了手术室！我是九年半前为我的母亲签过一次字的儿子，我有一句话切切要嘱咐她呀！

我恨我的弟弟！家中有事从不与我通气，母亲历次生病都是我的朋友偷偷告诉我，他若像我的朋友一样懂我，我们也能最后见上一面！

我恨我！已说好今秋把我的父母接来北京，为此我把楼梯每一层的转弯处都加了扶手，不会跌倒。洗澡的新木缸也泡好了，不会漏水。尤其是这里有好的医院，好的医生，好的朋友在那里坐诊，曾经还为她看过病。我的母亲推到明年春天过完生日再来，我为什么就同意了明年春天过完生日再来？

我恨我的母亲！因为爱我，太爱，害怕影响我的写作而迟迟不来！迟迟不来！如今她再也不能来了，而把刻骨铭心的疼痛永远留给了我！

母亲逝后，我洒泪打开一只木柜，从中找出她生前的书信。家里人谁也不知道，我把母亲的书信分别藏在两处，一九八七年九月以后的藏在北京，此前的藏在老家，逐年装订，外套护封，用胶带交叉捆扎以防散失。最早的一封距今已有三十六年，其中一封写在一张记账单的反面，字迹模糊，纸页焦脆泛黄，看了日期，我确认是被我三十三年前涌泉般的泪水打湿。那时的中国已发生巨变，母亲在信中说："妈为了你们的成长，妈要坚强起来，把革命工作干到底，在这大快人心的日子里，抓纲治国，妈也要作出一点贡献！"（一九七七年六月十四日）

翌年冬，我的父亲平反。冬去春来，我家父子兄妹四个同时返城，始有与人平等的工作。

若说我有善良、助人、俭朴、报恩的品德，那全是出于自幼我的母亲教导得好。我读书时的作业本比同班同学要大几公分，是用废账单装订而成，把字写在反面，一如我的母亲写给我的信。我的课本也与众不同，是我的姐姐用过的，行间有铅笔打的直线和波浪。我以最好的成绩考取了城关一中，却转学到一百二十里山路之外的丰溪三中，在那里每月能省三块钱。我教书了，我的母亲教我如何爱护学生："学生有能力弱的，当然是两个原因：一个是生成的，一个是家庭条件困难（造成的），因此要原谅他（们），对这样的学生要帮助，要爱护。"（一九七六年三月八日）

我的母亲教我学会感激，哪怕是一件微乎其微的事："如果小柏同志送东西到家的话，放热情些，留他玩，是（我）请他特意到家的。"（一九七五年十月十七日）不仅感激他人，甚至兄弟姐妹之间也要领情，不能白要人家东西："先说的一条裤料，你姐姐花了三十多元，将来你有了，给她做一件适合的衣服或裤子就行了。"（一九七七年六月十四日）几十年来，我回忆，我对我的学生，我的作者朋友，我曾经帮助过的人，我都努力按我的母亲教导去做，不取谢酬，甚至赔钱。

母亲教我孝顺老人，这一点我做得不好，我承认我还算孝，却不够顺，曾在逆境中惹我的父亲生气，气得要死。不过至今想来也是不能顺的，顺就完了，在我未满十六岁的时候，我的父亲单方面答应我要娶恩人的闺女，反倒被我一口拒绝。父亲挥手打我，我以出走相威胁，并砸碎了一面镜子，父子一度形同陌路。我的母亲因此责备了我，责备我的态度，但她并没责备我这事本身做得不该。

她在信上写道："对爸爸的态度放好些，对婆婆的也放好些，她老（人家）的心眼多，年纪也大了，无依无靠的，我也没法照看她老人（家）。年轻时她受你外爷的气，新中国成立前她老人家并未过到一天好日子。我虽然在革命阵营，自己只能顾自己的儿女，我也感到难受，如果到那时，我这个当女儿的心中有愧呀！"（一九七五年七月十一日）

我的外婆家是地主，外爷有两房妻室，外婆是大房，后来就成了地主婆。那时候我受阶级斗争的影响，我和我的右派父亲脱离不了，我只想和我的地主外婆决裂，全心全意接受贫下中农的再教育。后来，我的外婆死在我的母亲怀里，死在我的母亲悲恸欲绝的呼唤声中。

那封信里母亲又说："上次蒋本青回家时，我请他带一口木箱，一斤茶叶，一口袋木耳，大概有七两左右，燕麦面一口袋，时间长了有点皮，还有十元钱，都收到了吧？那口箱子是彭代祥送的，我想母亲没有箱子用，给她的。"母亲教我："不要好高骛远，只要（是）革命工作，都要热爱去搞好，望儿在任何形势下都要经得起考验，千万不能悲观失望，要有勇气地干下去，对领导，对同志，对贫下中农，要谦虚谨慎，还要多请教，不要自作聪明。我的眼睛不行了，就写到这里。妈妈淑凤。"

我的母亲教我，你帮人家的莫总记着，人家帮你的可莫忘了。"昨天中午收到儿的来信，妈看信后，更加深思，儿的句句话，说在娘心里，不由得我回忆往事，很自然流下眼泪。又想到孩子们，特别是你哪，你一直在追求真理，妈妈有你这样的儿子，从内心感到欢喜。"（一九七九年七月七晚）

这封信的背景被我回忆出来，那是在我的父亲平反的第二年，我已小有写作的名气，县里举行知识青年招工考试，我从龙王垭茶场出来赶考，县委副书记陈维高看上我，要我跟他去写公文，县人民银行行长倪静华也看上我，我对公文怕得要死，二者之间选了银行。陈书记生气了，下令劳动局姚局长把我"卡住"。这年三月我到了银行，工资从元月开始算，别的知青每月二十六元钱，独独给我三十元。

我给我的母亲回信：我要感谢倪行长。

在我的父亲所著的《晚云集》里，关于母亲，有他诗中的深切怀念，也有我附文里的倾情回忆，这本书传到我的朋友们中，他们看见了风雨如磐的岁月一位伤痕累累的母亲坚强屹立的影子，在她泪眼遥望的地方有一只桀骜不驯中箭跌落的鹰，而她身下，四只雏鸟嗷嗷待哺。

闻知噩耗，电话、短信、悼文、挽词从天南地北穿过火车的铁皮进入我的手机，请我一定把他们的沉痛哀悼和衷心敬仰，献在我的母亲灵前。

良母典范；
贤妻楷模。
　　　——北京萧岛泉

痛今日萱堂飞泪，侍母相夫教子，赢得满城誉声沸；
忆前年竹溪叩门，白发温语慈颜，镌铭后学寸心知。
　　　　　　　　　　　　　　　　　——湖南聂鑫森

慈母情怀，人间至爱，育子成才，京华有颂竹溪赞；

大家风范，世中真义，追贤循道，史册留名山河尊。

————武汉刘耀仑（义侄）

鄂北青山千仞，耸品高德馨在云际；

竹溪碧水万条，流恩厚惠重至海涯。

————云南欧阳常贵

竹溪应似泣；

萱草忆如春。

————北京李阳

一双纤手拭泪抹汗半生四十余载苦育儿孙成龙凤；

两道弱肩挡雨遮风一年三百多日乐为家国做梁檐。

————竹溪王玺

……

年后就是我的母亲生日，今年为她画过一幅祝寿的青松白鹤，机关的朋友赵崇星打电话说，多好的老人家呀，我读伯父的《晚云集》，越读越觉得伯母就跟我的母亲一样，我一直盼她来京我好见上一面，还想明年再画一幅更好的，可她怎么就走了……

我听到了杨献珍的秘书八十一岁老人萧岛泉先生电话里的哭泣，原本他已与我约好，等我的父母来京，他要让他的女儿和侄子把他送到我的新居，坐在我的葫芦架下，当着他的贤嫂，与他的狱兄举酒对月，以昔日苦难赋诗，一同追忆如烟的往事。

武大老校长我的恩师刘道玉先生刚被《时代周报》评为影响中国的一百位人物，师母正在病中，得知哀讯他打我的手机，焦急地叫着我的名字，兴国你在哪里？你要节哀！替我为你母亲献上花圈，替我向你父亲表示慰问！

平凹很晚才听说了，自己生病住院，却来信对我的母亲致哀，劝我人生如是，兄要保重！他不是那种所谓与传统宣战的"局外人"，几篇怀念母亲的文章让人饮泪。

诗人雪坨在飘雪的江南遥祭伯母，最是相信我的"万念俱灭"，因为他的父亲在三十天前离他而去。他写下诗句："如果爸爸在早晨离去，就什么都不必再加牵挂"，我暂时还不懂诗人的深意，只记着我的母亲离去得比早晨更早，她是凌晨三点，她就更不必牵挂我们了吧！

北京的女警官阿敏写道，因了您的儿子，我把养育了这样儿子的妈妈认作妈妈，书中看过美丽的您，更坚定您是好人，慈母安息！

鲍十兄弟写完电影《我的父亲母亲》，带着蒙古族汉子的血性从北方去了南方，闻知我的母亲逝去，嘱我写篇文章给他，刊登在他主编的杂志上以作祭祀。

位于县城北坡的殡仪馆里，端放着我的母亲一框遗像，素净美丽，白色的衬领翻在黑毛衣外，她微笑地着看我，一如生前我每一次回到家中。遗像后是她的灵柩，棺盖紧闭，让我暂时不能看到她的面容，一切要等到晚上的追悼会后。殡仪馆内的花圈都已放满，又延及到外面的空场，空场上也放不下了，相互偎依像紧紧拥抱的哀者。一个平凡的母亲，想不到有那么多的花圈挽幛，有人还在不断地抱来。我想记住这些挽者的名字，请人从场中拉上一道铁丝，它们又沿着铁丝靠成一道屏障，一个斜倚在另一个的身上。

城关实验小学年轻的女校长说，三四百个都不止，明早奶奶下葬，我带学生们来给奶奶举花圈。父亲说不，把孩子们摔了怎么办，奶奶知道会心疼，明天又是星期五，学生要上课，让亲戚朋友每人多抱几个。

次日凌晨上山，花圈队伍比几条长龙还长，最多的一人抱了五个。

我从林立的花圈中看到余春存的名字，他从市里调来，任县长和县委书记不足三年，但他知道我的母亲，敬重有加。在我的母亲灵前，这个战斗英雄出身的大汉蹲下身子，含泪点燃了一片心香。

我看到我的父亲泣不成声，扑过去抱住他，他说你妈没想到她这次会走，有人问起你来，她说你太累了，不要让你知道！我失声号啕，只一声，想起我的龙钟老父却又忍住，转而去问墓地。我的母亲有三处墓地可供选择，一处在老家黄土岭，三家亲戚争着要她葬在那里；一处在城内的烧田坝，我的姐夫说葬在这里利于祭扫；一处就在殡仪馆右侧的一座小山坡上，这里是县城的一片公墓，最后由我定在这里。我给我的母亲选的墓位四野开阔，面对峡谷，两谷之间一抹平台好似书案，前方有秀峰五座，参差重叠，一峰高过一峰，岚雾散去，晴空之下，就像一幅清灵秀美的水墨丹青。

我的母亲生前喜爱读书，病后又常练习写毛笔字，以后正好在此伏案。她唯愿我们后人胜过前人，这层层向上的山峰也正符合她心中的憧憬。墓后是著名的竹溪八景之一，五凤飞云，母亲名凤，选择此地乘云归去，也恰好符了上天的意思。

还在归心似箭的车上，手机里我的父亲禁不住老家亲戚争抢，已答应把我的母亲葬在祖籍的黄土岭，将来他也回去与她会合。我同意了，我说那就先不刻碑，等到很多年后，孙子辈有了值得一说的成绩，再把我们的名单刻在一块双人碑上。后来葬于公墓，是我们自己改变了主意。

因为墓地变更，这里墓碑、墓柱、墓围、拜台全是一统，管理人拿来一张抄好的碑联，让我从中挑选一副，马上就定，天亮以前要刻在黑色的花岗石上。我接过看了，都是些耳熟能详的句子，什么富贵，什么显达，想必别人已用过了八百多遍。我想给我的母亲另写一副，我的母亲生前爱看我写的文章，此去天国，愿她每天还能看到。

我一个字也写不出来，我恨敲打的锣鼓，恨亲友的哭泣，恨刻碑人站在身后无声的催逼，恨自己怎么突然没有了半点才气，真给我的母亲丢尽了脸！很久，我想出两句："翠岭千秋如慈影；清风四面是祭声。"还是不好，刻碑人不容我再学贾岛，何况我想，我的母亲会喜欢的，因为真实，这里的景物正是如此。

我们买了五块墓地，我的母亲居中，左边留给我的父亲，右边留给我的二姨，她俩从小就好。我的父亲以后本应在离休干部的去处，那里级别高些，据说花钱也少，但他舍不得离开我的母亲。拜台前面是一道小小的坡坎，坎下左边留给我，右边留给到时不知能否随我回来的北京的妻子。她能回来，我们共同守护爹娘，不能回来，我就独自一人。

收款员满脸笑开了花，用手指头蘸着舌尖上的唾沫哗哗数钱，忽然扭头，心怀狐疑地望我一眼，说不许炒地啊！炒地的意思是趁土地便宜买下来，等贵了卖出去，从中赚出差价。我轻蔑地看他，发现这张脸像一块冥币，我说我不会的，我的母亲生前没有教我这个！

我居然在追悼会上第一次知道，我的母亲很早以前的身份。过去她从来没告诉过我们，我们也凭儿时的印象，记得她每天都在大山中一个木板做墙、石瓦盖顶的铺子里手脚不停地卖着日用百货。她单位的领导在悼词中说，一九五一年六月，她是县土改工作队的队员，区妇女委员会的主任，年仅二十二岁。如此说来，若非命运不济，我的母亲此生能够做大官的，因为我的父亲，她才被到远离县城两百多里的南山，在一个级别最低的供销社担任经理、会计、出纳兼营业员。

我的三十年前的朋友大玉和东明，一个在十堰，一个在南山，闻讯从两地乘车赶来，抢了直系亲人的孝布戴在头上，跪在我的母亲灵前为她祈祷。前年秋天因一件事，我责备了东明，为此我们两年不复往来，这事被我的母亲知道了，她让我们和好，还让父亲把这话写在纸上，电话里念给我听。此次回家，这句话成了她的遗嘱，我流泪拉住东明的手，重新回到三十年前。下葬那天，两人再次赶到墓地，用杠头把墓前的黄土筑了又筑，防止水泥铺成的拜台因为基础不牢，雨雪过后会开裂，下陷。

我的母亲葬后三日，突降大雪，一夜之际天地裹素，树弯枝垂。老教师陈郁菊泪洒诗行："人间瑞雪丰年现，冥界凌姐盖雪眠，但愿雪融通人意，陪我大姐御冬寒！"陈阿姨是我的母亲生前旧好，其子王曙光也是我的文友同行，"陪我大姐"一语霎时令我泪随雪飞。我的母亲，您是一个好人，您在人间有好人为伴，您到仙界也有灵物相陪！

为免我的父亲重发悲声，我不能问我的母亲走前的每一个细节，宁可苦思冥想，说是没有问题，怎么却又出了问题！这一切独自隐忍在我的心中，我的姐妹兄弟以泪相濡，要么饮泣，要么勉力说着劝慰亲人和自己的话，同样我也没有追问他们。我想应该说的，他们自然会对我说，或许他们的善意与我相等，不想打开一个复杂的谜。整整一周都是这样，圆坟，满七，全都依照家乡古老的风俗。

亲友们络绎不绝前来看望，送走他们，我就埋头整理我的母亲生前的书信、照片、文具以及其他遗物。我替我的妻子要了一串佛珠，二十年前我的母亲在北京的白云寺买的，我自己则想带走一只带有表盘的保温杯，回京用它喝水，以后日日都能感到我的母亲的掌温。可惜那只杯被遗在医院病房，派人去找，早已被护士作弃物处理。我选择了她每晚服药的杯子，淡黄釉下有一枝傲雪的红梅，这个也好，结实、耐用，我的母亲生前教我俭朴，我会小心地用一辈子。

回家七个日夜，除去头天夜里守着灵堂，六夜我都睡在我的母亲按摩床边的大棕床上，回想她在世的样子，一遍一遍。按摩床是我的姐姐给她买的，她听说我的妻子在搬家时扭伤了腰，就常常打听有没有直接开到北京的汽车，要把它转赠给她的儿媳。这个心愿到底也未了结，我告诉她，这床出自韩国公司在北京的组装直销，从北京运到竹溪，再从竹溪运回北京，韩国人知道了会笑话咱们中国。

上世纪末，因为得了长孙，我的父母两次来京与我们共住，先后将近五年，那是一段三世同堂的天伦之乐，婆婆教儿媳包南方水饺，儿媳教婆婆用薄饼器烙不需要滴油的薄饼，带婆婆逛遍了北京有名的公园，婆媳间结下深情厚谊。我记得我还给我的母亲理过发，那时她真是幸福极了，说我比外面理得好，她说的好也许是能省钱。但是，一旦我与妻子发生争吵，她立刻坚定不移地站在儿媳一边，说我不对，骂我是个暴君。

每年回家我都住在这间房里，若在夏季，我的母亲会提前打开空调，嘱咐我睡觉之前把它关了，不然会吹感冒；若是冬天，又早早地把电热毯烧好，等我上床时被子下面热乎乎的。睡在这张床上，母亲还为我量过血压，防止不准，量了两遍，亲眼看见我的血压正常得就像标准一样，她放心了，相信我没骗她。现在她走了，满床冰冷，一如我凄凉孤独寒彻内外的心。从此我没有了母亲，我只能用自己温暖自己，用我心中无限的回忆，填充房间无尽的空寂。

我越发觉得我父亲应随我走，至少离开一些日子，睹物伤情，屋里无处没有我的母亲留下的痕迹，他却一定要守候着她过完七七四十九日，我说那我就再等他一个半月，他听后又把日子加到了一百天。他说是我的妹妹妹夫决定年前不去广州，决心日夜陪他度过此期，护送他先来北京，两人再回广州自己家中。我放心了，同意这个方案，但我明年清明还得回来，为母亲扫完第一次墓，然后父子一道来京。

我的左胸时时隐疼，右腹下侧也有刀剐的痛感，这两处的内部长着心脏和阑尾，我的母亲最终是因它们而去。人说母子连心，此前我曾浅薄地以为这无非是一个比喻，想不到这是真的！我历次体检都没发现心脏有病，可是我这里的确疼痛，感觉不到疼痛的时候，恰是我被陷入更大更深的疼痛之中。临走的前半个夜晚我无法入眠，后半夜恍惚睡去，天不亮突然又坐起来，好像受一个噩梦的启示，在幽暗的绝境里发现了一条出路。我竟然觉得，我的母亲这样走是对的，假使是我走在她的前面，从此后苦海无边的折磨就将由我转移给她，这对她将是多么的残忍，我实不敢想象我的母亲日复一日肝肠寸断的样子！

现如今人心险恶，世事无常，食品安全隐患，醉驾，恶犬，乘坐飞机，过斑马线，各种稀奇古怪的灾祸以及病变，犹如天罗地网撒向人寰，血肉之躯每天都有可能成为末日。我屡次听到与我同龄尤其同类的朋友瞬间离去，我都想象我将也会如此，于是出门好像就义，睡觉前作好不再醒来的打算。我对我的妻子说，我若这样死了，你要有能力不让我的母亲在生前知道！我的妻子怒眼看我，但她终究看见了我的悲哀。我相信她已懂了，真是那样的话，她会努力向那里做。

我一下子得到大的解脱，振作了起来，直想把这个迟来的觉悟告诉我的父亲，让他与我一样尽快超脱。却又不敢贸然，担心他不明白我这是自欺欺人，反而又为我害怕，怀疑我已瞒着他得了不治之症，我只能眼睁睁地看着他，用他自己的方式走出绝境。他催我快走，向我保证，这一百日决不会出任何问题，在家有我的姐姐妹妹，出门有我的弟弟妹夫，有事是会给我打电话的。我感觉他在伪装坚强，这样急切地希望我走，如果不是过分看大了我正做着的事，就是有另外的事不让我知道！

七天过去，我登车北行，车厢两边的窗玻璃上全都是我的母亲，我不敢用母亲的水杯喝水，害怕车身摇晃，把杯打了。我恨火车上平时爱听的相声小品，句句笑话直刺我心，可我没有能力让它不说。车过十堰，我想起一个未曾见面的姑娘，她叫祝东红，市图书馆的年轻管理员，因为我响应她的号召向家乡馆藏捐书，其中甚至包括自己仅存的孤本。又动员我的父亲把他极其精美的诗集也送她一本，被她朋友看见，也要，我的父亲也给了。她对书中我父母的钻石婚照惊叹不已，夸我的母亲，受了这多磨难，这个年纪，还这么美！

听说今秋我接我的父母来京，又听说我的母亲三十年前就喜欢种花，还曾兴致勃勃地写信告诉我说："庭院内几种花长得很好，两种大丽花近日一齐开放，你爸爸说是两花争艳。文竹又生了新枝叶，形状小巧清雅。等陈东明把你弄的那几种名花带上来后，一定好好地经育"（一九八四年九月八日）。东红就让我路过十堰时通知她，她要送一株五十多米高的丁香花给我的母亲，说丁香花香，花期也长，能从四月开到十月。我回信笑她荒唐，十几层楼高的丁香花怎么能上火车，她才发现自己写错了，应该是五十多厘米。

秋天到了，东红又写信说，丁香花长高了些，发了新枝，开满了小花，伯父和阿姨什么时候来？但是秋天过了，冬天又来了，我的父母还是没有路过十堰，她知道丁香花有些怕冷，她家没有暖气，她把丁香花搬到有暖气的她的母亲家，请她的母亲天天看管，连她的母亲也开始盼望我的母亲了。现在，我的母亲永远也不会路过那座城市了，那株丁香花呢？枝上的小花想必都已没了，它们都长在了我的母亲的花环上！

晚上我躺在T10次列车十五车厢一号下卧，我的朋友汪远林为我买的，他驾车把我送到安康，送进车厢。对面是四川达州籍中国特种兵英雄毕庭刚，报上登载着他回乡探亲擒拿歹徒的故事，他正对我讲述特种兵与特警、散打冠军以及少林寺和尚的功夫有何不同，我的手机里收到一条短信。短信不短，连着响了三次，我打开看，因为按错了三版的顺序，看了有些摸不着头脑，理出前后再看，不觉大吃一惊，原来我的父亲那样催着我走，果然是有他的用心！

短信是家乡一位不署名的朋友发来，称我老师，大致意思是说，他是一个业余作者，听过我的讲课，手机号正是那次记下的。这次我的母亲住院，正巧与他媳妇娘家亲戚同一病房，我的母亲意外去世他听说了，都说老人家好，护士给她倒水她直说谢谢，可好人不该遇上缺德的医生。一个心脏有病的高龄老人，零下四度的天气，手术前不会诊，手术后又推回简易病房，不戴监护仪，连暖气空调也不打开，因寒冷而引发心梗！

这是个正直而智慧的人，用假装劝慰的方式向我揭示了一个秘密，我母亲死于一场医疗责任事故！我心狂跳，立刻按这号码打了过去，却没人接，以短信向他道谢并继续追问，也不回复，接着又打电话，手机关了。

我直想中途返回，可是火车一往无前，别说不停，就是停了让我跳下去，也没有另一列火车送我回家，我只能任它把我运到北京。朋友任惠明开车等在北京西站，问我回翡翠城还是永乐小区，我说永乐近些，我恨不得立刻进门，抓起电话打给我的父亲！

我恨我的父亲！为什么瞒我、骗我、催我快走！我恨我的兄弟姐妹以及所有的亲人，为什么全体一致守口如瓶！我在电话里对我的父亲咆哮，他又一次的泣不成声，他说他这样做是为了我好！几天以后，我的妹夫从网上给我传来父亲写给我的长信，影印件，五页，每一页上都洒满了老泪。他说他害怕我得知真情，暴怒，追查，对家乡造成不好影响！他说我的母亲已经不在了，他不想让我因此伤害自己，说我还有好多事情要做……

当年桀骜不驯的"右派"，痛失恩妻，伤心欲绝，却还在为家乡想，为他人想，为我想！

我想起我的母亲信上的话："学生有能力弱的，当然是两个原因：一个是生成的，一个是家庭条件困难（造成的），因此要原谅他（们）。"那么医生也有能力弱的，也应该取得我的原谅吗？我却想医生不是学生，医生是医生，能力弱的学生可以慢慢地学，学到实在学不下去时还可以选择不学，这是他自己的事，能力弱的医生却必须让自己能力强了才能行医，这是有关别人生命的事！何况按规矩会一个诊，戴一个监护仪，开一个暖气空调，需要多强的能力？

"我知道儿的心情，你不但对自己严格要求，而且对妹妹弟弟也是如此要求……""你一直在追求真理，妈妈有你这样的儿子，从内心感到欢喜。"我知道我应该怎么办了，这个医生如果是我的兄弟姐妹，我同样会以一个医生的医德、医责和医术去要求他，这是真理，我要追求！

我读懂了母亲的话，如果她以生命为代价，换来他们从此学好，增强道德、能力和责任感，我会原谅他们，否则，不会！

今晚是平安夜，我的母亲离去的第十六天。她在天国，一定还像在人间一样，燃一炷香，祈祷我们夜夜平安。

一周年祭

今天是我的母亲离去一周年，我想说的话有很多。想说清明，清明前我从北京赶回竹溪，依照家乡的古风在我的母亲坟上第一次插上了清明吊，然后把我的父亲接到身边。这个决定，最初遭到我的亲友们的全体反对，道理是我不应该放下手里正在做着的事情，每天侍奉我的父亲，我的母亲生前最不放心的是他，他却最不适宜与离家最远的我住在一起。

我认为他们都没有读懂我的父亲，同时也轻看了我。我对大家说出八条相反的理由，企图证明恰恰是我最有能力让我的父亲过好晚年，虽然他已有了不可挽回的缺憾。我的神情坚定，让所有的人都相信这是一句誓言。

我的父亲就这样随我来到北京。他这是第三次来，而我的母亲总共只来过两次，每次只有两年。这一次我花一年时间装修了新买的小院，我的母亲却坚持要在老家过完生日再动身，不想就在生日的前一个月，一场劫难让我平生最大的愿望彻底落空！

我们父子真是非同寻常，父亲是，儿子也是。若按行前我的亲友嘱咐，不要对他多说我的母亲，以免刺中他亟待愈合的心。我却恰恰不这么做，我的父亲同样如此，几乎每天都要说起我们一家的往事，我们仿佛是存心提醒对方，我们家里那个最重要的人已经不在这个世界上了！清早起来，我的父亲说，昨夜他看见我的母亲也在这里，他问她是怎么来的，她趁机抱怨，你不等我，还不许我自己坐车来？吃饭时我也在说，我的母亲最会做哪一道菜，我说我终生不会忘记有一年她用菠菜、粉丝和少许猪肉做成的汤，里面好像还有几根黄花，那味道好得让人想哭。那是我们骨瘦如柴的一家人在最困难的年代里最好的安慰，如今想来，像是一部传奇。

在我们这样说着的时候，仿佛我的母亲就坐在对面。我发现我的父亲脸上在笑，似乎有些得意的样子，为自己发明了一个与亲人相见的办法。

我告诉我的父亲，我的母亲对我说的最后一句话是在电话里。因为写大学校长的传记，我问她一九三三年出生的人是什么属相，她一时回答不上；我问一九四五年出生的人呢，她竟为自己不会计算甲子而感到惭愧；我赶紧把传主的年龄降下两轮，再问一九五七年出生的人，这次她一口就说出来了，她说属鸡。我说哦，我知道了。我的母亲为她终于帮助了儿子的工作而兴奋起来，声音立刻变得洪亮，接下来主动问我还有什么要说的吗，分明是还想和我多说几句。可是我说，没有了，妈，然后我就挂了电话。

其实我是在找话说，挂历就在电脑背后，只需把今年的年数减去七十七岁，那年的属相就是老传主的。我给我的母亲打电话从来都是这样，想她了，随便找个事由，不问身体，也不问饮食，开口就要得到她的帮助，因为这会让她心花怒放，求之不得。我自信能通过几千里长的电线，从她的声音里听到我想听到的一切，音量、语气、速度、情绪，还有话筒外面的背景资料，比方说我的姐妹亲人的聊天、欢笑、插话，以及从远处移向电话机边的快乐的脚步声。

这次电话，大约是在她离去的前三天。想起来我好后悔，我将为此而后悔以后的三十年。

但我还有更加悔断肝肠的事。七日后料理完了丧事，在回京的火车上，通过短信我才得知我的母亲离去的真相，追责医院，院长不得已承认了所犯的过失，却以两面手法骗我息事。二次还乡，又过了四十天，我绝望地写下长文《妈妈，悔不该把您送进竹溪人民医院》。我的母亲的终点是零下四度的寒夜一间没有开启暖气的病房，她被推进这个房间时说了一句"好冷"，还说了一句"不要把我扔在这里不管了"。她似乎已从那些转身而去的白色背影上预知了她的命运，她的心里一定充满恐惧，声音也一定含着乞求。然而那些白色背影还是让她好冷，还是把她扔在这里不管了！

两小时后她到底被冻发心梗，她的确是有心脏病的。切除阑尾之前，一个名叫甘立群的主任医师没有给她会诊，推出手术室后，一个名叫吴旭的护士也没有给她戴上心电监护仪，而且连空调暖气也没有打开。虽然他们的医德和医规里这么写着。

此时我远在北京，不能插翅飞到我受难的母亲身边。

几年前，我从一位东北作家的书中读到一段泣血的文字，他说他的母亲去世时他因公在外不能赶回。我有些不信，我合上书对着苍天发出冷笑，我无声地驳斥他怎么就不能赶回呢？在我童年的记忆中，亲戚和邻居家将逝的老人都是在一张病榻上躺了很久，很久以后才从容离去，走前要见很多的亲人，要说很多的话。

我没有想到我的母亲不是这样。我相信了在空中遭我驳斥的朋友。我比他更悔，因为我已有了前人的警告。

因我从来也不上网，我的长文在朋友的博客里掀起巨澜，一边是千夫所指，另一边是两人所骂，后者居然是对着我。这是一个姓周的女士和她一个姓杨的朋友，他们临时组成一对混合双打，分别以各种网名对我进行反击。我为此惊异莫名，我们前世无怨，今世无仇，甚至直到此时也不相识，我不知道他们为何骂罢了我，又骂我冤逝的母亲，骂她都活够八十岁了，死了还想赖谁？

我只知道嫉妒能泯灭人性，但我不知年龄也能让人嫉妒。

这两个没出息的东西，竟不肯努力以正直和善良打破祖上短命的纪录，而宁可选择破罐子破摔，用毒言来伤害自己望尘莫及的人。

这些话我暂时都不能听到，一如当初我的母亲离去的真相，我的朋友们都自发地隐瞒着我，在网上与这一对男女作战。是有一天，有人建议我在网上也建一个微博，这样做的好处是让一些关心我的人看到我最近都在做些什么。我试着接受，很快就发觉他们背着我干的事，惊天动地的网上战争已经发生五个月了。

我平静地目睹这个局面，就像观一盘棋，相信胜利必在正义一方。而且无须自信，我早已取胜，犯罪一方的主帅都没了，按道理应该推盘认输，但是罪方继续违规，就像去年冬天那个寒夜违背会诊的誓言。他们用木头削了一个老将，摆在那里代理布阵。两颗可怜的小卒子还在不停地发起反攻，我决定活捉他们，扔进那只破棋篓里。

我的父亲浑然不知发生的一切。他在我这里过得很好，寸步不离我没有做到，但我很少离开十丈。十八个月里，我从不曾走出京城一次，只在必须要做的事上才速去速归，比方说恩师来京，好友相会，自己体检。这时候我会提前给我的父亲把饭做好，锁他在家，同时让我上班的妻子适时给他打一个电话，告诉他如果我万一回得晚了，那一定是路上堵车，让他别急，我绝不会是喝醉了酒。

不断有我的朋友和妻子的亲戚到家看望我的父亲，端午节送来京味的粽子，寿诞日送来面做的蟠桃。我把我的忘年之交转交给他，如杨献珍生前的秘书、小他一岁的萧岛泉先生，让他们在书信里诗词唱和，电话中谈笑风生，适时一方还坐着轮椅让人驾车从萧家河畔运到这一方，看望这个同样坐过牢的难兄。

我的文界朋友小红、李阳、耀仑，他们来到家里，给他送上节日的慰问。而在他的生日，崇星照例和往年一样，又为他画上一幅吉祥的寿图。聂夫子从湖南来京开作代会，记着带一件玉器送他，还有一把自绘的折扇，把我的父亲喜得立刻用它扇起了风。平凹从陕西来，送他两瓶茅台，我却限他尽量少饮。清明节后，我在一枚自种的小葫芦上烙戒烟诗一首，送给他权当是健身球，我和他订了一份合同，按照人生百年的标准，把我的母亲没有活够的部分给补回来。

九九重阳，阳澄湖大闸蟹一只卖几百元，振山提来一竹篓，一只只横行霸道，铜盔铁甲，全都可以验明正身是阳澄湖的。我的儿子去美国留学，我的妻子运用除法，将二十多只大闸蟹除以我家在京的三人，每人每日一只，连着吃了七日。我的连襟瑞林送来练了三年的童体书法"颐养天年"，兼送戏票，我的父亲第一次去梅兰芳大剧院，对着那尊熟悉的塑像高谈阔论，兴致勃发。

中学教我的胡老师带着师母，来京住在我的家中，我趁此良机，陪着我的父亲和他们一道出游，看了前两次我的父母亲来还没有来得及看的鸟巢和水立方。那天风大，大风险些吹倒了他，他还有点儿累了，在体育馆的蓝色看台上，他一人占了五个座位，旁若无人地睡在上面，呼呼地打起了鼾。

我的母亲在天之灵保佑着我们，这一年，我们父子再次相依为命，重又回到半个世纪以前的艰难岁月，只是彼此的责任正好来了一个颠倒，诸如洗菜、做饭、烧水烫脚之类的工作，统统由他换成了我。这是一种天伦之乐，他当初必然也是这么想的，否则就不会从我的母亲手里把我要到他的身边。我知道这样的天伦之乐已经不多，不会超过二十年了，因此我得抓紧享受。

是的，侍奉父母是一种享受，无限悔愧的是我从我的母亲那里夺得的机会太少。今生今世，我再也享受不到侍奉母亲的快乐了！

在我的父亲身边，我写完了一部七十多万字的传记，传主就是我的母亲离去之前，我在电话里向她问过属鸡者今年多大的老校长，我也有点儿累了。

刚刚和我的妻子一道，去给我的母亲烧完了纸。这里是别墅区，遍寻不见烧纸的去处，她的坟墓不在这里。几场霜风过后，落叶满园，这些曾经美丽的生命现在都已逝去，但我仍不忍心践踏它们，不敢听自己脚下发出的破碎声，何况枯叶比纸更容易燃烧，今夜里又刮起了风。

在风中我们走了很远，走到一个红绿灯的路口。既然我的父亲说他梦见我的母亲也来了，我也就相信我的母亲是来了的，她认识这里的路……

两周年祭

从今天起，我开始写一部新的长篇，关于一个儿子和他的母亲，可能会写得很慢。写完索性把后记也写了，然后让生活重新回到两年以前，那是我生命中的最好时光，因为我的母亲还在。但我又分明知道，这本书出版之前还会节外生枝，后记中应该记下其间的过程，所以有些文字不妨留待以后，那样才叫真正的后记。

在计划写这本书的时候，我每天都在想念着两个人，一女，一男，他们应该是我这部小说中两个人物的原型。我预先给这部小说命名为《重症室》，意思是说有一个面积不小的区域，里面住满了重症病人，他们浑然不晓自己已经集体地病入膏肓，每天的口头禅却是你有病吧？这两位主人公以神奇的颠倒与混淆之术，能言善辩，勇冠三军，居然能有效地改变一些事情的真相。

二〇一〇年十二月八日凌晨三点，我的母亲屈死在一家"全国百姓放心示范医院"，直接责任者是姓甘的医生和姓吴的护士，间接责任者是姓肖的院长，并非姓周的医务科长和她姓杨的朋友。他们出自一种本土保护主义精神，无限热爱着那块花十万元买来的招牌，方才跳出五行，奋不顾身地在网上骂我，以为能用这样的伎俩一举打退我的追责。

如果说前面三人是因渎职，因失责，因事前没有想到由于他们的渎职和失责会葬送一位母亲的生命，后面这两人则是事后什么都明白了却偏要颠倒黑白，反咬一口，他们所丧失的就不是职责，而就是品行与道德了。

二〇一二年九月二十六日上午八点三十分，竹溪县人民法院公开宣判，这家医院以败诉方的身份向受害人家属认错道歉，并赔偿精神损失费。只可惜限于现行的体制，如此昂贵的代价只能归于无辜的医院，而非医院的责任者。

九月三十日，受害人家属别出心裁，在网络发起有关医德的讨论，以"天使为什么不穿黑衣"为题举办一次有奖征文，邀请国内一直关心此案的六位著名作家担纲评委，公开宣布，将赔偿款用于此次的获奖作品。

十二月八日，评奖揭晓，以汇寄和当面交付的方式，对愿意公开真实姓名和身份的作者颁发了奖金，并将此次活动全部过程的实录文字，打印装订成册，作为纪念，第一册郑重寄交这家医院刚刚上任的新院长。当事院长为千夫所指，病发身亡，代理院长无视遗案，代而不理，在网友愤怒的举报中贪腐事发，去职审查，直至第三任新院长上任，方才替二位前任烧去一页必还的账目。

看看，一幕悲剧的发生，又引发了三幕喜剧。

在正式获奖的作者尾部，有两个特别的获奖者引起一片耻笑之声，他们的奖品是一人一本纪念册，里面记录了他们的精彩发言。

我的母亲在天上看着他们，等待着他们向她的儿子忏悔，都已经等了两年。其实这东西就像是债，既然不小心对人欠下，就早晚总要清还，如若嘴硬说是没有，或反说别人欠了自己，以此减轻良心的重负，那债只会背得更重，倒还不如诚实的好。

至于忏悔的方式，有时也极其简单，它无非是一声对不起，道歉罢了，午夜醒来，能够感到灵魂的安宁。

三周年祭

　　大约是五年多前，一位朋友告诉我说，有人在新浪给我开了个"包间"，那叫博客，以后我可以把新写的文章装在里面，像目下很多与时俱进的写作者。我感谢了她，但我一篇也没有装，连自己的包间在哪里都不知道。我不会做这件事，同时也忙着，当然，最主要的原因还是形势并没把我逼到非这样不可的地步。

　　三年前的今天，凌晨三点，我的母亲在一家挂着狗皮膏药的医院，因两个披着羊皮外衣的医生和护士的失责而意外丧生。正义的朋友在网络上展开了一场为时两年的声讨，此后在去年秋天，当地人民法院公开宣判，负有过失的此院向逝者家属认罪服罚。那天晚上，我哭过，笑过，与朋友大声地通过电话之后，突然向他们宣布，我要写一本书献给母亲的在天之灵，时间都定好了，定在母亲离去的第三周年。

　　我想从此以后，折磨了我一千多个日夜的心，是否会得到些许的安宁。

　　每天我都记着这个日子，其实这一天我早已刻骨铭心，没齿不忘，有几次我差点儿对人误报成了我家的电话号码。耳听着它以兑现的脚步越来越急地向我走近，起初我还胸有成竹，后来竟感到了前所未有的慌张，原因是已经写好的一大堆文字，一天早上起来一段也读不下去了，欲想续写后文，势必删去前篇重来。

　　我想过放弃。想一个人为什么要信守自己的诺言？这个世上的人是不是都信守自己的诺言？包括伟大的人？

然而我终于没有。我给朋友打电话的时候，我的母亲在天上听着。

　　于是我接着写。接着却想不到会发生一次又一次的心灵的战争。三年前奏响的序曲，声部这么多，尾声这么长，人说是余音绕梁三日不绝，三年了，还这么的惨烈。据说的亲友，所谓的同道，训练有素的漠然让人心惊胆寒，人体有另一种疼痛，痛得无可名状。

　　新换上的文字有了一些起色，多了暗红的血，真的呻吟。

　　连着病过两场，稍好一点东山再起。正当壮年的朋友同行猝然离去，同是朋友同行，其弟从远方号啕而归，料理他当日遗下的断简残篇，其女用父亲的手机向我哭诉，七天前他还签了一份出版合同。这噩耗严重打击着我的自负，改日我又从出版社的朋友那里，见到作者生前未曾见到的书，我用手抚摸，猜想我的朋友不久以前，必定与我的现在是一样的。问他在鲁院研修的女儿，竟哭着叫我叔叔，回答说是，夜里服罢了药，睡觉的姿势是半卧在床上。

　　我叹惜他没有更多的生命，我羡慕他不用很多的兄弟，女儿。

　　但是我的母亲不允许我也那样，她会在天上骂我，情愿永远不要这一本书。

　　我依然信守当时的诺言，只是万不得已才在细节上作一些背叛，为了保存生命，放自己一马，改三周年完成此书为这一天开始连载。我顺手牵羊，利用五年多前他人替我开的包间，逐日一章，慢慢地，一边贴，一边写。这样的好处是既不中断，也不劳累，从蛇年贴到马年，写完了它，我还没完。

　　另外，还是我的那位朋友告诉我说，如此还能防止丢失，电脑里没了，包间里还有一份。我是曾经丢过东西的人，回忆当时的仓皇，像失魂落魄。

　　想了一想，选择关闭留言，这样节俭时间和心情。我知道我的很多朋友开始是开着的，后来有一些弊端，就闭了。

第四个清明节

收到一封短的问候，又到清明，几滴小雨。只一个"又"，泄露了心中怨艾，不想你来你为何要来，而且一次又一次！奇的是问候者恰以中国的另一个节气做了名字，因是我家乡的女子，这话便须穿越崇山峻岭，比湘君聂夫子晚一分钟。此时我刚学填了一阕词，发过洞庭湖去乞请夫子斧正，于是顺手也粘给她。

"《蓦山溪·思母》：山雨夜渗，听是娘说冷。哭此字三年，断魂路、人行雁阵。虚虚幻幻，如梦似烟中。孰无病，轻谋命，义士悄传信。千军万棍，伏罪般般认。料上界已知，唤吾儿、无言先哽。苍天若有，奇术照医心，斩白混，活百姓，母子重逢幸。"

人所熟知的词牌我一个也没有用，我是觉得，蓦然回首，有山有水，如此情境与我家乡有缘，也极符合清明时节我这凄然的心绪。

我承认在三年前，清明于我只是一个节气，一个名词，一首杜牧的诗，雨纷纷，冷清清，湿淋淋。它其实和并不从事农业生产的我不会发生多大的关系。是我的母亲毫不让我有所准备地离我而去，才使我突然感到，原来它和我是血肉相连的，从此它变成两枚钢针，每年都按时来把我心刺疼。我害怕听到清明二字，但是清明又到，又到清明！

早餐过后，我陆续又收到家乡许多朋友的信，有人想当然地以为我已回到老家，正坐在花丛中我的母亲墓前，问我晚上能相聚否？我统统地回复说，我本应该回来，但是我没回来，我说我已经失信了，一本关乎我的母亲的书，说好了在我的母亲三周年时写完，结果没有写完，又说好在娘的第三个清明节写完，结果又没有写完。因为生病，因为搬来搬去地搬家，因为总有无尽的琐事纠缠，还因为这本书实在是太难写了。有时候一天不着一字，有时候反倒将本已写好的字一键删去，有时候我差点儿成为没有志气的人，竟然心一横想不写也罢。当然，这只是一念之间，紧接着就自己骂自己了。

做人要说话算话，何况对着我天上的母亲，不写完我不会回去。

忽然我收到一封神秘邮件，打开看了，却是家乡的朋友发来的，一幅数码相机拍下的图片，三年前我的母亲冤逝一案中的四个罪人，联名做了一面黑字白幡，高高地插在我的母亲墓顶之上，幡上写着："罪医甘某、罪护吴某、罪妇周某、罪汉杨某跪叩彭母"，四个署名字大如杯，分左右两排，"跪叩彭母"字大如碗，单行兜在底上。

我很快就否定了刚才的判断，料定这事并非那四人的自身所为，一是本性使然，他们至今还没有产生如此的觉悟，二是署名前各有一个"罪"字，一"医"一"护"是谓职业，一"妇"一"汉"则属贬称，他们又决不舍得这样虐待自己。我便猜想创作者是一位文学青年，诗人或小说家，浪漫而正义，有想象力并且有幽默感。甚至我还认为，也有可能是一位行为艺术家，将他的文艺作品与社会生活结合起来，生动地、立体地、迎风招展地发表在坟墓上。

但他绝不透露自己名姓，邮箱拼音"打狗"自然是有寓意，极有可能仅限于一次性使用，用过之后永久丢弃。此前网络传说过这样的故事，羚羊挂角，无迹可求，非网络高手焉能查得出来。

我始而一惊，继而一喜，接下来就转入了对隐身人的欣赏与感激。在清明这台沿袭千年的春晚上，除却花环、鞭炮、香烛、纸裱、冥币，居然又添了这样一道新的布景。

我并不主张将四位连于一幡，实事求是地说，他们有的相连，有的并不相连，事故发生之后罪医和罪护还曾互相检举，各自洗白，宛若一对大棒打来的同林鸟。因此明年的清明，隐身者如再继续从事这类行为艺术，我建议可把"跪叩彭母"的一支白幡分为四支，让它们各跪其膝，各叩其头。

另外，我还建议，上述每有一位洗心革面，脱胎换骨，进化成了称职的医护，合格的男女，跪叩者中就可以去其一位。这样逐年递减，说明家乡的冤魂和冤坟渐少，罪人们就可以摘掉罪帽，走下坟顶那支忏悔的白幡。

　　夜晚，一如去年，我和我的妻子遵照北京的旧习来到无人的路口，在地上画一个圆，把剪出铜钱花的纸卷放在圆中，点火焚烧。纸卷悄然地响着，在三月的夜风中颤动、展开和飘起，我的妻子用竹棍儿将它们按住，口中一遍一遍，像乡下女人一样俗气地说，妈您来拿钱吧，想买什么就买什么……

　　我自始至终地沉默，低头看白色的纸卷化为红色的火焰，又化为黑色的灰烬，像招魂的巫师在空中舞蹈，我的灵随它去往天上。

竹影里的爸爸

1

最初买下这个宅子，想的是它盖在五环边上，既没失去皇城的好，又能滤去都市的不好，该有的依然有着，不该有的虽说不能消灭但总可以少一些吧。等把宅子修好以后，我就接老家的父母来，让他们当这里是一生最后的营寨，离开高楼，脚踏在实地上度过余年。然而我失算于这里附近没有一所中学，儿子又正好要小学毕业，就只好推迟计划，人在京西住着，却年年给城南交物业费。这样大约白白地交了六年，忽然有一天我的手机被打爆了，对方全都是要买我这空宅的人，他们从购房处窃得我的信息，误以为我有商人的机心，买下此宅是为了升值，便以很高的价格与我磋商。直到此时我才知道，北京的房价已经涨到何许的程度。

我对他们说我不卖。恰好这年儿子已上大学，平时住在校园，节假日回到京西和城南都一样地转乘公交和地铁，我就决心要迁居了。我差不多花半年的工夫把宅子修好，迫不及待地回家去接父母，他们也都愿意与从小带过的孙子共度一段快乐的时光。他们来后的日子我早有安排，在家看看书，看看电视。夏日的黄昏拿着蒲扇到屋外的树林里乘凉，那里会聚集一些同龄的老头儿和老太太。冬天的中午就在我自己盖的一间角尺形的阳光房里，或坐或卧，在两只藤椅上晒太阳兼午睡。再要是闷了，天晴无风的时候还可以到前后园子去转一转。春秋两季虽然很短，但都是好日子，仅自家院里的花木都够他们观赏，园区的美景就更不用说了。

母亲却坚持要过完生日再走，给人的猜测是她想借此向老家的亲友隆重辞行。我只好妥协，同时觉得这样也好，她一定是把这次来的日子想得很长，不像从前两次，每次只住两年就急着又回去了。当时我不可能预料，她会在生日的前一个月出事。后来我无数次地想，这结局仿佛是命中的注定，我这么想并不是欺骗自己，借此解脱我对那次妥协的悔恨，而是因为作为儿子，我能懂得母亲的坚执。就这样，当母亲的生日终于来到的时候，这个世上已经没有我的母亲了。

因为是母亲离去后的第一个清明，我回老家多住了些日子，直到这个节气过罢两周，才把从此孤身的父亲接来。这个时候，围绕着我三层小楼的院子已经被我收拾得初具规模，一些根据母亲生前喜好而栽种的花木，父亲来后正好可以享受，他真是个好命，母亲在时就说他是大难不死的福将。

院子里的空地不小，闲着也是闲着，去年春天我栽了十一棵果树，七十二棵竹子，竹影居的名字由此而来。会写字画画的作家朋友都送了书画给我，陕西的贾平凹，湖南的聂鑫森，南京的忆明珠，北京的张宝瑞，湖北老家的欧阳公岳啸等，其中平凹又写字又画马，还给我题了朴而拙的宅号。同是"竹影居"三字，做匾时我单选了老茇的，因为此"竹"乃竹籍文士手底之竹，老茇所居竹山，与我祖籍竹溪在明朝万历十二年前同属一邑，归襄阳府管，分开后都划给新成立的郧阳府。

除了竹木，我还栽了牡丹、芍药、月季，以及五株品种不同的葡萄，花钱搭了一座雄伟的葡萄架，比左邻右舍的都要高大许多。竹子与果树包围的园中，我也学邻居的样子种了些菜，前园向阳，种了黄瓜、茄子、辣椒、西红柿、苋菜，后园背阴，种了丝瓜、苦瓜、南瓜，还有想象中会像青草一样碧绿的韭菜和葱。

在五株葡萄的间隙里我又种了两倍于它们的葫芦，是那种玲珑袖珍可在上面刻字烙画，民间象征"福"与"禄"的小宝葫芦。由于是处女地，第一年的蔬菜长得很好，宝葫芦结了四百多个，只是喧宾夺主抢占了葡萄架，葡萄新生的藤子反而被它们覆盖在了下面。我听从行家的教诲，白露过后用剪刀把葫芦剪下来，去皮晾干，到电器行里买了电烙笔，预备父母来京后在上面写"福"字，写了过年送给自己的儿孙，以及到家拜年的亲戚和朋友。

这是去年的秋天，当然也是在母亲出事之前。

今年园子里的蔬菜总的来看不如去年，原因就是我回来得太晚误了季节，"清明前后，种瓜种豆"，等我把父亲接到北京，一切都安置好了，集市上早已不见了卖种子的。打电话向老家求援，老家的兴顺兄弟用快递给我寄了些来，匆匆挖地种下，也忘了要施几遍肥料，不过与茄子和扁豆相比，黄瓜和西红柿长得还行。但是好的却临不到我们来吃，每日清晨，妻子上班之前势必要到园子里巡视一遍，将那带着黄花的黄瓜，刚刚变红的西红柿，连同昨夜的露水一起摘下，一篓子提到她的单位，赠送给她的同事和部下，说是二十分钟以前还长在藤子上，一没有化肥，二没有农药，只管吃吧只管吃吧。

有客人在我家吃饭，便更是她显摆的时候到了，炒完了一盘菜，突然就用铲子敲得锅响，说是葱没有了，快去园子里扯两根来。接着又发号施令，顺便掐一把苋菜，洗干净在开水里一煮，捞起来用醋凉拌了吃。苋菜的汁液红得像血，美艳无比，生命力又极其的蓬勃，唯有它在园子里快长疯了，吃不过来都长成了小树。此外颜色红的还有辣椒，只可惜在北京出生的妻儿都不敢吃，只能等着全部红透以后，我学农家妇女的做法用针线把它们穿成一串，挂在墙上作为日子红火的象征。

父亲为在北京还能有一个种菜的园子感到新奇，半个世纪前他被打成右派下放农村，是种过菜的人，于是就常常戴着儿媳给他买的草帽，到园子去这里看看，那里看看。进屋摘下草帽就告诉我们一些发现的问题，比方说黄瓜要赶快浇水，南瓜要把哪里的藤尖掐掉，四季豆——我们老家的叫法，北京叫扁豆或豆角——缺肥，哪里的两根丝瓜要摘了，不然老了会嚼不动，只能掏出里面的瓢子晒干了洗碗，那东西比从超市买的清洁布好。

看着我一副唯命是从的样子，到老也没有半点儿城府的父亲脸上会现出一丝得意之情，想到他还老有所为，他以右派时代学得的农业知识还有资格做我的导师，趁此机会他就大讲特讲，说我这块园子要让我的堂弟兴成来种，自己吃不完还能上露水集去卖钱。

兴趣倍增的父亲继续研究我栽的果树和竹子。去年我栽的七十二棵竹子只幸存了十八棵，缺水的缘故，或者品种不好。竹子喜水，刚栽的时候需要每天浇灌，有时被我忘了，隔些日子便会发现它的叶子泛黄，再隔些日子那黄就蔓到了枝干。也不排除另有原因，那就是栽前刚从南方运来，不服北方的水土，“橘生淮南则为橘，橘生淮北则为枳”，能给花了钱的主人活几天看看已经很够意思了。

意外的喜事却是在几棵死去的竹子旁边，一场春雨过后长出几根椎形的小苗，妻子惊奇地问这是什么，父亲说是笋，雨后春笋说的就是它，它是竹子的童年，竹子是它的未来。接下来嘴里又念出一副小时候我曾听他念过的对联，什么“稻草捆秧父绑子，竹篮装笋母抱儿”，我说那是我们老家，北京可没人把笋子扳了装在竹篮里卖，因为一根笋子长成竹子以后能买十只竹篮不止。妻子数了数大约有三根，便高兴得像捡了大便宜，哦，这么说应该算活了二十一棵！父亲就又足足地自豪一回，为自己的学问能做北京媳妇的讲师，越发证明他住在这里是有现实意义的。

值得自豪的事情还在陆续地发生着，妻子年纪轻轻，因为每日工作在仪器下面，再认书上的小字总说模糊，遇上困难必然高声叫我相助。父亲每逢此时总是自告奋勇，嘴里说着我来认认，人就及时地凑过去，果然一认就认出来了。他这样做的动机无非有这么三点，第一是为儿分忧，担心认字会打断我的思路；第二是助人为乐，何况这人还是他的儿媳妇；第三，不排除还有一点儿逞能的因素：你们看，你们都不行了，我还行！每逢这时，看他嘴里多来米法的哼着歌儿转身离开的背影，妻子便会用噘嘴、斜眼，或者迅速用手一指的小动作引起我的关注，让我与她一道发出笑声。

父亲就更加来劲，为了实现自己的价值，一天到晚都想做好人好事。在前园的竹子与葡萄架之间，我种了两窝南瓜，蔓延的南瓜藤最初想学猴子和政客的手段，顺着竹竿爬到高高的竹梢上去，被我一眼看出心机，像解鞋带一样解了下来。接着它又想爬到葡萄架上，这一次它得逞了。南瓜藤穿过葡萄藤，又穿过葫芦藤，一路过关斩将攻占了葡萄架的顶端，结下三个南瓜，三盏灯似的悬空高吊，下方正好是停车的位置。南瓜灯越来越大，先是绿灯，后是黄灯，最大的一个不小于十多斤。我们都以为这是好事，相当于天上要掉下三个林妹妹，唯有历经坎坷的父亲则以老子的观点，认为福兮祸之所伏，如果那藤儿的生命中不能承受瓜儿之重，有朝一日真的从架上掉下来，不是正砸着儿媳的汽车吗？再要是赶巧碰上儿媳下班开车回来，咣当一声，车砸坏了，人还非得吓坏不可！

他就在那三个南瓜下面转来转去，又东张西望着，寄希望于有一个手持电棍的保安巡逻到了这里，发现他的心事重重，身手矫健地爬上葡萄架去摘下南瓜，替他消除心腹之患。然而保安迟迟不来，却遇上我去西门口的信箱取信，问他想干什么？他指着南瓜说出了自己的担忧，我说这个好办，返身回去端了装修房屋时买的铁梯，登上去一看，三个南瓜中有两个的藤子是结实的，只有最大的一个的确有点儿玄乎，便咔嚓一声扭将下来，说是今晚就把它蒸在米饭里吃了。另两个我给他打了保票，理由一个是掉不下来，二个是万一掉下来了，离汽车轮子也还有一尺多远。

2

父亲如此的认真负责，没事找事，让我无端地牺牲了一口青花瓷的大缸。这件事发生在南瓜问题解决的第二年初春，此时父亲正好在我这里住满一年，已经视自己为一位可以当家做主的人了。

因为种竹种树，种花种菜，种葡萄和种葫芦，在盛夏高温的天气里，园子几乎每天都要浇水一次，不然有些品种就会旱死。绿化工人断不能有如此的服务，我和妻子就开车到一个名叫白盆窑的去处，先后买了七口大缸，北斗七星一般分布在前后院的七个要害部位，每逢浇水之日，把所有的种植物都浇透了，最后再将大缸注满，这样做的好处是，当地里大旱缺水而绿化工人又不能赶来救援的时候，我们夫妻二人就有条件扮演一回董郎和他的娘子，她拿瓢来我舀水，她指挥来我浇园。

大缸被我打破以后我才听说，这些出自土窑的瓷货到了冬天，主人应该倾出里面的余水，并把缸身倒扣在地上，无使雨雪进入，否则到了"三九四九，冻破石头"的季节，那缸的下场将比冻破的石头更加惨烈，它会沿着结冰的部位断为两截，甚至还会分裂成若干几何形状。我家的七口大缸没有倒扣，去年冬天落进的雨雪，今年清明节前还结着一层冰，幸好积水不多没被冻破。有天早晨天气略为转暖，我看见父亲趴在一口缸边往里探望，样子像是临渊羡鱼，又像在酝酿着某种行动，我问他想干什么，果然他说想在太阳出来以后，趁着化冻把表面的冰层揭下来，接着再用瓢把缸里的积水舀干，免得夜里再结成冰。

我担心他在完成这个愿望的时候冰没拿出，人却一头栽进缸里，那可叫做出大事了，就让他赶紧别管，自己抽身去拿了一根棒子破冰取水。我忘了有一句话叫冰冻三尺非一日之寒，就像很多势利之人一样高看了缸而轻视了冰，一棒下去的恶果，是这口熬过寒冬的大缸在春天到来的时候一声轻响破成了两半，正好比冲破黑暗的英雄死在黎明。我怕父亲难过，心里迅速构思着自欺欺人的话，如老家过年时有人捧碎了碗盘，另一人立刻会说"碎碎（岁岁）平安"，孰料我的妙语尚未出喉，我的父亲已经大将风度地笑了起来，让我觉得在他的眼里我打的是一只"碎碎平安"的碗。

但是几日过罢，他却伪装成随意的样子，以轻松的口气向我打听这只缸的价格。我行骗的本领比他更高，笑嘻嘻把缸说得比碗还要便宜，事实上它真的就是一批甩货，白盆窑要限期拆迁，窑主打出的广告是放血跳楼白给。不过把这么大的家伙一个一个安全地运回家来，这却是一件颇不容易的事。吸取了惨痛的教训，余下的六口大缸我不敢再用棒子敲了，无为而无不为，雪莱说冬天来了春天还会远吗，我想的是春天来了缸里的冰还能不化吗？

父亲的随遇而安把老家亲友的预言击个粉碎，清明之前，亲友们不同意我把父亲接到北京的根据，有一个很重要的是他来后不能天天与家乡的老友相聚，这会夺去他很大一部分快乐的资源。为此我采取了一些补救办法，比方说把我忘年交的长辈朋友介绍给他，让他们在电话里谈诗论文，钩沉往事，并且适时晤一个面。对于年轻的朋友我则大力号召到家来看望老爷子，不要买烟酒副食之类，如果觉得空手不好意思，那就在快进西门的水果摊上买个十斤左右的西瓜在手里拎着。约齐了一道来也好，今天来一个明天来一个也好，后者更能让他的快乐像电视里的连续剧，每天都有那么几个小时。

北京却毕竟不是老家的县城，今天来一个明天来一个是不可能的，约齐了一道来也只能在节假日里。平时妻子上班，儿子上学，家中仍只有我和父亲，情形竟有些像距今四十年前，我们父子二人相濡以沫，相依为命的那段岁月。

我们统统都小看了父亲，殊不知他是一个天才的外交家，在这个别墅区里很快就有了他大量的朋友，他们中有身份与他相似的业主父母，给业主带孩子、做饭、遛狗的家政助理，看守西门的保安，清扫园区的环保员，浇水、种草、修剪灌木和果树的绿化工人。父亲每次从外面转罢一圈回来，都利用吃饭的时间给我讲述他们的故事，几乎每人都可以写一个短篇小说。其中有两位业主的岳父和岳母，一对是福建人，一对是东北人，他们就像四只狡猾的候鸟，把女婿的豪宅当成自己的行宫，每年盛夏以前飞到北京，深秋以后返回原籍，如此周而复始。前者是因福建较之北京夏热冬暖，后者是贪恋东北那旮旯冷天可以盘膝打坐的土炕，四位一致号召父亲学习他们暮年的生活艺术。

这两个老汉，东北的一个年长父亲两岁，福建的一个年逊父亲四岁，他们彼此互称弟兄，桃园三结义一般在纸片上写下电话，相约每年必来，每来必见。东北老汉的威武健壮，我已在某日的电视新闻里亲目所睹，一个八十三岁的老汉骑着一辆摩托车从长春出发前往北京，当地公安机关唯恐有失，派四名年轻警察骑车追赶，日夜兼程也追他不上，那叫做望尘莫及，后来追上他的是他七十九岁的胞弟。父亲的这位东北朋友与电视里的摩托骑翁有几分相似，回家之前，他和父亲在一个小树林里依依惜别，临行又送给父亲一袋苹果，父亲则把自己的《晚云集》签上名字，送他一本作为纪念。

二老走后，父亲又补充了新的朋友，简直就像前仆后继。这更是一个彪形大汉，年龄比父亲小，退休前是中南海里的一名保卫处长，最初保卫着刘少奇，"文化大革命"中他又被调去保卫党的主席毛泽东。此人耿福东，不过我怀疑这不是他的本名，而是毛主席给他改的。耿福东身怀绝技，虽然烈士暮年，徒手仍能力敌十人，骑马蹲裆，任来者搂腰、抱腿、抓手、揪耳，一个转身就将其全部撂翻。父亲每与他约会一次，必然带一样礼物回来，或一幅自写的书法。

这让父亲深感过意不去，《诗经》里说"投之以木瓜，报之以琼琚"，这是中国的君子之风，于是他就楼上楼下、屋里屋外地找。找来找去也找不出相应的回赠之物，又不能把我的朋友送我的书画送给他的朋友，照片倒多得要命，可惜上面都没有毛主席，最后只好又去搬自己的书。

再一次黄昏归来，父亲手里又捏了一张宣纸，上面写着"向雷锋同志学习"，是竖版的，从右到左，落款"毛泽东"三字一笔连成，跟著作者本人的字体一模一样。

接下来又有一位网名叫做"冷箭"的诗人走进我家，走到了父亲的面前。我们的园区里的确是卧虎藏龙，真人不露相，"冷箭"是物业公司的一名水工，这一天我家厕所的下水道堵了，我打电话给物业，物业就派"冷箭"来为我们进行疏通。"冷箭"一边蹲在地上疏通着下水道，一边和父亲谈论着诗，希望两人结为诗友。不过遗憾的是，父亲写的是旧体诗，"冷箭"写的是现代诗，他们只有共同的诗的情趣，没有共同的诗的语言。

"冷箭"成功地疏通了我家厕所的下水道，手提管钳肩背工包昂首而去，父亲把他送出阳光房外，转身回来对我发表感想说："我看有些水货文人，还比不上这个水工。"

3

有天中午我接到一个电话，开口就叫我老伯伯，要到我家来看望我老人家。白驹过隙，叫我伯伯的人如雨后春笋一般多了起来，级别最高时还被叫过爷爷，但是前面加个"老"字的尚未听到，称老人家更只有朋友之间互相调侃。而电话里的口气十分庄严，我怀疑这个"老伯伯"是指父亲，一问果不其然。打电话的是两个外地口音的中年女人，十分钟后各自提着香蕉、苹果和柚子来到我家，进门就与父亲说得热火朝天，原来他们是在园区里转悠时认识的。

两个中年女人一个来自河北，一个来自四川。河北的名叫张燕，在我后院不远的邻居家做家政助理，说穿了就是家庭保姆。这位张燕的丈夫死了，为了照看公公婆婆和两个傻子小叔，很多年来都没改嫁，把孩子交给公婆，自己出门打工，每到年底把挣的钱带回去，一大家子省俭着用，要维持到第二年的这个时候。这次是因为傻小叔摔坏了腿，她要拿钱回去给小叔治伤，不然会落下终生残疾，往返途中多次转车，又不熟悉北京交通，误了与主人说好的时间，回来被解雇了。四川的那个同情张燕的命运，并且为她打抱不平，自愿陪着一道来向父亲辞行，对父亲发表自己对这件事的看法，同时也请父亲帮忙留个心，在认识的人中如有合适的雇主，记着给她介绍一个。

此时父亲神情庄严，心潮起伏，态度一如国家信访办的值班员，找出一支笔来，在一张纸片上认真记下张燕的名字、手机号码以及前主人付她的工资标准。写罢了核对一遍，将纸片儿慎重收起，当着我面大肆表扬着她，夸她品质高尚，忠、孝、节、义四字都占全了，又引用孟子的话，说这叫贫贱不移，威武不屈。说到这里停顿了一下，把差点儿出口的"富贵不淫"一词收了回去，觉出用在这里不大合适。

对于张燕被人解雇一事，妻子的看法略有不同，她认为雇主家有老人，饮食起居需要料理，如同父亲住在我们家。儿女都在外面忙事，家中不可一日无人，能够允许保姆回一趟河北老家，应该是比较遵守劳动法和人性化的。保姆按时未归，不知是否还来，因此雇了新的保姆，换了我们也许同样这么考虑。我却从社会经济学上进行分析，问题是双方怎样才能心甘情愿地互相利用，和平共处。父亲虽然顺着儿媳的思维，把自己设想成走失保姆寸步难行的那位老人，但他依旧要站在张燕一边，我自信能够猜中他的心理，这倒不是后者叫他伯伯又提了水果给他，而是因为，这个雇主没有张燕立刻可以找到李燕，张燕离开这个雇主却不能立刻找到下个雇主。今夜她将住在哪里？明天她又将去往何处？

我知道父亲在同情张燕的时候，一定是想到了母亲，想到了半个世纪以前。他被打成右派坐进监狱，接着又去农场劳改，许多劳友的妻子都与丈夫划清界限，弃暗投明，甚至反戈一击，母亲没有。母亲立誓独自也要把儿女们哺养成人，那时的母亲还不到三十岁，头上一顶右派家属帽子，膝下四个右派孩子的母亲，比眼前这个张燕还小得多。

张燕的命运，父亲何止是记在纸片上，心里他还复印了一份，天天都会拿出来看。有一次还不到月底，他主动提出来要帮我交电话费，说是他跟西门外右侧那个邮政储蓄所的保安很熟，每次他进去看报纸，全副武装的保安老远就叫他老先生，赶紧起身给他让座。我不要他做这件事的原因是交费与存钱、取钱一个窗口，做其中任何一样都要排成一条长龙，保安让座也不能坐，人必须站着一点一点地往前移动，遇上一个用麻袋取钱的大款或者卖完小菜来存钢镚儿的小摊主，长龙往往要在原地困上半天。

由于坚持自己交费，我意外发现这个月的电话费是上个月的两倍，我认为这与父亲给张燕找工作有关，事情正好发生在上一个月。园区里他的朋友队伍日益壮大，每人都留有手机和电话，只有他一人不用手机。父亲的手机是妹妹在老家给他买的，从老家打给我是长途，在北京给我打是漫游，明白这个原理以后他就弃之不用。我越发觉得他为迟迟不能完成别人的托付感到焦急，我还暗自琢磨他的心思，如果不是他刚来时我就宣布不要家政助理，在张燕实在找不到新雇主的前提下，他会把这个贫贱不移，威武不屈，夫死不嫁，不弃公公婆婆和傻小叔子，一人打工养活全家老小的善良然而不幸的河北女人请到我们家里。

有一次，我从中牵线给他介绍的朋友、杨献珍生前的秘书萧岛泉老先生打电话来，刚刚问完他的身体，他就趁机把话题转移到萧老雇请的保姆上。端午节时，萧老雇请的保姆曾经陪同萧老到我家来看望过父亲，当听萧老说自己不久前在武汉大病一场，保姆正好家中有事就离开了，父亲立刻在电话里大声讲述河北女人贫贱不移，威武不屈的故事。萧老明白了他的意思，可是告诉他说，家里已经另请了一个。

父亲的"外交活动"一般在是早餐之后，晚餐之前，吃罢晚饭略看一会儿电视新闻，就开始睡觉，夏天洗一个澡，冬天烫一个脚，上床不久即可听到他抑扬的鼾声。今夏五月，我读初中一年级时的班主任胡老师带着师母，来京在我家住过一段日子，教会了父亲如何安全地使用热水，此前每天都是我为他运作，刚来时他一心要减轻我的工作量，曾经自力更生地跳进木缸，一放水好险，把自己烫成轻伤。现在好了，为了让我彻底放心，他让我看他亲自做了一次演习。

家乡的弹丸小城以吃的考究闻名于川陕鄂三省，这让随我来京的父亲要受一点小小的委屈。我家的伙食非常简单，早餐是自己用豆浆机打的豆浆，茶叶煮的鸡蛋，从超市买回来的面包，或者自己在锅里加热的豆沙包、芝麻饼、花卷、馒头之类，佐以父亲爱吃的腐乳、酱菜。黎明即起的父亲起床之前，比他起得更早的妻子已全部做好，摆上餐桌，自己吃罢开车上班走了，留下我们父子二人起来自吃。中餐是把现成的饭菜逐一放入微波炉里转动，若想省时，我就索性把炊具改为一只三层笼的大蒸锅。父亲怎么都行，土洋都随我便，只是有个前提，顿顿要吃腐乳。

三餐中唯有晚上一顿要豪华一些，那几乎可以称为夜宴，每天妻子五点下班，六点半后才能到家，遇上路上堵车还会更晚。好在此时我已把菜料备好，米饭做熟，万事俱备，只等着她乘东风归来掂锅掌勺。我也曾想担任厨师，让她回家吃现成的，是她嫌我炒菜不放葱姜蒜和胡椒鸡精等一应作料，因此味同嚼蜡，宁可自己出将入相，下马上灶。父亲每当这个时刻即将到来，都会提前坐在阳光房的藤椅上，面对前窗，看见儿媳的车子在暮色中徐徐开进院中，赶紧起身去打开玻璃门，并且开灯照亮进屋的道路。

<h1 style="text-align:center">4</h1>

晚餐过后，我们还有一个必须的节目，这是父亲在老家时没有的，一只水果，一杯酸奶，吃完了才能洗澡或者洗脚睡觉。父亲最初对此持一种消极的态度，甚至心有抵制，起因不明，据我想可能是嫌累赘。当后来得知了它们的好处，报纸也说，电视也说，尤其是从事生化研究的儿媳也说，届时一听到杯勺之声他就主动过去，不仅把酸奶喝得干干净净，喝完还倒少许水进杯里，涮一涮也给喝掉，矫枉过正，证明比我们贯彻得还要严格。

这位二十世纪五六十年代，三年自然灾害时期的幸存者，吃什么都说好吃，我相信这话的真实性。原因其一，经过二十多年的下放，舌头已变得好坏咸宜，其二，母亲在世时除了坚持少放辣椒和盐的原则，其余都顺应他的胃口，母亲不在了，北京长大的妻子也尽量向他靠拢，有的菜自己不能适应，宁可"一国两制"，炒出各取所需的双盘。但是，每周总有一顿早餐会出现问题，那是北京实行车辆单双号制度以后，妻子的车辆禁行日，她将采取天亮前驾车上路的对策，这么一来，走前就什么都来不及做了。

当然我也可以做的，但是父亲觉得根本不必，他处变不惊，认为一点儿关系也没有，甚至还心中窃喜。因为他来后不久就发现了，园区西门外的左侧，也就是邮政储蓄所相反方向的一排临街房中，有一家杭州人开的包子铺，连品种和价格他都调查得一清二楚，一屉包子或荤或素，四元；

一屉蒸饺或肉或菜，也是四元；一碗稀粥或有绿豆或纯粹白米，一元。他早已跃跃欲试，只愁找不到进去坐下的理由，这一来真是成全了他。于是妻子的车辆禁行日便成了他的自主荤食节，迎着一轮朝阳，他就像个老武松一般走进店中，挽起袖子，叫一屉包子或者蒸饺，一碗粥，吃罢把嘴一抹，再自作主张地给我也带一份回来。

妻子出于专业所学，对目前国内的饮食环境持一种绝对怀疑的态度，常从嘴里蹦出地沟油一类惊心动魄的词，除非万不得已，她决不主张父亲随便去下馆子。父亲有时特别想吃老家的腊肉，就假装自言自语，希望我无意中听到以后给予转告。食品观的迥然不同，决定了妻子同样排斥这些熏腊制品，然而眼看着父亲思念日甚，加之我不得不替他作些解释，诸如大难不死的人有强大的生命力，对劣质食品的抵抗在某些方面能够突破正常的理论云云，她也就只好消极服从。但她会带着一定的刁难性，让我购买大量天然辅料淡化它们的品质，每次都害我花上很多时间。

年少时与父亲在一起，没有发现他在生活上的任何不良习惯，想发现也发现不了，饥饿时代省略了中国人民饮食上的一切嗜好，好像水落石出，灾难退去之后，人往往会露出本来的面目。比方说他爱吃肉，尤其腊肉，以及腊鸡、熏鱼、腌菜、腐化豆制品，不爱吃蔬菜，原因是肉嚼着香，毛主席号召以瓜菜代替粮食，那些年全国人民实在是代够了；爱吃干果，不爱吃水果，可能是嫌水果还要清洗去皮，不如花生核桃咬着干脆，喀啪一下就蹦出来了。开始我们为他选择香蕉，是觉得这个操作起来简单，胡老师带师母来京，每次游玩回来送他两个火龙果，说老年人吃这个最好，我们就作为制度定了下来。

父亲爱喝浓茶，不爱喝清淡的蔬菜汤。母亲离去以后，我把母亲生前的水杯作为遗物带回北京，用它喝茶，好像母亲每天仍然在我身边，父亲来后我这只杯子给了他用。他在杯中放的茶叶是我两倍以上，叶子泡开约占茶杯的三分之一。不过饮茶毕竟比吸烟好，为了让他彻底戒烟，母亲离去的百日我在葫芦上烙了一首诗送给他，劝他远离妖雾，每天把葫芦当烟斗握在手中，同时权当是健身球。纵然如此我还得监督着，首先要斩断烟源，自家永远不买，有人相送尽早倒手送给下一个人，否则死灰复燃的可能性还是有的，过去母亲在时，他也曾戒过烟。

他与孙子的关系比我要铁，俗话叫隔代亲，学者说是血统论和遗传学里的秘密。父亲第一次来，是和母亲一道，那时他还是一条六十多岁的好汉，情愿当牛做马，大年初一让孙子骑着他的脖子去逛地坛的庙会。第二次来他七十多岁，也和母亲一道，那时他已由好汉变成了老汉，但他仍有能力在冰天雪地护送孙子去上小学，迎面刮来一阵狂风，他用巨大的力气抓住孙子，爷孙二人双双滚倒在路边的小树下。

儿子当然也救过他的爷爷，高考那一年的夏天，父亲不幸被老家的空调吹坏了，躺在重症室里人事不省，姐姐打电话要我赶紧回去，我听懂了这话的恐怖，立刻决定携子还乡，要么让他为爷爷起死回生，要么让他听爷爷临终遗嘱。儿子像一首老歌里的革命战士，背上双肩包就跟我出发，包里装的是高考复习课本和辅导材料，在火车上把他的下铺跟人换成上铺，爬到无人骚扰的顶层去做作业。回到老家，直奔病房，我看见了一只仰面朝天的蜘蛛或鱿鱼，父亲的嘴里、鼻里和身上，含着、插着和安着各种功能的胶管，昏迷中全然不知从千里之外赶回了他的两代接班人。我让儿子的手抓着他的手，把我的嘴对着他的耳，我说爸，你看谁回来了！

奇迹发生了，父亲的手动了，接着脖子动了，接着身子动了，接着眼睛睁开了，接着屁股坐起来了，接着嘴巴能说话了。父亲带领着浑身的胶管，张牙舞爪地说："你们在火车上，吃饭了吗？"

现在，父亲第三次来，母亲没有了，他也有了八十多岁，再不能驮着孙子去逛庙会，也没有在狂风中抓紧孙子的力量了。他的孙子已由小学生长成大学生，一米八几的足球健将，可以用自己的高大和勇猛保护当年曾经保护自己的爷爷了。父亲第三次到来的当夜，儿子把小卧室让给爷爷，自己搬进隔壁的小书房里，从此开始在地上睡觉，像万里长征途中的工农红军。这让父亲略感不安，其实小楼的三层空着，买一张沙发床就解决了问题，妻子说三层没安空调，夏天太热，冬天又太冷，与下面两层相差多度，宁可让三代人都睡在二层。另外还有一个好处，万一进来贼人，大家可以互相呼应，共同抗敌。

儿子极其愿意与爷爷比邻，睡前可以说几句话，有时儿子在网上看球，父亲还弓身来到背后，指着电脑里飞快跑动的小人儿，问这是哪一国的，那是哪一国的，哪一国的踢进去了，哪一国的没踢进去。他问这些纯粹是找由头，其实他对哪一国的都不在乎，踢没踢进去也无所谓，要紧的是跟他的孙子说话，这才是他的重中之重。但是球迷儿子却有着学者化的迂腐，把一些他根本就不打算听的球国、球队和球员的名字都念出来，继而又详细讲解他们在世界的最新排名。

如此美妙的时光太短暂了，儿子双休日才能在家，另外还有足足的五天五夜，父亲要在计算和期盼中度过。本周日的夜晚刚刚离别，他又开始想象着下周五的夜晚重逢，这样周而复始，生活倒也是永远有个盼头。苦恼的是儿子进了家门，父亲还得努力地控制自己，让这对分别同样时间的母子多在一起，直到吃饭的时候，他才会当仁不让地抓住机会，要孙子回答一个又一个他已经思考了五天的问题，觉得再不说就没有机会了。这些问题有时进入他的梦中，醒来以后被他记在卡片纸上，全都与孙子的安全和健康有关，而在我们看来，纸上的话百分之九十是杞人忧天。

父亲来后，我们只给他买过几件内衣、内裤、袜子和棉拖，其余都没顾上，一是忙得没有时间去逛商场，二是得过且过。我是这样的懒汉思想，父亲可以穿我的衣服，我可以穿儿子的衣服，还有一个办法是父亲直接穿孙子的衣服。这些衣服质量上乘，样式得体，穿在谁的身上都很合适，横竖祖孙三代一脉相承，没什么不可以的。父亲对我的偷懒和小家子气全无异议，既然规定谁的都可以穿，那他何不赶一回时髦，索性穿孙子的新潮服装呢？他就把我的显得过于普通的衣服返还给我，换上孙子的大学生装，那些衣服有的是踢足球的，有的是跳街舞的，有的衣领打开是一个风兜，有的裤兜缝在膝盖的两边。父亲穿上这样的奇装异服顿时年轻六十岁，只是一米八几的壮汉衣服被一个精瘦老汉所占有后，效果立刻大变，不过这没关系，把袖子和裤脚各卷一圈儿就是了。

有孙子给他盛饭，添汤，父亲的幸福大于儿子做这些事。他稳如泰山地坐在上席，毫不客气地伸出双手，让这位心目中未来的美国博士把碗一会儿递过来，一会儿又接过去，满脸的得意哗哗啦啦掉在碗里。儿子则更是个耿直的家伙，每有老家大姑小姑打电话来，话筒若是落在他手，但逢问到爷爷的身体怎样，饮食如何，便听这位大学生足球队的队长兼门将用男低音骄傲地回答说："爷爷身体好着呢，比我还吃得多！"伴着电话那头的一阵爽笑，妻子小声地责备着："哪有你这么说话的！"父亲却为这样的评价自豪极了，走过来接过话筒，对两个关心他的女儿说："是的，情况就像梦非说的这样！"

5

有了去年春天的教训，今春我只在园子里种了四棵葫芦，为的是给五棵受了委屈的葡萄以更多的机会，让它们从葫芦那里夺回失去的阵地。如此调整的原因还有一个，那就是去年的四百多个葫芦去皮晾干之后，只有三十多个被我烙诗送了朋友，利用率不到百分之十。去年的葫芦中有两对是连体的，一对送了我昔日学生的女儿，做她新婚的贺礼，一对送了前来看望我父亲的，三十年前我的处女作的责任编辑与他的夫人。其余都还堆在我的阳光房里，堆得久了有的发霉变色，不再像刚去皮时那么光亮可人，它们的英雄无用武之地，实在是因为我没有时间玩儿。

何况母亲不在了，不会有人在葫芦上写"福"字了，父亲可没有母亲那样的耐心。而且，通过自己在葫芦上写诗，我觉得这不是一件八十四岁老人做的事情，手下万一打滑，无论是握小葫芦的左手还是捏电烙笔的右手，被笔尖烫伤乃至触电的可能都是有的。

扼止住疯狂的葫芦之后，第二年的葡萄藤很快就爬满一架，原说是栽后三年才结葡萄，不想它提前一年就开始结了。那成串成串的小玩意儿开始是绿色的，后来渐渐地转为褐色，再渐渐地转为紫色，上面还覆着一层蒙蒙的灰，一个个膀大腰圆，外表与市场上卖的葡萄一般无二。这让父亲欣喜不已。葡萄从架子两侧的网格往上结着，架子顶上则没有一颗，唯有这点与邻居家的格局有所不同，人家的葡萄都是结在架顶上，采摘时需要搭着梯子。妻子问我这是何因，我说这就是品质好的葡萄，它怕把主人摔着了。种过地的父亲的现实主义解释仍是缺肥，你看，都长在离地近的地方，离地远了供应不上。

为在妻子面前树立父亲的威望，我的嘴上也配合着说些鞭长莫及之类的话，但是心里并不同意这个说法。按说离地远了，离天就近，更能接受阳光的哺育，不是说万物生长靠太阳么？父亲却要以他农民的思维，建议我以后把厨房里杀鸡剖鱼，刷锅洗碗的水端去泼在葡萄根下，以促使它把肥料向末端输送。为了观察它的发展变化，有一天父亲弓着身子去统计了葡萄现有的数量，回来说是总共有十八串，他要等着它们彻底熟透之后，再摘下来给他的孙子吃。这葡萄每一颗都是他看着长大的，他可以向全世界人民打赌，绝对没有农药和化肥的沾染，孙子吃了只会在体内增加大量的葡萄糖而不会有丝毫的副作用，因此，最好是像相声里说的那样，吃葡萄不吐葡萄皮儿。

又有一天，一条暂时没人看管的狗走进我家的院子，低着狗头在葡萄架下闻来闻去。父亲正好在阳光房里做着什么，无意间透过玻璃发现了这位不速之客，他立刻想到葡萄，纵身就去开门。狗听到人的动静掉头跑了，父亲奔到葡萄架下，反复清点那十八串葡萄的数目，确信一串也没有少，这才承认刚才受了一场虚惊。不过这个危险的信号使他从此警觉起来，次日他在室内换了一个方向坐着，特意面朝窗外的葡萄架，手里捧着一本书貌似阅读，眼睛则不时关注一下那个敏感的地方，监视着随时都有可能入侵的狗。

那条狗却从此不再来了。偶尔也有别的狗来，脖子上必然系着一只铁圈，圈上系着一根皮绳，绳子的一端捏在一位有教养的业主手中。分析那天吓了父亲一跳的狗，一定是哪位巨贾夫君不在家时无聊的闲妇，解下它项上的铁圈正要与它共浴，谁知这个不识抬举的畜生，趁此良机从华清池里逃走，跑到我家的院子里来呼吸有养分的新鲜空气。

十八串葡萄就这样在父亲每日的守护下一颗一颗地晶莹剔透，一串体重大约一两斤的样子，在儿子出国的前一个星期，父亲按照他心中的编号，用一把早已准备好的王麻子剪刀，每日剪下一串，在盆子里清洗三遍，成功地摆放在餐桌上。我们全家四人，吃了七天的葡萄宴。只是可惜，葡萄皮还是被我们给吐掉了。

父亲花一上午的时间，认全了我栽的所有果树。去年春天，我栽的十一棵果树分别是两棵樱桃、一棵梨树、一棵石榴、一棵山楂、一棵李树、两棵桃树、一棵海棠、一棵柿树，最后一棵是苹果。在我栽果树的那几天里，先我而来的邻居们纷纷担任我的顾问和参谋长，苦口婆心地灌输我一些关于私家庭院栽树的知识，这些知识也是几年前有人传授给他们的。比方说"前不栽桑，后不栽柳"，前者是忌讳，桑是"丧"的谐音，后者是回避，柳会让人想到娼妓所在的"花街柳巷"；不栽梅树，同样因为谐音是"霉"；不栽杏树，古诗有云"一枝红杏出墙来"，以防家中美眷与人有染，还举例说就在我们这个翡翠城的南区，有位家中种了杏树的少奶奶跟一个美国人跑了……

我频频点头，全部接受了他们的教诲，事实是上述所说的那些树种我一样也没看中。我发现整个别墅区里，没有一家栽有苹果，我竟敢前无古人地要栽一棵苹果树，而且栽在前园右侧的拐角处。顾问和参谋长们个个都不表态，只是用眼睛质问我的指导思想，我就活学活用地依据谐音，说是把苹果树栽在这里，意思是出也平安，入也平安。而且，苹果在所有的果子中是最圆的，圆是美满的象征，人都形容姑娘的脸蛋儿像苹果一样，有说像核桃的么？

樱桃也美，但我最初决定只栽一棵樱桃，卖树人给我运来一大一小，骗我说小的一棵是海棠。因为树皮上的花纹近似，这又是个名声很好的山东人，当的个当，山东有个武二郎，还有梁山一百单八将。此人姓牛，叫牛占坡，据跟他一道运树来的他那胖媳妇讲，他哥牛占山也干这活，他们的做法是花钱在北京郊区包一块土地，种上果树再卖给北京人，重点是住在别墅区里的业主，一棵树根据种类的不同，价格几百到几千以至几万不等。

我相信了牛占坡，当时我还跟他开玩笑，说他们牛氏兄弟现在离开山坡而占领都市了。他嘿嘿地笑，他的胖媳妇也嘿嘿地笑，后来通过回忆我才明白，他们夫妻二人笑我是个糊涂虫，临到果树开花的时候，我忽然发现他们卖给我的那棵海棠，其实也是樱桃。不过我仍然阿Q式地想，这样不也很好么，将来写文章可以抄袭鲁迅，我家的院子里有两棵树，一棵是樱桃，另一棵也是樱桃。于是我努力地培养那个樱桃哥哥，希望它以身作则成为弟弟的榜样。我用一把军用铁锹在它周围挖出一圈深沟，从市场买来发酵的鸡粪埋在沟里，掩土之后再浇上水，觉得农业八字宪法中的"土肥水种"都完成了，下面就可以转为"密保管工"的事。

这样做所犯下的滔天大罪，当年就让我受到了应有的惩罚。过些日子，施过肥的大樱桃树上雪白蓬勃的小花颜色转暗，蕊瓣发蔫，与小樱桃树上越发繁茂的白花形成对照。再过一些日子，花凋蕊残的大树上的绿叶也开始变黄。终于有我的近邻，当年去延安插队的北京知青胡女士来通知我说，作家，这棵樱桃树已经死了，是你用肥料把它烧死的，刚栽的第一年不能施肥，你怎么连这个都不懂！

6

胡女士送我一棵紫藤，是让我从她的院子里挖过来的，她家最大的一棵紫藤已经爬到了三层楼顶，另一棵的枝叶平铺在前门的木架上，春天来时满院紫花，一片清香。奇怪的是她送我的这棵紫藤我并没有施肥，移到我的院子不久也死了，这让她百思不得其解，我的解释却是我们中国人说的树挪死，人挪活。

我初中毕业没有参加插队的知青小组，却不识时务地回到父亲身边，先是修了三个水库，后又教了两年书，对农林业生产知之甚少。反倒是来到首都北京住了二十四年之后，才开始学着种地，让曾经接受陕西贫下中农再教育的北京女知青，四十三年后又来教育我这个山里的人。

世界知识出版社的两位青年编辑来家向我约稿，在后园遇见牵狗而行的胡女士，她是这个别墅区里的慈善家和动物保护主义者，一人养了数十条弃犬和弃猫。

不断有年轻的编辑到我家来，提着能够代表他们最高水平的出版物，希望取走我最好的书稿。因此在父亲每日必坐的沙发前面，茶几上永远摆着看不完的新书，对他而言，最合胃口的是国共两党的大人物传记，他的同龄人对历次政治运动的回忆录，以及他熟悉的作家的作品，如王蒙和张贤亮的。我的朋友的书他也看，尤其喜欢的则是湘夫子聂鑫森引经据典的杂类文章，对享誉天下的贾平凹则评语不多。聂夫子每出新书必先寄我，每收一册他必先睹为快，每看一次也必利用起身续茶之机，对我说一声这人有学问。

聂夫子的书中有信，信中有诗，有写给我的，也有写给我父亲的，那诗写得平平仄仄，对仗工整而且用典频频。父亲盲目自信，刚开始的时候来诗必和，才思之敏捷几乎下笔八言，倚马可待，写罢就急着去上邮局。后来经过我的评点，将他风格全然不同的诗归为打油和顺口溜后，他才再也不敢与聂夫子唱和了。

我留来家的编辑朋友一道吃饭，一般会选择由售楼处改造的翡翠小厨。我们从南门出去，比男同事更加懂事的女编辑总是搀着父亲过斑马线，向他敬酒、奉菜，感动得父亲恨不得替我许诺，把我还没写完的作品无偿地送给他们。我有一部长篇小说在一家出版社住了一年，终于要出版了，总编打电话来，委婉地提出要把弟弟吃了姐姐肉的那一段描写删去。我不同意，宁可不出，双方僵持了很久，最终总编说再看一看。挂上电话之后，我看见父亲在大口地喘气，接着又听他小声地嘀咕说，让他删去不就是了？

这个时候，卖树人牛占坡卖给我的另几棵树，前园的梨树、石榴，后园的山楂、李树、桃树已先后死绝，奇怪的是我并没有给它们施肥，它们甚至连花都没开。死去的石榴树成了我家门口一棵月季的支撑，那棵花色暗红的纤细的月季依靠着它的树干，从一米多高长到三米多高，让人想到每一个花枝招展的女人背后，都有一个要死不活的老男人。而那棵没有成活的梨树，因为栽在距离葡萄架四米左右的园子的边缘，我在树干与葡萄架之间拴了一根尼龙绳子，以后就用它晾晒衣服和被子，像农家小院常见的风景。

早我六年住来的胡和平女士，又向我透露了一个令人羞愧与后悔的秘密，那些卖树人通常会把业主挖弃的死树用车拖走，在根部糊上泥坨又卖给新的业主。我大吃了一惊，却宁愿将信将疑，我说树钱我只给了他一半，字据上写着另一半等树活了再付，这样做他不要吃亏么？胡女士以资深受骗者的身份残酷地笑道，作家，你才吃亏呢，他只打算要你这一半的钱，另一半的钱不会来向你要了！

所幸为了取得我的信任，牛占坡最初卖给我的两棵樱桃树不是死的，后来死去的一棵责任在我，他的错误只是不该用海棠冒充樱桃。这似乎是命中注定，原本我并没有栽两棵樱桃的计划，现在到底只剩下了一棵。自从知道另一棵不是海棠之后，我就决定再栽一棵真的海棠。海棠分为两种，一种只开花不结果，一种又开花又结果，后者结的果子长着苹果的形状，无非规模比苹果要小得多。我选的是一棵开花结果两全其美的海棠树，心想等到秋天的果子熟了，远远看去，红艳艳的一树又像是海棠花。

卖给我海棠树的是河南人，叫石进伟，也是媳妇一道跟着来的。受一种社会舆论的影响，我对他的警惕胜似骗我的山东人。但我不曾想到，山东人卖我的八棵树活了一棵，河南人卖我的三棵树全都活了，它们是一棵海棠，一棵柿树，一棵苹果。同时他卖给我的二十二棵竹子也活了十五棵，死去的七棵很快给我补栽，而另一个山东人，一个名叫孔祥林的孔子的第七十四代孙，卖给我的五十棵竹子只活了三棵，死了的一棵都不补，按照合同约定，打手机让他来补树顺便取另一半竹子的钱，正如有前车之鉴的胡女士所说，这位孔子第七十四代孙的手机已经换号了。

我对以籍贯评判人格的社会风尚更加有了怀疑，不再想见到山东人牛占坡和孔祥林，却又买了河南人石进伟带着媳妇上门推销的两棵树，两袋肥料。这两棵树一棵是枣树，一棵是沙果树，共五百元，两袋肥料据说是鸡粪，共一百二十元。我把山东人的故事有意讲给河南人听，讲时注意观察这对夫妻黝黑的脸，媳妇听了低头不语，男人笑道，咦，还是俺河南人中吧？

父亲从外面遛完了弯儿，回家发现侧院里又多了几样东西，看了又看，他说树上的叶子怎么都是蔫的呢？又说袋里的肥料怎么像是黄土面子呢？这时我才蓦然想起胡女士的话，打手机让石进伟赶紧回来，把树移回原处，把肥料退给批发市场，否则我就向消协举报！我这么说是给他留个面子，意思不是他骗了我，而是有人骗了他。

一听"举报"二字，这对夫妻蹬着板车飞也似的转来，男人老远把一只手伸在兜里，走拢了小声与我商量，说是把钱都退给我，树是他自己种的，肥料也是他自己拌的，要么再换两袋真正的好农机肥，让我别举报了中不中？父亲见他可怜，心就软了，替我表态说："那就换两袋好肥吧，我是种过地的人，你们糊弄得了别人，你们可糊弄不了我！"这是关于肥料的事，那么树的事呢？父亲说："树先留下，死了再说！"

河南人感恩不尽，从板车上搬下两只印着品名的尼龙袋，换了两袋黄土面子，又一溜烟地蹬车走了，从此一去不回。不过，枣树和沙果树活过来了，只是树叶一直那么蔫着，远不如前两次卖给我的海棠、柿树和苹果树的精神。两袋换过的肥料打开以后比没换的好些，颜色发黑，但是种过地的父亲很快又认出来，那黑是用煤灰染的，本质依然是黄土面子。

父亲说："鸡粪就是鸡屎，从鸡笼扒出的鸡屎里面应该还有鸡毛，你看你买的这鸡粪多干净！"我却没有精力真的举报了，刚才所说无非是吓唬他们，吓而无效，也就认栽。想起鲁迅说的"哀其不幸，怒其不争"，我从心中发出哀叹，你们这些人呀，我正在写同情你们的小说，写着写着你们又来骗我，连卖给我的屎都是假的！

7

河南人石进伟卖给我的几棵树虽说活了，并没开花，开花的只有苹果树，而且还结了六个苹果，这是我与妻子都未敢奢望的事。山东人牛占坡卖给我的八棵树中，唯一幸存的那棵小樱桃树花落之后，也结了十四颗红樱桃，产量不高，个头却大，比老家的樱桃要大得多。这个数字，是教过我中学语文的胡老师五月份带师母来京住我家里，师母在树下转着圈儿，从各个角度统计出来的。

回家后师母又逼着胡老师打电话来，问我那十四颗樱桃摘了没有，再不摘可要被鸟儿叼吃了。这次电话打了足有半个小时，结束以后我替他们夫妇算了一笔账，新上市的樱桃十多元一斤，十四颗樱桃不足二两，一个长途电话的钱要买两斤樱桃。父亲听了不能苟同，自从吃了胡老师送他的火龙果，他们的心灵就非常的相通了，他说："这是你们的师生感情，这哪是十四颗樱桃呢？"

胡老师是教我语文的，会打乒乓球，歌也唱得好，还会作词作曲，从我家走时专门为我写了一首歌，走的那天我把他们送上火车，车要开了他含着眼泪，让我回去把那首歌第三句的音符"米法"改成"多来"。

关于胡老师的故事，我在几篇文章里都写过了，他应该是职业的教育家和业余的作曲家，曾经在七十五岁高龄奔赴上海世博会，为全世界各种皮肤的朋友放声高歌自己作词作曲的《志愿者之歌》，一时成为《解放日报》和《新民晚报》上的头题新闻。令当地人眼馋的则是他的大家庭中出了四个博士、五个硕士和十多个本科大学生。四十五年前，他是我的中学班主任兼语文老师，听说一位十二岁的少年考取县城一中，却自愿转到南山三中，甚觉新奇，开学伊始就对我另眼相看。然而不到一年发生了"文化大革命"，我又转回县城一中，从此一别三十六年，直到本世纪初我在太和医院门口与他传奇相遇，我们才重续前缘。今年清明我回乡祭母，返京的前一个夜晚他带师母来看我和父亲，我们约定夏天在北京相聚。

夏天他们就来了，住在我新修的小院里，这使父亲欣喜异常，如同来了老家的亲人。上世纪父亲和母亲两次来京，一道把首都看了个遍，那时候奥运会还没召开，鸟巢和水立方还没对外开放。我带父亲和胡老师夫妇去看这两处造型别致的奥运建筑，那日场外大风劲吹，馆内阳光和煦，吃过老北京的炸酱面后，父亲竟然独占三椅，在水立方管理者的眼皮之下酣然睡了一个午觉。

父亲领着他们参观竹影居，我的语文老师对此倒无什么见地，师母却教我把栽在前园的十棵老家叫作金针的黄花，移栽在园子一侧的矮墙下，接着又亲自舞动我的军用铁锹，在那棵死去的樱桃树边种下几粒梅豆。她的主题思想是要让梅豆们顺着树的枝杈攀爬上去，直达阳光房的房顶，秋天在房顶上开满紫色的梅豆花，结满绿色的梅豆角，如同去年的南瓜藤攀到葡萄架上，结出三个金色的南瓜。

胡老师住在我家的这些日子，父亲每天像过正月十五，因为他爱吃师母包的汤圆，八十三岁的人，一顿居然能吃八个。师母将此暗记在心，回家后让胡老师打电话问我邮政地址，谎称要寄一篇文章给我看，我把地址告诉了他，次日师母却沉不住气地又打电话来，说是给我寄的不是文章，而是老家的糯米粉，寄来给我父亲包汤圆吃。糯米粉是我们南方老家的称呼，北京叫江米面，我吓唬可爱的师母，说这里的邮局离我家远，有了包裹不送上门，只在信报箱里塞张纸条，通知主人自己去取。我叫苦说我一天到晚忙着写作，哪里有工夫去取包裹，但若是取得晚了还要罚款，若是不取，包裹要么退回去，要么就销毁了。

我这样说本是让她知难而退，不要再寄，谁知竟把师母给吓坏了，一个晚上没睡着觉，担心邮局已把包裹寄走，几天后在我信报箱里塞张通知，那会把我害得好苦。于是天一亮她又跑到邮局，要求重新寄一个能够直接送到家的。阿弥陀佛，如今的邮局办事可没她想的那么雷厉风行，一查包裹还在，高兴地拿出来让她重寄，先交的十三元邮费就不退了，这一次另外再交六十七元。

收到包裹父亲又闭上眼睛，但他这次没有再说，寄来的不是汤圆而是师生情，他也像我一样进行口算，十三加六十七，等于八十，八十块钱在北京能买十斤糯米粉吗？他问我说，我说差不多吧，不过北京的江米面哪里能和老家的糯米粉相比！我料定师母会掐准时间，又打电话来过问此事，赶紧让妻子次日就和面做汤圆吃，以便到时我好有个应答。果不其然我料事如神，师母第二天晚上就打电话来了，父亲坐在旁边教我："给她说好吃得很，说我一顿吃了十个！"他虚报了四个，目的是让我的师母高兴。

在父亲关心的果树中，最关心的是那棵别人都不肯栽的苹果树。后来我才知道别墅区里别人不栽苹果树的道理，唯有这次不是忌讳，而纯粹是因为苹果树生长缓慢，又爱长虫，还要嫁接、打顶、修枝、喷药，否则不会结果，像我这棵苹果树栽下去什么都不管，头一年就结了六个，实在让人感到惊奇。那六个苹果分布在三根树枝的中部，形体与大小都不相上下，当父亲也像师母一样在树下转着身子清点，确信不多不少正好六个的时候，这位此生不顺的老人的脸上露出了笑容，因为在中国民间，此数正是顺利的象征，加上按照我原创的说法，苹果又代表着平安，圆满，因此他对这六个苹果也就有了双倍的喜悦。

父亲暗中盘算，等这六个能够给人带来平安、圆满和顺利的苹果长大以后，大家都别吃了，让孙子一人带到美国。美国大学开学之日，正是苹果成熟之时，父亲野心勃勃，还要亲自提着这六个苹果把孙子一路送到机场，送到不能再送的登机口再移交给孙子，这个仪式叫作平安交接。妻子又有些担心起来，从我家到机场开车需得一个小时，从机场回来又要一个小时，加上在机场存车取车，而且还是夜间她怕这两个多小时的车程，父亲会在车里耐受不住。父亲也同样地担心着，他的担心却是儿媳为了省油，减轻一个人的重量把他扔在家里，让他失去送别孙子的机会，便坚决地打保票说："没有一点问题！"

为了证明没有一点问题，父亲决定用实践来检验一下真理的标准。从我家到儿子学校的车程比到机场略短，但是可以作为大概的参考，等儿子周五的晚上回家，周日晚上再返学校的时候，父亲就提出一个要求，让他也坐在车里，去参观一下孙子的学校。妻子只好答应，去时把他安排在副驾驶座上，回来他却改坐到后排，到家才发现他把后排当作火车上的卧铺，早已经睡着了。

这一次成功返回的实践，证明父亲可以去机场为孙子送行，大不了又睡一次卧铺。再说半夜三更我们都走了，独自留他一人在家，若有盗贼趁机进来怎么办呢？于是我把三人一道送行的计划确定下来。然而我们都没料到，树上的苹果出问题了，有一天父亲出去转悠一圈儿，回来发现苹果少了一个，他怀疑自己在太阳下看花了眼，仔细再数，还是少了一个。

这天晚上他只吃了半碗米饭，百思不解这一个苹果是如何丢失的。他想起那条准备吃我家葡萄的狗，是否因为葡萄没有吃到，换个品种改为来吃我家的苹果，可他接着又否定了这个判断，因为狗即便是站起身子，也不能到达树的腰部。那么除了狗不就是人么，住在别墅区的人都是吃得起水果的主儿，花钱种果树完全是一种情趣，以己度人，谁也不会去偷别人家的东西。父亲就纳闷儿了，一个人走到苹果树下看了又看，也不见被风吹落在地上。此时的苹果已有小茶盅那么大，鸟儿是不可能叼走的，除非它是只饿老鹰。

过些天又少了一个，而且随着时间的变化苹果又长大了一圈儿，父亲心疼尤甚，坐在那里假装自言自语，小声嘀咕说这是怎么回事呢？我知道他这样做一来是排遣自己心中的郁闷，二来是想让我听到，以便协助他进行破案。我却假装毫不在乎，说是值不了几个钱，明天买几斤苹果回来吃就是了！父亲觉得这事被我偷换了概念，心中不悦，又小声地嘀咕道："说的！这哪是吃的问题，长在那里不是个意思么！"以后再不向我诉说。

我嘴上是这么说，心里不可能毫不在乎，从此也慢慢养成父亲的习惯，有事没事，都往苹果树上看它一眼。

8

居委会的两个小姑娘到我家来，动员我参加选举，我不喜欢这活动，推说我的户口所在地从前是西城，现在是石景山，都不在大兴此地。小姑娘说也可以在居住地参加，我就只好说出真正的原因，是对那些候选人不明底细，担心他们代表我说出一些不是我说的话。二位吃了败仗，回去告诉她们的首长，翌日晚，一位年轻漂亮的女书记身穿黑色风衣，带着第二批小姑娘再次登门，让她们一个提了水果，一个提了杂粮，说是来看望老人家的，并非送我，至于选举的事，完全尊重我自己的志愿。女书记叫巴立丹，正黄旗人，多尔衮的后裔，一口北京话说得滚瓜烂熟。

父亲见财眼开，劝我别再为难人家女书记了，我的心也有点儿软，但是嘴仍硬着，把多尔衮的后人称作丹丹，我说送老人家这个，还不如送老人几个大葫芦呢，我种的是小福小禄的小葫芦，你送老人家大福大禄，我就给你写一个委托书。丹丹说行，二次来家，果然拿着一个异形的大葫芦，一根细脖子足有两尺多长，下面一个大大的圆球，这种葫芦我在古董市场见过，开价是好几千块钱一个，据说是在它成长的时候，主人用一个管状的东西把它的脖子掐住，让它长成这么一个有特色的怪物。

丹丹引用一句古人的话说，授人以鱼，不如授人以渔，意思是与其送我几个葫芦，不如送我一粒种子，同时教我取出葫芦里的种子自种葫芦的方法，明年想要多少就有多少。父亲听到一个党政干部竟能说出这么有学问的话来，对她更是刮目相看，催我赶紧写委托书，或者我在家写我的小说，由他去代我投票。上次居委会举办一个活动，也是他替我去的，还得了一样礼品，是一只树叶形的红色果盘。他们两个就这样里应外合，孜孜不倦，最后把我的委托书搞到了手。

巴书记送我的异形大葫芦，我把它挂在迎门的东阳木雕镂空竹枝屏风上，一直没有舍得敲骨取髓。父亲记着女书记所说的"授人以鱼，不如授人以渔"，唯恐我受了人授的大葫芦种，来年却结不出"想要多少就有多少"的大葫芦来，到时跟人见面怎么交代？如何对得起人家正黄旗人多尔衮的后裔？有一天他就瞒着我，去我家斜对面的一个他新结识的朋友家，回来时怀里抱了一个很大的大葫芦，兴冲冲地交给我说，明年就用这里面的种子！这个葫芦造型经典，美轮美奂，上下两个肚子，中间一道蜂腰，与寿星老儿龙头拐杖所系、神仙铁拐李怀中所抱、梁山好汉林冲红缨枪上所挑的酒葫芦一般无二。

此时我家苹果树上的苹果又长大了，父亲的责任也随之更大，心目中那树上不是苹果，如同向人要来的不是葫芦，而都是平安吉祥的象征。丢失苹果的事到底被我发现了疑点，别墅区里有一个穿黄裙子的小保姆，每天牵着一个五岁左右的男孩儿从我家门前经过，走到葡萄架下总会仰脸向上，看看上面吊着的小葫芦，样子像是想摘一个又够不着，短暂停步之后再继续前进，直到那棵苹果树边，小保姆一弯腰把男孩儿从地上抱起来，指着苹果让他参观。这情景让我容易想到古人说的瓜田纳履、树下整冠，但我无凭无据，不好意思去制止她，犹豫一阵，反而觉得自己是个偷看别人的贼，就乖乖地回到屋里。不料晚饭以后，父亲再次从外面转悠一圈儿回来，进门时表情严重，声调低沉地告诉我说，苹果一下少了两个！

看着父亲脸上的表情，我后悔自己昨天的软弱。现在，树上只剩下了最后两个苹果，这一对宝贝再要失守，第一年结果的奇迹算是白发生了。父亲可能也是这么想的，另外他还可能想到一个名叫亡羊补牢的词，于是当晚趁着天黑，他一人悄悄去到苹果树下，用一截小麻绳儿把那根结了苹果的枝子扭个朝向，让这一对幸存者隐藏在树干的背后，身上再遮挡几片苹果叶子，形成一个隐蔽的工程，这么一来，人从外面就休想再看到了。

我把自己的发现告诉了父亲，他觉得我说的很有道理，甚至认定那四个苹果就是这样被摘走的，此后一见黄裙子从门前路过，他会主动地迎出去，像是有朋自远方来不亦乐乎，和小保姆一道参观已经看不见苹果了的苹果树。就这样，被麻绳儿扭了方向，又被树叶儿挡了身子的两个苹果，已经长到成熟的苹果那么大了，仍然没有被人发现，而儿子去美国读书的日子，正在一天一天地向他走来。

儿子登机的时间是凌晨六点，航班要求提前两个小时赶到机场，计算从我家到机场的车程，加上洗漱和餐饮的时间，差不多三点以前就要起床。父亲要亲往机场送别的决心依然不变，吃了晚饭我们就劝他早些去睡，时间到了我们自会叫他。听他喏喏地答应着，我们以为他真去睡了，只顾着给儿子整理行装，把苹果的事忘了个一干二净。

凌晨两点，我第一个下楼来到餐厅集合，一眼看见餐桌上放着两个苹果，一左一右压在一张信笺的两端。苹果是青色的，在白瓷灯下闪着淡淡的光泽，漂亮极了。我立刻就能作出判断，父亲是在半夜时一个人潜出门外，把他精心保护了几个月的最后两个苹果摘了下来，作为送给孙子临行的礼物。他不能摘得早了，要让它长到不能再长的时候，也不能摘得晚了，以防万一有人在这关键时刻下手，那可就成了他的终生遗憾！

青苹果压着的信笺上，父亲用碳芯笔写了三首诗：

梦非爱孙赴美留学，赠青苹果两枚，取平平安安、圆圆满满之意。并作诗三首，以壮行色。

一

万里只为送梦非，苹果树下守双枚。
奶奶保佑平安去，爷爷祈祷平安归。

二

求知不辞渡重洋，东方之子到西方。
黄肤黑发颜色好，纽约城里看彭郎。

三

自古英雄出少年，梦中鸿鹄学飞天。
西风正好磨硬羽，他年祭祖一夜还。

云程辛卯孟秋于北京大兴翡翠城香留园新寓

此时正是深夜，一家三代坐进汽车，上京城高速路去往首都国际机场。妻子驾驶，我坐副驾座上，爷爷和孙子手握着手坐在后排，我回头看了他们一眼，父亲瞪着前方的眼睛有些发直，仿佛在思考一件重大的事。那件事或许是多少年后的一个清明节，那时候他已随我母亲而去，紧紧靠在身边的这个孙子带着一位他不认识的女孩儿从异域归来，双双跪在祖父祖母的墓前焚香叩拜。

一个多小时后我们到达机场，在临近登机口的一列长椅上，三代人坐成一排共进早餐，父亲完全忘记了我们的存在，不断地和孙子寻找话说。登机的时刻到了，妻子从手提袋里掏出相机，请人为我们拍了一张合影，然后在孙子紧紧拥抱爷爷的时候，又亲手把这个镜头拍了下来。

我真切地听到父亲鼻孔里发出的声音，再往上看，两颗眼泪正从他的眼里溢出，但他脸上仍然在笑，正是那灿烂的笑容阻挡了泪水的速度，并且让它们横向地漫过去，像是从天而降的雨滴落进小渠，缓慢地爬向两鬓苍苍白发。我从兜里掏出一张纸巾，趁妻子没注意时塞进父亲的手里。

我知道从现在起，父亲的心里多了一念，他将盼望西方的洋节。因为孙子去的大学是圣诞节放假，那时候他的孙子就又回来了。

9

父亲决心健康地活下去，不仅要活到孙子大学毕业，还要活到孙子获得博士学位，带着孙儿媳妇荣归故里。那是母亲离去后的第八个清明节，那天孙子会穿上奶奶生前为他洗得干干净净的白球鞋，去给临终时没有见到他的奶奶磕三个头。

在父亲患病住院的那一年，我带正在高考复习的儿子回家看他，直到他病愈出院，儿子才居功而返，临走把穿旧的白球鞋扔在老家县城，换上新买的白球鞋回到北京。旧的白球鞋还没有破，勤俭一生的母亲心疼不舍，用毛刷洗得雪白，打上鞋油，放在柜里，等孙子下一次回家再穿。母亲一心这么想着，但她还没有等到下一次，自己就匆匆住进了墓里，父亲继续珍藏着这双鞋，继续珍藏着孙子回家再穿的心念，并且把这心念改成穿上奶奶洗净的鞋，去墓前看望为他洗鞋的奶奶。如果那时他还能走，他就亲自做孙子的带路人。

为了这个伟大的理想，他对自己严加保护，不让任何病魔潜入肌体。母亲走后百日，我送给父亲的小葫芦上这样烙着："百日祭慈颜，含泪劝家翁，悲来远妖雾，灵丹葫芦中。"父亲视小葫芦为健身球，每日摩挲，真就把烟戒了。要来北京的前一天晚上，老家亲友抢着为他收拾行装，有人将一只他曾用过的打火机放在他的包里，他突然面带羞色，把这只打火机交给了我，以示自己戒烟的决心和毅力。

双休日，社区组织专家举办健康讲座，我和妻子带父亲去了，主持人请父亲坐在听众的首排，我们夫妻分坐两边。专家未曾开讲，先问一声："在座的叔叔阿姨，你们想不想当百岁寿星？"在座的老人一个个谦虚谨慎，戒骄戒躁，全都不好意思回答，说时迟，那时快，只见我身边的父亲一手高举，朗声应答："想！"大家被这一声震住，但是谁也不笑，谁的脸上都一派庄严。妻子越过父亲与我对看一眼，我们的眼里充满了光荣和自豪。

专家说："好，想当百岁寿星就请按我说的来做，从今天起……"

父亲生于阴历九月，他的孙子却在阳历九月去了美国，二历相差一月有余。八十三岁爷爷的寿宴被我们设在香园烤鸭店，北京的正午，恰是纽约的子夜，孙子只能提前半日，赶在双方都没睡觉的钟点打来越洋电话，结里结巴也不知道说些什么，父亲却胜似接听美国总统的贺词，对着电话连声响应："好的，好的，明年生日我到美国来过，吃你给我做的三明治……"妻子在一旁笑不成声，三明治是美国的快餐，相当于中国陕西的肉夹馍，父亲才思敏捷，赶紧又换一个品种："那就吃你给我煮的加州牛肉长寿面……"

这一天，前来为父亲祝寿的有我在京的亲戚和朋友，大家提了好酒、鲜花、牛奶、水果、异地特产和北京名吃，欢声笑语，如期而至。近些年每逢我的父母大寿必画一幅寿图相贺的好友崇星，这次送的是一幅鲜艳的寿桃图，却没料到，妻子的姐夫却双手捧来一篮用精粉特制的蟠桃，九个杯大的小桃众星拱月，象征着久久长寿，一个比碗还大的大桃稳居中央，比喻着他在全家儿女中的核心地位，此物一到，四座皆呼。

妻子和她的姐姐早在前一天就开车到文化市场，买了一幅装裱好的大红"寿"字，高二米，宽八十公分，需要搭着梯子，撤下北京作家张宝瑞为我乔迁而画的镇宅钟馗，才能悬挂在中央大厅的主墙上。一缕秋阳从窗外斜照进来，红光四射，喜气盈门，喝完一杯寿酒的老寿星被嘉宾们挨个儿地搀着胳膊，来到这幅寿图下沾光拍照。这个大寿，父亲和我们都会忘不了的。

儿子大四毕业，在纽约参加了研究生的考试，远隔重洋，父亲每日每夜，陪他度过考前复习功课的紧张，考罢等候通知的焦虑。大洋彼岸陆续传来佳讯，儿子被美国的三所大学录取，南加州大学的硕士，宾夕法尼亚大学的硕士，马里兰大学的直博，直博就是六年期的硕博连读，等于直接考取了博士。儿子从紧张和焦急一跃而为激动和兴奋，接着又一下变成痛苦和犹豫，因为南加州有他最好的同学也被录取，宾夕法尼亚有我朋友的弟弟做他导师，而马里兰，小家子气的儿子略为动心的是每年有两万两千美元的奖学金，相当于人民币十四万元，有了这笔钱吃饭住宿，不仅可以不要我们的支援，而且还能省出一些做我们每年前去共度圣诞的房租。

父亲通过视频，看见他日思夜想的孙子下巴尖了，颧骨高了，胡子拉碴，长头发蓬乱得像个野人，他的心都疼了。他弓着背，伸着头，把脸紧贴在视频上，忽然觉得这样是否太近，于是又后退半步，对着孙子的头像使劲喊话，他是担心路程太远，声音小了传不过去："梦非，爷爷跟你说，你想去哪个学校，就去哪个学校，不要考虑钱的因素，爸爸妈妈有钱，爷爷也有钱！"说到钱的时候他底气十足，在空中做着有力的手势，好像他是巨富，囊中揣有足量的黄金。

儿子仍在痛苦和犹豫着，最后用排除法首先去掉了宾夕法尼亚，只在南加州和马里兰之间左右徘徊，因为宾大是职业导向，而他更想读书却不想过早地找到工作。明天就要结束学校的选择，这个晚上，父亲在电视里看到一条可怕的国际新闻，美国南加州大学的两名中国留学生，一个辽宁的男孩，一个湖南的女孩，下课后驾车回往住地遭到黑人歹徒的枪杀。父亲呼吸急促，脸色大变，立刻对儿媳作出决定："马里兰！就是马里兰！"接着又喊："别买车！坚决别买车！"

身在纽约的儿子有了这一票，摇摆的天平开始倾斜，终于在特定时期放弃了南加州，选择了马里兰。他写信告诉国内最好的同学，两人在华盛顿相见。

父亲望眼欲穿的圣诞节到了，儿子长发归来，岂止父亲，连我们在机场的滚滚人流中都几乎认他不出。妻子责问他头发为何留这么长，像是美国的嬉皮士！儿子却真的嬉着皮说，他这是为了省钱，在美国理一个发要几十刀，要是不想花这钱，那就只能自己剪，可是功课一忙，又什么都顾不上啦！

儿子已习惯美国的说法，用"刀"来计算美元。父亲一听还是这个原因心又疼了："几十刀就几十刀！你不要舍不得！"从说这话时的神情可以看出，他有一个重大的顾虑，害怕本来长得很帅的孙子为了省钱而把自己整成这个难看的模样，在异国他乡找不到媳妇，因小失大，主次不分，捡了芝麻丢了西瓜，那么后果是严重的。涉及自身，有生之年看到重孙的计划就会泡汤，这将多么的得不偿失！

舍不得给自己理发的儿子，却给爷爷买了一条漂亮的花格子围巾，一把菲利浦的电动剃须刀。从机场回来已是深夜，又在开着暖气的室内，但是父亲迫不及待，立刻把花围巾围在了脖子上。他先是尽着围巾的长度缠上两圈，接着可能想起民国时代，又改成只围一圈，留一截从胸前搭下来，其余的就把它甩到背后，满脸笑成一朵龙爪花。

接下来，他们祖孙二人又回到了日夜厮守的幸福时光，父亲惊喜地发现，刚刚一年不见的孙子居然有了天大的变化，每天一到钟点他就去争着做饭、炒菜，尤其是他妈妈下班回家掌勺的时候。父亲误以为这位中国青年是在美国学会了中国的孝道，一问才知，孙子的真实想法是趁回国的机会，抓紧向妈妈学习厨艺，因为在美国的留学生很多都是自己做饭，这样既能省钱，又吃得好。

10

过罢西方人的圣诞节，儿子回了美国，中国人的春节接踵而至，妹妹和妹夫从广州赶来，我们又有了一大家人。这是母亲走后的第二个年，也是父亲第三次来京将在竹影居里欢度的第一个年，还是生肖属龙的父亲的本命年，如果忌讳八十四岁的说法，那么过完这个年他就可以对人号称八十五了。我们对这个非常之年重视的程度，从妹妹妹夫丢下自己的娇娇女儿，自南方花城赶往北国寒都可见一斑。

住在别墅的好处，是可以如老家的乡下一样，贴对联，贴门神，挂灯笼，放鞭炮，燃烟花，做一些城市高楼禁止和不便的事。我们早早地办好年货，只等着妹妹妹夫大年三十晚饭以前赶到。我家的对联自然不能是满大街地摊上的货色，妻子买来红纸，由我编好对文，上联是"金龙银蛇三世同居竹影去岁梦中赏翠"，下联是"碧树红灯两情共蘸溪坊今春园里留香"，横额"福布蓬门"。联中藏典颇多，龙蛇是父亲与我、我与儿子的属相，余下含宅院竹影居，书斋蘸溪坊，以及园区本来的名字香留园。父亲原打算由他挥毫，却又迟迟不敢下手，忽然间想起一个人来，说是那个送了他很多幅书法、中南海里的警卫处长、曾经保护过毛主席和刘少奇主席的耿福东，毛笔字不是写得跟毛主席一样吗？就请耿老给我们写吧！

一小时后，父亲从耿老家里取了写好的对联回来，不仅没付耿老的笔润，手中反而握了几个鲜红的火龙果，说是耿老送他的拜年之物。不过对联一展开我就傻了，原来但凡耿老写得好的字都是毛主席写过的，诸如"为人民服务""向雷锋同志学习""红军不怕远征难""钟山风雨起苍黄"等，而我创作的对文毛主席没有写过，耿老就写得不怎么样了，只相当于初小以下学生大字课上的习书。我不觉大为后悔，然而已悔之莫及，还得用古船牌的面粉搅出一盆糨糊，在鞭炮响起之前贴在我家的葡萄架上。

贴对联的时候父亲就站在我的身边，他看一眼对联又看一眼我，看一眼我又看一眼对联，似乎从我脸上看出不满，觉得有些过意不去，以后很久不再对我提起这件事情，甚至连耿老也不再提。忽然有一天，一位身材魁梧的老人挂着一根手杖，在父亲的陪同下来到我家门前，眼睛从上往下地看，看完上联又看下联，连高高的横批也不放过，我就猜出他是谁了，迎将出去一问，果不其然就是耿老。我把耿老请到家里坐下，烧水沏茶，敬上一杯，然后听他无限缅怀地讲述当年如何保卫毛主席的故事。

邻居家的大红灯笼面料都是伪装丝绸的涤纶，我们却挑了金丝绒面，虽然点亮以后是一样的，白天看着却感觉典雅。直到马上要挂出去了，才发现装修房子的时候没在葡萄架下埋伏电线，怨我自己不懂，工人也没有自找麻烦地向我提醒，于是我就慌了，正好被住在对面的顾先生看出隐情，返身进屋拿了两根带插头和灯泡的电线给我，说是可以从室内的插座里牵出来，他家的灯笼就是这样做的。我谢了他，却想这是理论，没人为我付诸实践，此时又是一个正好，前来我家过年的有一个名叫吴奎的清华大学电力学博士，他的哥哥是我姐夫的堂弟，吴博士自告奋勇，声称这是他专业方面的一碟小菜，今天撞上他的枪口算是有缘。他就登梯爬到葡萄架上，大约十分钟不足，一对大红灯笼亮了起来。

妹夫放下行李，洗手下厨，因为动身之前已经说定，今年的团年饭由他掌勺。妻子任二把手供应材料，妹妹任三把手负责端运。我是总体策划兼放鞭炮，父亲则什么都不做，在我们的万忙之中，他只管把右腿翘在左腿上面，手持遥控器坐在电视机前，做着春晚开始的操作演习。母亲去世以后，他学会了独立开关电视机和调换频道，此前是母亲看什么，他看什么，在这方面他不服从母亲不行，不服从他就没有看的。

手机在我正要点燃鞭炮的时候响了，有人要给我送书来，新华出版社让快递公司给我送来的新年大礼，是我写于两年前的长篇小说，二十本样书，刚刚出厂。父亲电视也不看了，立刻抽出一本开始翻阅。这本书的出版可谓艰苦卓绝，贾平凹给我写了两个字的书名，出版社在前面又加三个字，还一次次地要删去书中某些内容的描写。我也一次次地请求保住，一会儿发火，一会儿求情，父亲从电话里都听到了，害怕我把关系闹僵，这个昔日血气方刚的右派，此时以《增广贤文》的智慧劝我退一步海阔天空："你不退一步怎么行？你不退一步他们会给你出？"

在这些日子里，作家和编辑朋友有时电话聊天，有时到家聚会，谈话间父亲听说了不少的文坛现状，他总算是知道了，他的儿子写一本书出版是何等的难，如果写另一本书出版又是何等的容易！但是他的儿子却坚决要写这一本书，而坚决不写那一本书！

北京过年的风俗其实也与老家相似，大年三十的团年饭，初一的饺子初二的面。不过到了大年初三，情况才出现些微的变化，同样处理母鸡生产的食品，老家是初三的甜酒荷包蛋，北京却是初三的煎饼摊鸡蛋。我们不会做老家的米酒，就只好按北京的来，一家人围在一桌吃鸡蛋卷饼。妹妹卷一个，父亲吃一个，妻子卷一个，父亲又吃一个。

过罢三天年，初四这天我们决定全体出行，开车去游一次天坛，颐和园太远，故宫不好停车，天安门中外游客如云，天坛成了最佳去处。第一次父亲和母亲来京，他们一道去过那里，母亲还把耳朵贴在回音壁上，听刚学会说话的孙子叫过奶奶，这个幸福的画面，已永远镶嵌在我们的影集里，记忆中。知道父亲要出巡，这一天的天气竟然难得的好，父亲上穿女儿给他买的红色绣龙袄，下穿儿媳给他买的褐色休闲裤，头戴女婿给他买的灰色鸭舌帽，脖系孙子给他买的花格长围巾，在众人的簇拥下坐进汽车。

天坛重游，父亲一定想到当年，想起母亲，一路神色暗淡，话语不多，我们就尽量地逗他高兴，每个景点都要与他合几张影。不料他这一身装扮在游人中引起了关注，走到祈年殿前，一群欧洲人包围了他，他们让导游兼翻译请问他今年多大年纪，身穿这件绣龙的红衣服有什么含意？父亲这下子高兴了，使用混合着家乡口音的普通话，说是今年八十有五，龙是中国的图腾，红是中国的国色，中国今年属龙，他也属龙，龙年是他的本命年，所以他要穿红龙衣。

他讲得实在太卖力了，把额头上的汗都讲了出来。

天宝寻梦

蔡家坝·樟树垭·大樟树

像是在梦里，在梦里寻找着一个梦，大约五十多年前的一个缥缈的梦境，有几分焦灼，一丝不安。这种情绪笼罩于我已经很久，即便有时会兀自跳出"噩梦"二字，但因漫长，其中也有温馨的细节，如水草般轻轻撩起我记忆的死潭，我怕它会丢失在这茫茫的世上，所幸直到此时它仍深藏在我茫茫的脑中。不过它终究也会丢失，随着生命，因此我得趁着还能梦见一些什么的时候用文字将它记下，留给我的或许早已没有了梦的亲人。

那年是初夏，这年却是晚秋，我又走上了这一条路。

其实这并非同一条路，只可说是同一个方向，因为那个岁月，去往同一个方向的山路上还不能通行一辆两轮的牛车，甚至一头腹部宽大的牛。在我保姆生前的讲述中，从竹溪城关到南山天宝，大约一百八十华里，我们全家走了两天。那条山路最窄的段落只有一尺多宽，它在一座又一座的荒山野岭中翻上翻下，绕来绕去，左右是乱草刺藤，随时会像拖人后腿一样牵挂住人前进的裤脚。保姆说我坐在母亲的一个异母兄弟的箩筐里，途中经过一座名叫岱东垭的山垭，我突然从箩筐里蹦出来，面前是一道悬崖峭壁，把她们吓傻了。

后来我查过同治版的《竹溪县志》，在山川部分没有见到这个险些成了我葬身之地的垭名，再问熟悉南山地理的人，人都分析说是不是叫大东垭？中国字里的"大"也能念"岱"，譬如大夫、大王，等等。我却一如既往地迷信着爱听京戏的保姆，同时还想起洛阳落第的青年杜甫在《望岳》中写下的句子，"岱宗夫如何，齐鲁青未了"，岱山就是大山，太山，泰山。那个岱东垭可能是有的，它可能被家乡人认作是竹溪的泰山，一座从县城通往南山深处的最大的山垭。

那是我家最早的一次长征，中国自古有"一人得道，鸡犬升天"的传统，而促成我家这次长征的原因则用阴符和暗语写在它的背面，叫"一人得祸，妻儿进山"。五十多年后，我在父亲诗集的作者年表中读到这样一段记载："一九五七年二月，因对困难区乡发放贷款，与县委书记阎怀智发生严重分歧，被解除职务，调回县委任工作组长；五月，下派天宝区任区长……"

分歧一定是严重的，否则不会祸及妻儿。直到母亲去世，我才在她的退休单位主持的追悼会上听到她进山之前的身份。一九五一年六月，母亲已是县土改工作队的队员，区妇女委员会的主任，年方二十二岁。父亲长她一个属相，实际是八个月，这次进山，他们一个刚过二十八岁生日，一个二十九岁生日未到。因为与上司的"严重分歧"，一百八十里外的南山天宝成了他们别一种意义的终点，父亲会以难看的姿势栽倒在地，母亲却将在一排石板瓦下的木板墙房子里完成她艰难的余生。

二十世纪五十年代，竹溪县共分为十个区，区以下的行政单位是乡，按照一区中峰、二区水坪的秩序排列进去，天宝为第七区。我们从第一天的凌晨开始出发，第二天的傍晚方才到达，落脚在天宝区的区公所，也就是现在天宝乡的乡政府，一个名叫蔡家坝的小平坝里。

在我的记忆中，蔡家坝的主要景点是一条白色的小河把一片黑色的石板瓦房七零八碎地分割两岸，一岸除了首脑机关区公所，另有一个粮管所，一个卫生院，一个小饭店，它们彼此之间并不相连。沿河而下，还有几栋青砖黑瓦、飞檐翘角、被当地人叫作欧九老爷花屋的大房子。所谓花屋，是因房顶雕梁画栋，白色粉墙上也绘有五彩的山水花鸟人物图案；所谓欧九老爷，则是复姓欧阳的家族中第九个老爷的简称。第二年九月，我就会以五岁差一个月的年龄提前进入这所学校发蒙读书，直到九岁零三个月。

河水另一岸的石板瓦房连成了一条弯曲的小街，从下往上数有供销社、裁缝铺、兽医站、剃头铺。小街的顶头是一个垭豁，长着一棵据说五百多岁的大樟树，冠盖下有一片长满青苔的地坪，一年四季寸草不生，三伏天连石头也是凉的，这个垭豁便以此树命名，那是当地的山农和挑夫夏日里蔽荫和歇脚的圣地。坐在樟树垭的大凉石上，能够看见一条窈窕的小河婀娜而来，一河两岸的房子寥寥在目。垭豁的两侧是杂生的花梨树、毛栗树、橡子树和柿子树，山风一起，树叶喧哗，从大樟树古老的身体上面散发出的阵阵香味能冲淡山中的暑气，还可驱蚊、辟邪。这是会讲故事的保姆讲给我的，小的时候我并没产生这些奇妙的感觉，尤其不懂得什么是邪。

新来的区长自然是住在小河彼岸的区公所里，母亲却率领着保姆和我们住在此岸的供销社的屋后，一间用竹篾附加的小屋子里。屋顶自然也是黑色的石板瓦，三方用竹篾编织的墙壁缝里嵌满泥土，冬天到来之前，我们一起动手，用高粱苗扎成的刷子蘸着糨糊，把旧报纸一层复一层地粘贴在壁上。母亲当时不曾预知，南山之行只是我家厄运的开端，很快她就会成为一个右派分子，而且是一个极右分子的妻子，将要在这里度过一生中最艰难也最漫长的时光，压在头顶上的一片又一片黑色的石板瓦，那是我们家庭当时的颜色。

半个多世纪以后的这个晚秋，我最急着要见的是那棵大樟树，虽然书上写着，它能生长千年，民间还有樟树成精的神秘传说，但我也不能全听书上和民间的。在我的记忆中，那年初夏，我们的长征即将到达目的地时，应该在这个樟树垭上歇一会儿脚，放眼一望未来的家园。不幸的是，还在去往天宝的车上，我就知道大樟树已经没了，去年春天的一股大风刮倒了它。这让我惑然不解，怎么恰好会在我要来看它的去年？怎么会是春天而不是冬天？春天怎么会有那大的风力？

我依然要去看它一眼，看它壮烈倒下的姿势和残骸，然而令我又一次失望，附近的山民早已将它肢解，掳走，毁尸灭迹，一如汉军在垓下对付不可一世的项羽。并非为了封赏，他们只想搭盖一个猪圈，羊舍抑或牛棚，做几锅柴火烧的苞谷饭。

被大风刮倒，那它也应有断掉的树茬，树茬下面还有残存的树蔸和树根，它们又到哪里去了？我问住在附近的山民，我不认识他们，他们更不认识我，山民回答说都没有了，去年夏天这里滑了一次坡，什么都被埋进了土巴堆里。他们帮我找到了它的遗址，在那位曾经威震一方的老英雄的脚下，现在亭亭玉立着一株绿茵茵的芭蕉。我贴着斜坡，蹬着乱石，抓着野草，奋力站到了那株芭蕉树下，与新的占领者合影一张，心中陡然生出一种类似吊丧的凄凉。

剃头铺·兽医站·裁缝铺

五十多年以前，樟树垭下的街头第一间石板瓦房里，住的是一户从城关迁来的人，户主姓邓，他用一把出神入化的木把的剃头刀养活着总数为十二口人的一家，包括他们一对夫妇和十个儿女。从四岁到九岁，我一直是老邓师傅需要特别对待的小顾客，因为当地的男性山民，无论长幼大多是剃光头，而我来自城里，并且是区长的儿子，保持着小城男童三七开倒向两侧的、学名叫作分头的发型，这便使他要在木把的剃头刀之外，破例增加推子、剪子、梳子一类的器材。老邓师傅操作剪子的速度非常之快，"嚓嚓嚓嚓""嚓嚓嚓嚓"，但有百分之九十以上没有挨着头发，他只是在作空中表演，让人感觉到他手艺的纯熟。

第一次是保姆带着我去，以后我认识了路，就可以独自一人去了。老邓师傅正用一把明晃晃的刀子在人头上刮着，知道有人进了铺子，并不转过脸来欢迎，但他只听进门的第一句话，不用转脸也能大概知道来者何人。相对于附近山民问的"剃一个头要几分钱"？我却是这样说："邓伯伯，我理一个发。"

在我的记忆中，那时候成年人剃一个光头的单价是一角钱，未成年人五分，几岁而又不是光头的儿童是否又会逆向地上涨，我已有些淡忘。四年以后我转出城外读书，当我又过三年专程去天宝看望母亲的时候，老邓师傅的剃头铺子已交给了他的长子，理一次发也涨到一角五了。我称老邓师傅为伯伯的根据，是他十个儿女的年龄半数都比我大，他们的名字我至今还能念出六个以上，不以长幼为序，大名是邓其荣、邓其秀、邓其凤、邓其芝、邓其桂、邓其华、邓其福，小名是大荣娃子、黑囡子、黑皮娃子、三娃子……第二年，大我两岁的黑囡子成了我的同学，再过几年，三娃子又成了我弟弟的同学。

回忆起来黑囡子和黑皮娃子的皮肤并不是太黑，起码比本地的山民还要白些，这事我从小就曾有过困惑。我分析老邓师傅当初为他们命名的时候，是唯一把皮肤白净的长子作为参照，并没有进行广泛的比较。另外，家乡无论南山内外，都有尽量把儿女名字往低处作践的传统，这样做的好处是让阴间的阎王小鬼瞧他们不起，捕捉人时不会作为重点对象。在那个年代，中国婴儿的成活率并不很高，正是得益于父母的低调，邓家的十个兄弟姐妹方才无一人夭折。

三娃子大名叫邓其福，是这个剃头世家的佼佼者，在我来到北京以后，他写过一部几十万字的关于武则天的长篇小说寄来请我出版，我从他的信中立刻对上了号，回信问候他的姐姐，他的父亲和大荣、黑皮两个哥哥，这时方知老邓师傅已不在了。我没有能力帮他出版这部被他看作生命一样重要的著作，只在通信中说了一些推心置腹但却不能立竿见影的话，这让他深感失望。后来他送儿子来京读书，我们又见过一次，小说依然未能问世。他的姐姐黑囡子的人生理想没有老三这么远大，同学时我是班上的学习委员，她是老师用行政手段分配给我重点帮助的对象，老师所谓的帮助，就是让我教她作业，而我所谓的帮助，就是让她自己照抄。

从邓家的剃头铺子一路走下来，大约经过四五间石瓦房，有一家兽医站，记忆中它的全部工作人员只有一个年轻女人，叫胡明秀，家住天宝本地，说话带有一点四川的尾腔。她是这条街上著名的女高音，同时也是时事新闻的发布者，我们每天都可以听到她用女高音发布时事新闻，虽然那些事件的价值以及事件的本身并不是很大。比方说，一天早上她烧好了一壶开水，当她准备把这壶开水灌进两只保温瓶里，揭开瓶塞却发现昨天的开水还没人动，她就惊讶得高声叫起来："哇呀咯儿是的，三个瓶子都是满满儿的！"

于是一条街的人都知道了，兽医站的三个热水瓶里还装着昨天的旧水。

"哇呀"和"咯儿是的"是天宝一带，至少是区公所的驻地蔡家坝一带乡民的口头禅，分别对某个突然发现的事件表示惊奇、诧异，多少还含有一点喜悦。前者程度更重，可以单独使用，在两词并用的情况下说明这个事件特别突出。胡明秀把热水瓶里有水这类小事列入特大新闻，致使她本人也成了这条街上的新闻人物。但她最大的新闻并不是这个，而是有一天，一阵大风刮掉了她头上的假发，急得她光着一颗脑袋去随风追赶，从街头追到街尾，她的速度一直不能超过风速，直到风停以后才把假发捡了起来，慌乱中又戴反了，让后脑勺上的头发挡住了正面的眼睛。

小的时候我实在太不懂事了，将此亲眼所见当作奇闻趣事，在这条石板瓦房街上奔走相告，以至于通过我的同学黑囡子传到了老邓师傅的耳中。没想到老邓师傅的态度和别人截然不同，他严肃地制止了自己的女儿，威胁说以后再到处乱说就撕烂她的嘴。黑囡子悄悄告诉了我一个秘密，原来每过一些日子，胡明秀都会把老邓师傅请到兽医站里，插上门摘掉假发，让他剃去里面的秃头上几根稀有的黄毛。只可惜老邓师傅为这位时尚女人保密多年，这下子一阵大风把他给出卖了。

此后有很长一个阶段，这条街上没再听到胡明秀的女高音，甚至连人都很少见到。

从兽医站再往下走，横着过到街的对面，在下坡去往小河的路口，有一个裁缝铺，师傅姓谢，是四川人。那时候用缝纫机缝制的衣服全国都没普及，不仅南山，城外也是，天宝当地乡民身上穿的对襟褂和抄腰裤，基本上还是来自家里女人的手工，俗话叫做针线活儿。我们一家人的衣服却都归谢裁缝做，这在当地已是例外，其实母亲和保姆都会做衣服的，母亲在娘家就是纺纱织布和做衣服的一把好手，她们苦于没有工夫，一个要上班，一个要看管我们兼代做饭。父亲被捕以后，母亲一人每月的工资只有三十七块五角，为了省下钱来让我们上学，全家已经不吃供销社小食堂王长海师傅做的饭了，自己开始独立起伙。

母亲省不下做衣服的工钱，却能省下做衣服的好布。当时中国人的穿衣用布也有城乡之分，乡里人穿民间手工织的土布，城里人穿从供销社买的细布，细布又按质地分为咔叽、哔叽、呢绒、斜纹、平板，颜色除惯常的黑和蓝外也分赤、橙、黄、绿、花和格子，价格由几角钱一尺到一块多钱一尺。母亲胸有成竹，目空一切，她什么都不买，专买一种本白色的、身上长满小球球的、不知为何叫龙头布的、一角多钱一尺的布，但只一买就是好多丈，同时再买一种叫作"煮黑""煮蓝"的染料，晚上下班之后烧一锅开水，先将染料放进去，再将布放进去，然后用东西搅拌均匀，捞进一盆清水里面淘洗，反复多遍，抖散晾开。这时候奇迹出现了，一角多钱一尺的布变成了几角钱一尺和一块多钱一尺的布，而母亲那一双手，颜色也变成了多少天后才能复原的淡黑或浅蓝。

天亮时分，我们起来上学，发现家里开了一个染坊，一根绳子横穿全屋，上面搭满湿漉漉的布。于是我们就眼巴巴地盼望过年，吃完团年饭后，洗澡换衣，穿上谢裁缝用缝纫机给我们做的、天宝区的山民都没有的、上下三个兜的学生服了。

半个多世纪以后我又走在了这条童年的小街上，天地依旧，山水依旧，樟树垭依旧，大樟树呢？邓家的剃头铺、胡家的兽医站、谢家的裁缝铺、那么多间石板瓦盖的铺门板房和土墙房呢？樟树垭下新崛起了一排钢筋水泥的洋房，有的三层，有的两层，有的还是一层。乡党委副书记带我走到第一家，向主人打听一户姓邓的人，一个成员摇头说不晓得，我正如做文学梦的邓家老三一样失望着，这时从里屋又走出一个成员，瞅着我的一头长发问，剃头？随手便往街尾一挥。我不由得大喜过望，匆匆道过了谢，转身直奔他挥手指引的方向。

前方的马路边有一高台，台上孤立着三间砖砌的平房，房顶上灰色的瓦片已替下昔日黑色的石板，让人联想着户主已摘掉了贫穷的帽子。站在房前场坪，我发现房门内有一位老人二郎腿高翘，身子歪趄在一把小竹椅上，俨然如坐在渭水边钓鱼的姜子牙，等待着自动上门的人，我敢断定他是邓家铺子的二世传人邓其荣无疑。他没有先决条件像我认出他来一样也认出我，只能经我提醒以后，方才"哦"的一声抬起屁股，赶紧去给我搬另一把小竹椅。我一眼相中的却是屋当中那一把红漆斑驳的木头转椅，问他这是不是五十多年前我坐着理发的那一把？他说："哪呀，那一把早就坏球了，这是后来请木匠打的一把！"

坐在这把红漆转椅的两侧，邓其荣和我为一件事情发生了争论。我问他说我的那个同学，他的那个妹妹现在怎么样？他问我的同学是他的哪个妹妹？我说就是大名叫邓其芝小名叫黑囡子的那个，他说黑囡子叫邓其桂，邓其芝是他的又一个妹妹。我愣了一下，坚持说我记的没错，我收了她三年半的作业本，不会忘掉这个名字的，他说两个都是他的妹妹，难不成他这个当哥哥的还没有我晓得？这么一来我们的争论就只好停止了，我把话题转入了别的方面。

他这三间房子的总面积是当年那个剃头铺子的十倍，明亮的门窗，宽阔的四壁，在一面主墙的腰部，侧门靠外的半边钉了一排挂钉，钉头上分别挂着剃头或理发用的十八般兵器：罩袍、围脖、镜子、毛刷、舀瓢、洗脸巾、荡刀布……我忽然地想起来，老邓师傅当年还管刮胡子、挖耳朵、捏颈脖、揉肩膀、捶脊背、按摩挑抬重物扭伤的腰杆子、把手指关节一扯一拽弄得"喀啪喀啪"地响，等等。这些手艺不知道他会不会？如今还有人请他吗？

我把这个问题提给他，他说："哪呀，如今早就不时兴了！"

供销社·门市部·小竹屋

我说的街头和街尾，在这里叫上街头和下街头，五十年前上街头第一户的邓家铺子，现在成了下街头第一户，这让我大词小用地想起时过境迁，斗换星移。我的心思却几乎全在当年下街头的一排石板瓦房上，那里才是我童年的家乡。在此之前，我的名义上的家乡是我自从出生就没去过的，中峰区三合乡一个建筑于民国年间的老院子，其次是县城的幼儿园，只有天宝区蔡家坝樟树垭下，这一条石板瓦房街尾端的几间房子，才是我童年真正的栖身之所。

记忆中这几间被称作门市部的石板瓦房正面，是一列板架结构的外墙，三分之一的顶部是镶死的墙板，下身则由无数块半尺多宽、七尺多长的活动木板拼装而成，上下两根横框中有一道可以嵌入活板的长槽，颜色统统是深棕偏暗的，并不均匀，没有刷漆，外表也就毫无光泽。主人每天日出而卸下，把一面木墙变成一捆活板，日落而装上，再用一根根细长的铁条穿入内部的圆环，固定处插上防贼的铁锁。半个多世纪以前，这是我的母亲日复一日必须重复的开幕式和闭幕式，正式演出开始，是在一条漫长的、三方组成的曲尺形柜台以内，马不停蹄地把包罗万象的商品卖给川流不息的人。

这份苦役，自然也是父亲的诗集记载的那件事情的派生。此时我称它为母亲的苦役算是克制，一年零三个月后，它就是苦难，就是灾难，就几乎是灭顶之灾了。

我家住在门市部后墙附加的一间小屋里，它像一个竹篾编成的鸟笼，当母亲在前方疲于奔命的时候，由保姆在笼中看守着我们几只不安分的小鸟。小屋的后门外是用石块砌成的很宽的台阶，石缝的黑泥上长满野草，总共约有二十多级，最上一级连着一块空地，顶上搭了一个葡萄架，再后面又有几间石板瓦房子，分别是经理室、仓库和厨房。小的时候我们目无前者，觉得唯有后者才是最重要的机构，因为它能供应我们一家的饭菜和开水，我们用一个大的盛器把饭菜打回鸟笼里吃，又提着篾丝编成壳子的温水瓶，早早晚晚地去把开水也打回来。

现在什么都不见了，如同那棵五百多年的老樟树。不过这里没有滑坡，占领它们的不是芭蕉，而是几排新生的瓦房，其中一排前面停着一辆重型的装载车，似乎还要进行更大的改造。依然是那位乡党委书记，在邻近的住房里找到一位名叫朱仕哲的人，让他带我去看那个早已没有了的供销社。朱仕哲个子瘦小，迈出的步子却又快又大，随即把我带到一片场地，站好位置之后频频出手，又四面八方地转动着身子，一次又一次地指出哪里是当年的门市部、经理室、仓库、厨房、厕所、台阶和葡萄架。他以充满自信的表情，发音果断的语言，准确不二的动作，让我判断出他在这里至少居住了六十多年，一问果然，他今年都快七十岁了。

我立刻认他是过去的街坊和邻居，对他说我是谁的儿子，一心想着他会像老邓师傅的长子和继承人邓其荣一样，喉腔中发出"哦"的一声，接着再采取一个什么亲密的行动。但他不仅没有这样，反而还后退了一步，目光从我的腹部向上观察，最后停留在我的脸上。这时我发现在他身边不远的地方何时多了几个妇女，其中有一个年纪大的，嘴里轻轻吐出"凌同志"这三个字来，我又惊又喜，怕她说完以后转身走掉，慌忙奔赶过去，问她也在这里住了很久吗？她说是的，原来她是朱老汉的老伴儿。接着她又从嘴里轻轻吐出了三个字，这次是我姐姐的小名。在我老家方圆几百里内，无论山里山外，也无论男娃女娃，小名的尾部往往会带一个"娃子"。为此我感到惊讶，她说出的这个三字小名，我的脑中已了无痕迹，如同街头那棵在人间活过了五百多年的大樟树，现在听起来恍若隔世。

在我的记忆中，樟树垭下这条石板房街上的街坊和邻居们很少叫母亲的名字，他们像当时极少能够看到的黑白片电影里的革命者一样，亲切地叫她"凌同志",当面这么叫,背后也这么叫,平辈这么叫,长辈也这么叫,和我一代的晚辈们却一律都叫她"凌家姨"。奇怪的是,对于供销社里的其他同志就不叫"同志"了,相遇时或以职衔相称,或口中含糊其辞,转过身去就直呼其名,要么把"老"字和"小"字加在姓氏之前,再不就叫他们姓什么的。小的时候我就想过,街坊邻居们尊称母亲并非因她没有更加光荣的职衔,这样想有一条事实根据,供销社还有一个女营业员,由于她出售的商品缺斤短两和经常少补对方的钱,人们当面叫她"小宋",其实她的年龄比我母亲要大,而一背开就把她喊"宋瞎子"。

这对老街坊对我的印象不够深刻,原因很可能是我不该九岁就离开了这里,被他们记住小名的姐姐在我离开以后仍然坚守在母亲身边,直到成年。为了测试我究竟还有多少残存的记忆,我肃立在这一小片供销社的遗址上,眼睛时而闭上,时而睁开,时而稍睁又闭,向这一对资深的见证者打捞着与这家机构有关的人,让他们继续验明我的正身,也希望得到他们的补充、纠正和删除。

我首先说出的就是"小宋",她男人叫董发林,是另一个乡供销社的主任。宋的眼睛确实不好,不仅近视,而且常常有绿色的眼屎糊在眼睫毛上影响视线,有一次她在露天灶台上炸豆腐欢迎丈夫的到来,给供销社做货架的四川木匠把一块金黄色的黄杨树木片劈飞在她的锅里,吃饭时她专门把这块木片夹给她的丈夫说:"这块炸得黄晶晶的你吃!"老街坊夫妇二人都笑了起来,相信我的确是"凌同志"的儿子了。接下来我又罗数了下列人士的名字:经理秦显炎,书记段元钧,会计甘期凤,司务长涂学坤,炊事员王长海。

这些人差不多全都是从城外进来的。秦、段二位好像是水坪人;涂是中峰观人,肚子里装着说不完的下流话;甘是甘家岭人,会计之外还兼管收购,他的哥哥叫甘期龙,在天宝另一个乡里干类似的工作;王是哪里人我没记清楚,记得最清的却是他吃烧苞谷坨儿的方法与我们大为不同,我们是嫩的用牙啃,老的用手掰,掰下十粒左右喂进嘴里慢慢嚼动,他却像是为了珍惜宝贵的时间,双手迅速掰出满满一把,一仰脸全部倒入口中,这样只需大嚼几个回合,一根巨大的苞谷芯就被他扔在脚下,起身拍着双手做饭去了。这人大脑简单,性子直倔,长着《西游记》里形容孙行者的那种雷公嘴。父亲当区长时他对我们带搭不理，当我们一夜之际成为"狗崽子"后，他也和别人一样发生了变化，但他的变化是在我们再去打饭打菜的时候，勺子里总比对别人要满一些。

董、宋夫妻是远乡的河南人，记住他们的籍贯是因为有一年的正月十五，说下流话的涂学坤一边用筷子敲着装了汤圆的碗，一边念他们的顺口溜："河南头儿，吃汤圆儿，四下无门儿。"此外，还有两个运货的挑夫，一个叫老宋，一个叫苗子。苗子是苗族人，姓田，说话我无法听懂。记忆中苗子的力气比老宋更大，靠着一根两头向上翘的桑木扁担，一副棉花填进布袋的垫肩，一根浑身长满了刺的柞树打杵，能把三百多斤重的货物从城外挑进南山，翻山越岭，登岱东垭，涉水过渡，到蔡家坝。两人交完了货，在会计甘期凤那里领到一笔小小的脚力钱，当晚就到母亲这里来买酒喝，次日天色一亮扛着翘扁担们又出发了。有时他们顺便给人带些东西出城，也不要人一分钱的报酬。

后来在宋文云分管的专柜新添了一个叫张世连的女售货员，打一对短辫子，天宝当地人，不久听说和涂学坤发生关系，被上级调到熊罴乡，"熊罴"往往被人错写成"熊皮"，从正确的写法看那里是野兽出没的地方，至少比区公所的所在地蔡坝偏远。替补来的一个叫吴顺芝，小个子，城关人，住在西关街，有一次我跟熟人一道出城，她请我给她家带了一封书信。随着业务的扩大，供销社又增加了一名统计，叫苏学成，也是河南人，妻丧有女，经小河对面开饭店的城关人司师傅做媒，把进山来看叔叔的侄女嫁给了他。司师傅的侄女叫司在兰，当时年方二十，活泼漂亮，能歌善舞，宛若从城外移入南山来的一枝兰花。开始她也把我母亲叫凌同志，后来改叫凌姐，我们以此为辈叫她司家姨。有一天她正和我母亲说着笑着，突然天降霹雳，有人从城里带信进来，说她丈夫在县城开会得脑溢血，已不在了，她一声大哭就栽倒在地。那是我第一次看见这个世界上最震撼人心的情景，这种失去亲人的天昏地暗，悲痛欲绝，至今还清晰地浮现在我的眼前。

朱仕哲向我补充了一个名叫什么的人，我想了很久也没能想起来，他的老伴儿和我核对了一下年头，原来那人来时我已经离开天宝，被母亲分配到从襄北农场回乡的父亲身边，父子二人相依为命了。我和这对老人站在我们共同生存过的地方照了一张合影，已转身走到一个小卖店前，朱老汉追上来要留下了我的手机号码，我也把他的留下，双方约好以后要多联系。

小食堂·大食堂

父亲出事时，在天宝蔡坝樟树垭下石板瓦房街的尾端一间形似鸟笼的小屋子里，场景与司家姨听到丈夫猝死的消息全然不同。二十九岁的母亲并没有发出哭声，她只是把头深埋在一双盘曲的胳膊中，肩膀时而向上耸动一下，姐姐和弟弟先是号啕，在保姆的制止下很快降低了音量，保姆看见我从外面回来，一把将我搂在怀里喊道："我的儿呀，往后你要受苦了哇！"我最初以为父亲死了，接着才知道他"犯了错误"。保姆向我们隐瞒了父亲难听的罪名，及至后来在不得不说出此事的时候，也只拿这四个轻描淡写的字搪塞过去，私下里却用从京戏里学来的道白告诉我们，说父亲是被"奸臣所害"。

保姆金口玉言，我们果然开始受苦了。这年十月，消息从城外我名义上的老家传来，县委要在中峰区三合乡办样板食堂，拆毁了我家老院子的两道门楼。

这年秋天，我以五岁还差一个月的年龄报名读书，学校就是被枪毙的欧九老爷的花屋做的蔡坝小学。每天早晚，我上学和放学必须经过的路线是，一条房顶全部由石板瓦盖成的街道，一条用两根树木搭成小桥的河流，一条大约有一华里的通往学校的小路，还有就是一栋父亲一个月前还在里面当着区长的名叫区公所的房子。区公所的门前卧着一个仿佛灶台的大家伙，里面一天到晚火光冲天，那是父亲曾经停掉的炼钢炉，炉边地上堆满了各种奇形怪状的铁疙瘩，大的有锅盖大，小的有铜钱大，还有更小的像发卡的图案，身上都印着花纹，边缘部分就和云朵一样。据说那都是炼钢炼出的废品，我们把它叫作铁屎，等它彻底冷却以后，就哗啦哗啦地站上去，在里面翻找长得像孙悟空的小疙瘩蛋。

不久开始食堂制吃饭了，记忆中，供销社的人又吃了一阵子炊事员王长海做的饭，后来也不许了，通知要撤去小食堂并入大食堂，干部职工以及家属都得到小河对面的大食堂去统一就餐。我家这时已有了五口人，每天与众不同地把饭菜打回来吃，从事这个工作的有时是保姆，有时是我和姐姐，在通过那道由两根树干搭成的小桥时，我们一步步走得小心翼翼。

第二年，中国农村全面迎来了一场自然灾害。我们有幸于从小和母亲在一起，户口本上每月有固定的粮食供应，虽说远不能吃饱肚子，但也不至于遭到农民的下场。保姆在小笼子里重起炉灶，去一些地方买来豆渣、芥菜、萝卜缨子一类最不值钱的东西，以菜代饭，领导着我们继续活下去。

有天晚上，我到后门外去撒尿，推开门看见地上放着几个萝卜，一声惊叫，保姆闻声出来察看，一口咬定是某个好心人在暗中救助我们一家忠良，赶紧把萝卜捡进屋里。次日她就把一个萝卜剁成筷头大的方丁，掺进米里熬出一锅粥来，嘴里念念有词着萝卜是小人参，欺骗我们说吃了人参会长生不死。还有一次也是夜晚，有人在外面拍门，保姆和母亲害怕来了坏人，两人握着电筒走到门后，从门缝里问他是谁，听得外面有人说了一句"彭青天"，母亲吓得立刻把话堵将回去："快莫这样喊了！"开门一看，原来是一个给我们送菜来的山民，他的行为像是受过父亲的恩惠。父亲因开仓济民而招灾惹祸的事，在当地民间已有风闻，不识时务的保姆有时也忍不住在外宣传。母亲一听这话就吓掉了魂，很多次她气忿忿地指责保姆，说保姆心肠歹毒想害死我们全家！看见保姆委屈得伤心落泪，我曾经替不识时务的保姆恨过母亲。

保姆的丈夫是一名国民党的军官，陕西镇坪人，蒋介石败走台湾，他被收容在伪职人员的劳改营里，地点是沙洋农场，与父亲所在的襄北农场遥相呼应。她的前任，我的第一个保姆是竹溪最著名的一位革命烈士的遗孀，听说不能管住我的调皮捣蛋才换成她。请她带我的时候县委书记曾经批评父亲缺乏阶级觉悟，现在父亲成为她丈夫的同类之后，又有人说她缺乏阶级觉悟了。但是我的情同生母的保姆，她和当时的父亲一样对那种学说一笑置之，并且对我们更加同情，即便受到天大的委屈，也要和我的母亲一起把我们抚养成人了。

我的保姆真是一个伟大时代的伟大人物，她以地理学家的勘察精神带我们到供销社周边的山沟、地头、河边、林间；又以植物学家的知识结构教我们什么是人能吃的地米菜、灰灰菜、马齿苋、鱼腥草，什么是猪能吃的鹅儿肠，什么是人和猪都不能吃的秃子痂，而秃子痂的叶子齿状，和地米菜极其相似，万万不能鱼目混珠地把它也挖回去；然后又带我们半载而归，回到我们的小笼子里，以经济学家的计划思想让我们再忙也不能吃得太多，也不能吃干，要坚持到过年再吃一顿纯米做的、一颗杂粮也不掺的干饭。

那一页历史就那么翻过去了，当中国的美食家、营养学家和一心指望长生不老的人忽然想吃野菜的时候，我也怀念起了地米菜们。这时我已有了买书的钱和看书的时间，查了李时珍写的《本草纲目》，查了中国四代植物学家编撰的《中国植物志》，最后在一本关于野菜的图文书中看到了地米菜的官名、土名和各种别名，知道了它叫荠菜、芊菜、地菜、地米菜、鸡心菜、菱角菜、鸡脚菜、菱角菜、净肠草、护生草，属于十字花科，与另一种属于菊科的蓟菜同音而不同形，但是救助饥民的恩德是相同的。护生草一名让我想到饥荒之年它对人类生命的救护，顿时感恩心起，旧情复燃。

又记起此地民间流传着一首诙谐的歌谣："地米菜，包扁食，妈，妈，咋的吃？杂种娃子好老实，一口一口咬着吃。"作者运用母子对话的艺术形式，生动地表现出了地米菜的功用和吃法。扁食，是天宝人对饺子的独特称呼，原因大概认为它是食品，又是扁的。问题却在于饺子的第一原材料是麦子磨的面，而在那个年代，百姓却连苞谷磨的面也难得吃上，上级发明的苞谷芯和绿豆壳磨的面粗糙扎嘴，没有人能包成饺子。

二〇一五年十月的一个夜晚，与我同行的两位年轻人彬彬和兵兵，在夜色下陪我从这条街的街头走到街尾，当晚一道住在了乡政府的二楼客房。他们睡了，唯我久不能眠，我思念着曾在这里哺育过我的母亲，五年前她离开了我们，如那棵熬过五百多个冬天却倒在春天的大樟树；我缅怀着曾在这里保护过我的保姆，四十六年前她离开了我们；我还想起了曾在这里给过我恩宠与屈辱的父亲，直到此时他还没有离开我们，如他每日吟诗作赋的客厅中我的朋友为他八十大寿画下的那棵屹立于东海之滨、南山之上的万年之松，今夜是否在距此一百八十华里的小城一栋砖楼二层的阳台上，用沉思的双眼循着我白天走来的方向，重见了他二十九岁时踉然倒下的背影？

凌晨起床，我的枕上泪湿一片。

收购部·橡树林

与地米菜的难中相识，只是我们要走出绝境的一个开端，与此同时我们又学会了其他谋生的本事，从供销社的会计兼收购员甘期凤每天堆得琳琅满目的柜台上，就像是神话一般，我们亲眼看见了一些破铜烂铁居然变成了钱。真是近水楼台先得月，当我们踮着脚尖，把从四处收集到的牙膏皮、废电池、玻璃瓶摆上台子的时候，他每次都会及时地走过来，先把我们的宝贝物资清点好了，付足钢镚儿，然后再去对付别人。在我的记忆中，牙膏皮是两分钱一个，国家收去是为了化锡，废电池是四分钱一对，国家收去是为了充物再用，玻璃瓶自然是为了继续装东西，但要看它们长得好不好，长颈子的一个几分钱我有些忘了，没有脖子的有时还不要。

我们不仅会创收，我们而且会节支。自从搬进这间竹笼似的小房子，家里一直没有配备统一的坐具，大小高低各不相同，吃饭时大家围桌而坐，小孩往往比大人高出一头。保姆多次提出要买六把小竹椅，母亲坚决不予批准，我便在心里暗作打算。有一天，供销社里请来一个四川木匠，要做几张新的柜台，我见那木匠做好柜面和柜腿之后，剩下一些边角板料，便根据它们的形状和体积，用钉子钉了六个小板凳，吃饭时在桌子四周摆成一圈。母亲第一个发出惊叫，为我的木匠天分感到欣喜，晚上她竟敢坐在上面给我们洗衣服，这可比坐在上面吃饭要用力得多。

接着我们又发现了更大的财源，供销社的背后有一大片橡子树林，到了秋天树上的橡子会由青变黄，那些变黄后的橡子漂亮极了，上面一顶扁圆的小帽子，下面一颗椭圆的小脑袋，帽子上布满蜂窝一样美丽的花纹，小脑袋还长着一张渐渐尖削下去的更加美丽的瓜子脸。人们在树上摘走橡子或地树下捡走橡子回家磨面做饼，橡树下落满了树叶和小帽，那些小帽一个个像小碗儿一样要么趴在地上，要么仰面朝天。供销社的奇怪做法好像是为当地人着想，他们放过下面的橡子不收，专收上面的橡子碗儿，因为体积太小不能论个儿收了，就一律按斤，甘期凤用他难看的粉笔字在一块脏兮兮的小黑板上庄严地写道：象（橡）子晚（碗）一斤八分钱。

这个昂贵的价格把我们激动得心惊肉跳，当我们知道国家把它收去是为了做成橡胶，从事工业生产，才肯相信这样的好事不是做梦。那个时候我们粮食本上的供应大米是一角七分钱一斤，苞谷面是一角二分钱一斤，通过计算我们知道了捡两斤橡子碗儿卖给供销社，差点儿能从粮管所买回一斤糙米，糙米就是没有经过细筛的米粒，里面含有米糠、谷壳、稗子和沙子，煮饭时须得反复地筛箩。我们立刻即整装待发，这一次我们的领袖不是保姆，而是保姆的独生儿，比我年长六岁的润波哥哥。为了生计，这位从小发育不良、比同龄人要矮一大截、几乎还没有我高的苦命少年，已经在邻近天宝的溪泉区一条公路的道班上干活儿挣钱了，现在想来还是个童工。每逢道班放假之际，便是他们母子相聚之日，也是他领导我们去捡橡子碗儿的欢乐之时。

那个时候，我是我保姆的亲儿子，是我润波哥哥的亲弟弟。

我们的发财梦很快破灭，想不到橡子碗儿的体重如晒干的稻草，往往从早捡到天黑，捡满很大一只口袋才能卖到几角钱，估计要想卖到十块以上，那得把供销社里堆出一座山来。不过，当我们捡了不计其数的像碗一样戴在橡子头上的帽子，然后将它们卖掉以后，南山天宝之外突然传来了一个消息，父亲的右派帽子被摘掉了，他从襄北农场回到中峰三合，回到我家老祖宗曾经居住的那个地方。

书中记载的这一个月，是我的八岁零两个月，我已经在天宝度过了四年零七个月的光景，由童年成为少年，目前是蔡坝小学三年级下学期的学生了。这件突如其来的事让我进入了某种神秘主义的思考，长得像一颗人头的橡子的帽子，和一个人的右派的帽子，这两种帽子之间是不是有着人所不知的内在联系？前者是不是对后者的象征、暗示、比喻？那时我忍不住瞎想：是不是有一个名叫老天爷的神灵看见了我们捡橡子碗儿卖钱的辛苦，对我父亲说，得，你儿子摘了那么多的帽子，让他们把你的帽子也摘了吧！

父亲的摘帽还乡，给我人生带来的第一个变化，是快速地结束了我在天宝的少年时代。母亲以征求意见的方式让我考虑一下，说父亲一人还乡孤单，能否把我派到他的身边为伴，读书也由天宝蔡坝小学，转到中峰三合小学，我却一下也没有考虑，立刻点头，表示服从母亲的安排。

我小的时候从无一丝半点的叛逆精神，母亲说什么我都服从。过了两年，我考取了离中峰三十里平路的县城一中，母亲又以征求意见的方式让我考虑，能否转到离天宝一百二十里山路的丰溪三中，因为那里每月能省六块钱，我又毫不考虑地服从了母亲。又过了一年，从一九六六年开始，丰溪三中停课闹革命，母亲又征求我的意见考虑能否转回县城一中，她误以为那里还有读书的可能，我同样没作考虑地打起背包就出发了。又过了两年，我在革命闹得课堂都没有了的县城一中读完所谓的初中，母亲这次写信征求我意见的时候似乎有点小心翼翼，她先表扬了我小时候的勤劳和爱好，然后让我考虑考虑，想进山来学木匠吗？

母亲在信中写的是我小时替她整理货架，用各种品牌的香烟盖成楼房，又用木匠锯掉的木板为全家每人做一个板凳的事，她竟然用了"天才"两字。接着又写，既然我已经结束了学业，与其回家干农活儿，还不如进山做木活儿呢，可她又怕她的儿子感到委屈，难以接受，方才写了这样一封言辞婉转的信。她完全不会想到，她的儿子一听要学木匠高兴极了，我从小的理想就是做一名建筑师和木匠，从前在一起时因为母子双方忙于工作和学习，我一直都没有告诉她。这下子我开始考虑了，考虑的是能不能明天就进山拜师。结果是第三天我辞别父亲，步行一百多里又来到了母亲的身边。

欧家花屋·蔡坝小学

无数次出现在我梦境中的蔡坝小学，那栋被赶进深山老林的欧九老爷留下的青砖黑瓦、飞檐翘角的花屋，已经像幽灵一样走出了这一片葱山翠岭。不是我来得太晚，而是时间走得太快，半个多世纪的荏苒韶光，这么快就消失在了寻梦者出发之前。

也不是它没有遗址，而恰恰是它的遗址没有像樟树垭一样变成废墟，新生的天宝中学以其新式的形体依然坚守着这片古旧的杏坛，将传递文化的火炬举得更高。在我的记忆中，从我家居住的小竹屋出来，走过供销社门市部活动木板拼接的铺门，走过樟树垭下的这条石板瓦房街，走过谢家的裁缝铺和胡家的兽医站之间的一道下坡，走过一条小河上搭着的双木桥，走到对面的区公所门前的时候，往左边拐一个弯，再顺着小河的下游走一里路左右，那里就是我心中的圣殿。从五岁差一个月到九岁零三个月，我在这里度过了四年零两个月，这是一段时光无法剪断的记忆，它是我的甲骨文，已经深深镌刻在我一寸一寸成长着的骨头上了。

这天夜晚，我找到了天宝中学，是天宝中学的校长听说了我来，还听说了我是天宝中学的前身蔡坝小学的学生，他所执印的学堂应该是被改了学名的我的母校，就高兴地来到我下榻的乡政府里，请我去看看夜色下的校园。校长叫叶文红，秀美的姓名容易让人想到女性，想到古代的才子在秋天的红叶上题写的爱情诗文，想到我的另一个母校武汉大学的现任名叫李晓红的校长，然而，他们都是男性的教育工作者。

初见的还有一位姓罗的工会主席，我们从做了蔡坝小学的欧九老爷家的花屋说起，说到当地的名门望族，身穿黑色西服的罗主席声色不露，用男低音向我轻轻念出一首歌诀，是民国时期此地归纳的四大家族，即哪家的票子，哪家的房子，哪家的儿子，而能够与上述有钱、有势、有头面人物的三大家族相对抗的，却是他们罗家的刀子。这话让我吃惊不小，重新看他一眼，不料他低头又说出一个人物，让我不由得大吃了一惊，他说他有一个教过他小学的老师，叫方登江！

方登江是我小学一年级的同班同学，我还记得他当时的相貌，课堂上回答老师问题的嗓音和站姿。我问罗主席他住在哪里，我想马上就见到他，罗主席说他离这里不算太远，但是今天太晚，明天再请他来和我相见。叶校长希望我下周一能为母校的全体学生做一场励志的报告，得知我周日的晚上要返回城里，就临时决定，明天上午让一百六十名驻读生和我见一个面。我高高兴兴地答应，因为明天见了母校的小同学，就可以见到前身母校的老同学了。

午饭前我们在一棵小树旁边重逢，叶校长说了一声"来了"，我便首先知道了来者是谁，而他在一群熟悉的人中采用排除法，也随即知道了我就是那个不熟悉的人。我们拥抱在一起，两张在当年的基础上增添了大量皱纹和色素的老脸笑开了花，双方好像再一次地核对身份，很快就说出了十多个老师和同学的名字。令旁观者感到惊奇的是，几十年来他一直坚守在自己的家乡，反倒是我这个离家出走的人比他记得更多。

我向他提供了以下老师让他确认：校长叫郭相青，教导主任叫王明三，我们一年级班主任叫傅明秀，三年级班主任叫李家柄，还有一个美术老师叫熊地英。郭相青校长的脸是粉红色的，像漂亮的女孩子一样；王明三主任瘦得皮包骨头，他家没有儿女，有人曾经建议他在多子多女的我家领养一个，母亲为此还认真地思考过，后来大概也是因为父亲的原因没有实施；傅明秀老师的鼻子两侧有十几粒小雀斑，李家柄老师的脸黑得闪闪发光；熊地英老师只教我们画过一次苹果，以后就被抽调到区公所去画宣传画了，他的画是画在白墙上的，很大的肥猪，很长的稻穗，还有前面的人骑在火箭上飞上了天空，后面的人坐着老牛拉的破车在地上爬行。此外，他还会用石灰浆写空心的大字。

方登江百分之百地认可了我的记忆，只在这基础上补充了一个教音乐的女老师。这个名字我有点儿恍惚了，但我没有怀疑自己，也不能怀疑土生土长并且一直生活在这块土地上的方登江，我怀疑是我读完四年级上学期转学走了她才调去。

傅明秀老师和我的故事我已讲过多遍，今天到了母校不妨再讲。那就是我不满五岁的时候，在课堂上把尿撒在了裤子里，她把我抱进她的房间，给我洗澡，烘干湿裤，重新穿好，背我回家，完璧归赵地交给我的母亲。最精彩的是这个故事的结尾，她对母亲没说那件糟糕的事，而说我不小心滚进了水沟里。

李家炳老师和我的故事我也讲过了多遍，随着年龄的增长，我讲这个故事时的心情完全变了。他命令我当班上的学习委员，还命令我每天把全班同学的作业收齐了交给他，我想着班上有的同学一道算术题做到天黑也做不完，也还想着天黑后我可怜的母亲会站在双木桥的桥头望子归来，而李老师，他就睡在教室的隔壁。终于有一天我弃职而逃，他抓住了我，怒视着我恶狠狠地说出了我父亲的名字，从此我们由师生变成仇敌。

后来他得了病我很高兴，他早该得病。再后来他一只眼睛失明我更高兴，他那只怒视过我的眼睛早该瞎掉。再再后来他死了我忽然高兴不起来了，我埋怨上帝把一个应该向我道歉的人判了死刑未免太重。现在，五十多年后的这个夜晚，我愿他的灵魂得到安息，转世后他也会做一个好的老师。

接下来，我继续向我的小学同学提供另外的小学同学。小学一年级，我当学习委员，大我一岁的刘良金当班长，双双当到小学四年级，我转到新的学校又当学习委员，他在这里还当班长。他在这所学校考取三中，我在城外考取一中转到三中，初中一年级，我在那里又当学习委员，他还当班长。他的父亲是蔡坝的农民，我第一次效法本地学生穿着龙须草编的鞋子，步行一百二十里山路到丰溪的时候，被包和脸盆是系在他父亲的担子上的，他们有大人送，恰恰我们没有。

文娱委员叫蓝晶萍，劳动委员叫姜树银，还有一个名叫姜继民的，比姜树银矮一辈，个子也矮一截，叔侄二人每天早上一道进校。方登江听到这里缓缓摇头，说他想不起来第二个姜了，我说没错，你在当地可以打听。蓝晶萍给我洗过书包，在那道双木桥下的小河边，因为我走路时墨水瓶里的墨水漏出来，把书包染蓝了一片。那时候全班所有同学背的都是用篾片编织而成的匣子，能够打开又能合上，再大再厚一点它就像夏天里的一只凉枕，被家里的大人用漆刷得光彩夺目，又用一根细细的麻绳拴住两端，像挎带着皮套的盒子枪一样斜挎在肩上。我的书包却是一只花布做的口袋，上面两片半圆形的黄塑料把，能提而不能挎，这让我对他们的篾匣羡慕不已。

我曾经想和同学进行交换，回家把这计划告诉保姆，却遭到保姆的大声呵斥，她骂我不识货，怀疑我受了某个没安好心的娃子捣弄，说我的书包料子是从苏联运来的大花布，提手是骨头做的，如果不是母亲在供销社里工作，到哪里去买这好的东西！我度日如年地提着这个书包，只盼着它天天弄脏，蓝晶萍天天给我在小河里洗，洗烂了才好。可惜它就是不烂，苏联大花布太结实了，直到四年级上学期读完，我要转到城外去读四下的时候，才趁这个机会把它从行李里清了出来，好像是恨死它了。

刘良金在上个世纪六七十年代上了大学，毕业后先到县城的机械加工厂，再到市里的汽车制造厂，后来应该是高级工程师。他娶了家住县城西关街的一位名叫王群英的女老师为妻，生下一个长得像他的女儿，取名刘洋，叫我叔叔，长大也上了他上的那个大学。这是我的小学同学中和我缘分最多也最长的一位，至于早年帮我搞过劳动的姜树银，帮我洗过书包的蓝晶萍，他们现在在哪里，在干什么我就不知道了，方登江也不知道。毕竟我们当时的年龄太小、太小，分别的时间太久、太久！

一条从石板瓦街通往花屋校园的弯弯的小路，已被漫长的时光拉扯得笔直而宽阔。我们在曾经背着两种书包走过的这条路上慢慢地走着，说着笑着，前后看着左右望着，有时又突然站住，发一阵呆接着再往前走，脚步越发地慢下来。这是我们自同学以来最为自由散漫的一次，竟一点也不害怕耳边有手摇的铃声响起，会因为迟到而被罚站在教室的门外了。

彬彬要开车送我到一个山上，从山顶看他为创建天润农庄租下的土地，另一个兵兵继续陪我。我希望方登江也能与我同行，一路车身颠簸，或许还能颠簸出几个同学的姓名，但他实在累得走不动了。我想起来，因为我的破例就读，他至少比我年长一岁，并且据说，像我这样身心都似少年的人确实还不普及。

幸亏他没有来，他似乎知道他是来不了的。车子开到一面不能再开的陡坡停下，我们下车徒步前行，爬完一条由一百多级石头砌成的梯路，登上一个标志着最高山顶的红色小亭。此时山风渐凉，日影转暗，我认出这个亭子叫思齐亭，忽然觉得这里是否还应有一个与之对称的见贤亭，于是转身俯瞰山下，想要寻找母校的踪影。但在茫茫一片暮色之中，它竟没有我记忆中的那么清晰。

双木桥·叫花子凼·锅底滩

在我的记忆中，樟树垭下那条把一片石板瓦房划开两半的小河，比现在要宽一些，河水也要深得多，两岸没有河堤。五十多年前搭在河上的那两根粗长而光滑的树干，堆在河下的那三个卵石垒成的桥墩没有了，它变成了一座宽阔、平坦、坚固的钢筋水泥的桥。这真是太好了，当年我背着书包上学放学，早晚两次必须从双木桥上走过，每一次我都胆战心惊，害怕会掉下去。寒冬的清晨那两根光滑的树干上会结一层薄霜，天更冷时还会变成冰凌，掉下去虽不至于淹死在冬季水浅的河里，却一定要打湿衣服，摔坏骨头。每到夏天暴发洪水的季节，双木桥下黄浪滔滔，本来是平时走了又走的桥，那时就有胆小的孩子心慌眼花，脚下一滑掉进水里被冲走的事。

距离这道石桥不远的小河下游，不知何时又添加了一座吊桥，酷似古代空中的栈道，十几条长铁链子上铺着木板，一脚踩将上去人桥俱晃，那叫牵一发而动全身。我利用这次往返的机会，分别在两座桥上走了一个来回，俯瞰桥下几近干涸的河水，忽然又想起当年，曾经在两个夏天，有两次险些淹死在它的上游，一次是在一个被称作叫花子凼的深水潭，一次是在一个至今也不出名的锅底滩。

五十多年前，这条小河里有很多鱼儿，它们的身子大都娇小而扁平，腹部有粉红、淡绿和雪白三种渐变的颜色，有点像天空中晴日的晚霞和雨后的彩虹。爱美的山民为这好看的鱼儿取了好听的名字，叫桃花鱼，桃花鱼成群游动的季节似乎也正是桃花盛开的时候。但是爱吃的山民却又用尽一切智慧去捕捉它们，他们用渔网打，用兜子捞，用双手捉，用雷管和炸药炸，用一种从供销社宋文云的专柜里买来的名叫"鱼吞金"的毒药，撒进河里让它们死成一片飘起一层，然后捞回家去，用油煎，用水煮，用火烤，做成美味改善自己缺肉的生活。

我不具备以上的本领，受一年级语文课中《小猫钓鱼》的启发，暑假里用自制的渔竿和自挖的蚯蚓到叫花子凼去钓鱼，因为那里水深而静止，鱼儿爱去那里休息集会。有一天我从下午钓到黄昏已临，一条桃花鱼也没钓着，钓的全都是当地人鄙视的黄须公子，又叫黄喇丁子。那种在今天已成鱼中名流的黄肤、无鳞、两腮各自长有一根长刺、据说营养价值很高的野生鱼类，当时的身份却是最贱的水族，让它长在叫花子凼里真可谓门当户对，这个水凼大概得名于早年淹死过一个企图过河的叫花子。我心有不甘，想转移阵地，以便把著名的桃花鱼钓到手中，提回家去让保姆做出一盘好菜，不料在转移途中踩翻一块打滑的鹅卵石，一下落入水里。

那时候我并不会游泳，只是跟大孩子一道去河边洗澡时模仿过他们的几个动作，此刻到了生死关头，就那么扑通几下竟蒙混过去。但是虽然保住了一条小命，付出的代价是牺牲了刚穿上脚的母亲新做的鞋子，那是一双黑色灯芯绒面、杂色碎布垫底、外面纳上一层白色细布、用粗针大线锥子和猪鬃千针万线把底面合拢的布鞋，此时它们一只沉入水底，一只像小船儿一样荡漾在绿色的水面上，这和我逃命时不顾一切的姿势有关。我害怕实事求是地说出来会吓坏母亲，决定隐瞒钓鱼的真相，忍痛把心爱的钓鱼竿丢在了河滩上，等到天快黑时才打着一双赤脚走回家去。

母亲果然没有洞察出事情的本质，她误以为我瞧不起她做的那双鞋故意扔了，因为在穿新鞋的事情上我曾经表现出极大的痛苦，母亲做的鞋总是小于我双脚应有的尺码，她的理论是越穿越大，穿上一周之后自然就合适了，而一上脚就合适的鞋不出几天就会变松。我咬着牙毫不辩解，这表情被母亲认作是我的默认，把我按在腿上一顿痛揍，我就像黑白电影里的革命志士那样一声也没有哭，倒是耳听着揍我的人哭了，一遍又一遍地骂我太不懂事！太不懂事！

　　这一年我好像八岁，读完了三年级的下学期，暑假一过就上四年级了。第二年我读完四年级的上学期时，由南山的天宝蔡坝小学转到了城外的中峰三合小学。

　　另一次是我考取县城一中，又转入丰溪三中，第一学期也是放了暑假，步行一百二十里山路快要走到樟树垭时，结伴而行的同学都抢在回家之前跳到河里洗一个澡，我却倒霉地跳进一个锅底滩。那时候我虽然学会了在水上游动，但是我的身子直立在水里横不起来，脚尖一蹬只会陷得更深，咕咚呛了几口水后，一个比我高一年级的名叫李家义的同学一手抓住我的头发，一手划水从前面把我拽上了河滩。

　　我和我的救命恩人李家义因此成了朋友，他的脸色红润，个子细高，年龄应该比我大两到三岁，因为南山里极少有不到五岁就上学的孩子。暑假期间，李家义约我到家里去玩儿，我理所当然地去了，而且理所当然地还吃了饭。但是吃完了饭趁他去做什么事情的时候，我把半斤粮票和一角五分钱放在他家靠墙的桌子上，怕被他们发现还在上面扣了一只碗，那只碗颜色乌红没有光泽，是乡下土窑里烧出来的。我似乎是接到李家义的邀请就做好了准备，这办法是学习当时的驻队干部，不忍心白吃我恩人家里的饭。

　　李家义被我蒙在鼓里，他把我一直送到家后才又返回他家。我不知道他回家后发现了窑碗里的秘密会怎么想，在我小小少年的心里甚至一度得意，为自己的所谓体谅，体贴，体恤。然而年龄渐长却与日俱增地感到愚不可及，我的同学，我的朋友，我的恩人，他会多么的伤心哦！

　　从此以后我再也没有见到李家义了。

　　五十多年后的这次天宝之行，我不放过任何机会向人打听一个名叫李家义的人，我想告诉他那只窑碗下的故事虽然多么幼稚，但是制造这个故事的孩子却有多么真诚。太遗憾了，没有任何人知道这个名字，也没人告诉我能够找到他的任何办法。

宣传队·露天戏台

在朱仕哲夫妇与我共同回忆的那一批名单之中，漏掉了一个最优秀同时也最悲惨的人物，这人叫林国军，部队文工团员转业，分配到这个供销社任指导员。他本是四川人，却有高大的身材和洪亮的嗓门，本是双木林，却要把我母亲认作姐姐。来的时候他还带着另外两人，一个是他的女儿，五岁左右，一个不是他的妻子，而是他的老娘，七十多岁。他的老娘是典型的四川老太太，下面缠着一对小脚，上面缠着一条被她称作帕子的包巾，妻子为什么没跟他来，在很长一个阶段都是我们私下猜测的谜。

我们把他的老娘不叫姥姥，而叫奶奶，林奶奶把我们叫娃儿们，每次做了好吃的总会给我们端来一碗，我家偶尔有了值得回报的东西，保姆也会让我们给她孙女儿端一点去。食物加水在锅里高温煮过之后，山外人叫炖烂了，城里人叫煮熟了，天宝人叫整趴了，来自四川的林奶奶却用生动活泼的家乡话叫"熬得稀溜趴"。我们一边吃着她端来的"熬得稀溜趴"的萝卜炖肉之类，一边模仿她的口音念着"熬得稀溜趴"，把重音放在第三个字上，长音放在第五个字上，然后幸福地笑了起来。

指导员的职能是给供销社的人开会，学习文件，传达精神，为了不影响白天的工作，时间一般都在晚上。这件事似乎不是一个部队文工团员的长项，他的长项自然是唱歌和跳舞，于是每年一到国庆节和元旦，天宝区组织的各单位职工文艺演出比赛中，林国军简直大出风头，他一人出马就可以打败其他任何单位的文艺代表队，为供销社领回大批的奖状和奖品。何况他还有一个绝好的搭档，就是那个去世的供销社统计苏学成的妻子，年轻貌美能歌善舞的城里姑娘司再兰。

演出每次都在小河对面区公所的门前举行，头一天的夜晚到来之前，这里就有人用树筒和木板搭起一个露天戏台，前台的左右两边各自竖起一根一丈多高的木杆，两杆之间悬空挂出一条红布做的横幅，横幅上用大头针别着白纸剪成的方块字，大体是庆祝什么什么的文艺演出之类。在我的记忆中，做这件事情的时候老天爷从来没下过雨，因为戏台的顶上从来没有搭过篷子，如果那样后台的左右两边也应该竖起两根杆子才行。另外，那个时候好像还没有出现后来才有的半透明的塑料薄膜。

正式演出一般都要等到天黑以后，但在天黑以前开场锣鼓就响了起来，那是组织者在做演出前的广告。家住一河两岸的乡民经验丰富，明明听到了锣鼓声也不为所动，该干什么还干什么，吃完饭喝足水再吸上一袋旱烟，眼看着天色快要黑了才在胳肢窝夹上一根蒿子秆捆扎的火把，三五一伙地向那里走去，火把预备在看完演出回家的路上用火镰点燃，因为两个钟头以后天已经漆黑了。我们好不懂事地念叨着怎么还不天黑，结果不等天黑就出发了，兜里揣着一根乡民并不具备的手电筒，虽然我们已经沦为右派的家属，却不会用蒿子秆捆扎火把照明，保姆也绝不允许我们这样做。在这些方面她与母亲多次发生矛盾，母亲的世界观是只要能够平安，哪怕我们穿得像叫花子，长成秃子和麻子都行，保姆却坚决和她对着干，宁可用自己的钱把我们伪装成父亲没有被捕之前的样子，理由是我们乃被害的忠良之后，不能让那些奸臣贼子看我们的笑话。

在这个露天戏台前，我曾经被戏迷保姆带着，在大人的胳膊缝里看过县汉剧团进来演的汉剧，有《铡美案》，有《打金枝》，有《辕门斩子》，还有一些小折子戏，我记住了熊素敏、姜玉英等等一些名角的名字。可惜后来上面不许演这些戏了，一到年节，改为非专业剧团演出非古典剧目，这让保姆大为不满。我们倒是无所谓的，只要有人演戏就行，尤其是演员中有自己早晚见面的林国军叔叔和司再兰阿姨，反倒是更加兴奋一些。

我们终于看到他们代表供销社演出的节目了，一个头戴藏帽，身穿藏袍，脚登藏靴，一个头戴藏巾，身穿藏裙，肩披藏纱，两人一前一后垂着长长的袖子跳跃着从幕后走了出来。音乐声起，他们绕场走过一圈之后，首先来了一段合唱："雪山升起了红太阳，拉萨城里闪金光，翻身农奴巧梳妆，父女双双逛新城呀。"司再兰扮演的女儿体态婀娜，步伐轻灵，林国军扮演的阿爸却身子胖大，腿脚笨拙，时不时地用长袖擦一把汗，忽然还吓人一跳地打个趔趄。

下面是女儿单唱："女儿在前面走哇，走得忙——"阿爸接唱："老汉在后面赶呀，汗直淌——"女儿又唱："一心想看拉萨的新气象——"阿爸又唱：

"迈开大步我紧呀紧跟上唉——"再后面就是阿爸一样一样地问："唉，唉，为啥树杆立在路旁，上面布满了蜘蛛网？""唉唉，这座楼房真奇怪，烟囱上挂个大木牌？"女儿一样一样地答，那是电线杆，那是大工厂，嫌阿爸东张西望走得慢，催他快些走，阿爸仍然要看，让她等着他，最后共同回到主旋律上，父女俩以合唱告终道："快快走呀快快行呀，哦呀呀呀呀呀。"

这个节目为母亲所在的供销社赢得了巨大的荣誉，他们也因此成为大家心目中的明星，以至于在三年自然灾害结束以后，父亲在襄北农场的刑期已满被遣送老家乡下劳动改造，母亲决定把已在天宝蔡坝小学读完四年级上学期的九岁还差两个月的我拨到他的身边，转入中峰三合小学接着读四年级下学期的时候，我还遥望小河对面的那个露天戏台依依不舍，眼前浮现出阿爸和女儿那鲜艳的服饰和美妙的舞姿。尤其是部队文工团员转业的林国军的嘹亮歌声，过一阵子就会回响在我的耳边。

我以为我从此见不到林国军了，不料我出到城外，小学毕业，考取一中，转入三中，经过少年时代的四次重要变迁之后，第一个暑假回到母亲的身边时又见到了他，仍然是威武高大、阳光快乐的明星样子，这让我的心中莫名其妙地得到了某种安慰。但又不料，第二个暑假再次回到母亲身边的时候，却听说林国军被捕了，罪名是"现行反革命分子"，正如当年二十九岁的我的父亲。

小桥头·卫生院

暮色之中，我走过至今也没有护栏的小桥，找到了那栋叫作天宝乡卫生院的三层砖瓦建筑。在我的记忆中，五十多年以前它与这里一河两岸所有的房子一样，也是石板瓦盖的平房，院门前有很大一块平地，现在横写在墙上的名称那时是竖写在牌子上的，牌子细长，上面白底黑字，"乡"字是一个"区"。我的心情突然像此时黯然下去的景物，这里留给我的印象更是如此。

一九六六年我最小的一个妹妹出世，母亲让我为她取名，此时有人已把中国变成了红的海洋，我为她取了小名红儿，留下大名等着以后再取。那年我十三岁，初中一年级生，自觉学问不够，只想将来给小妹取个不同凡响的名字。后来我无数次想，是这个名字害了她，天宝的山民却告诉我说，万不该在她一周岁的时候，抱她到一个石头堆成的花坛前，一棵名叫万年青的灌木下拍了一张黑白的纪念照，按动快门的这一刹那，红儿更是万不该闭了眼睛。那个石堆，那棵小树，那种表情，就是那样的一种意思。

这是我的小妹红儿匆匆来过这个世界的唯一记载，但是我们把它烧了，因为不忍再看。烧的时候它几乎没有发出一点声音，像它生命微贱的小主人。

我绝不相信关于照片的鬼话，我的痛苦和悔恨在另一处，我坚定地认为红儿之死是因为我。

在红儿出生的第三年，我结束了所谓的初中学业，进南山天宝学木匠受挫，重又回到老家中峰，到一个名叫龙坝的邻区去修水库，干的是最重也最危险的活儿，用拉土车从陡峭的土山上向下运土。这时我已有成年人那么高了，只是身子单薄，又没有半点劳动经验，母亲不放心我，她从被分在另一处劳动的父亲信中得知我有两次差点儿出了事故，一次是夜间加班拉土，在狭窄的土路上一脚踩空，连土带车摔下悬崖，幸好我从车把下逃了出来；一次是土炮爆破之后，我一马当先去争夺那种几下就能装满一车的大土块，不料从斜边冲出一人插到我的前面，当他双手去搬一个大土块时，触着了被土炮炸断的高压线头，让我眼睁睁地看着他替我死去。

母亲得知了这样的消息，从那时起每天夜里噩梦不断，梦中那个摔死和炸死的人总是我，惊醒以后竟然怀疑那不是梦，接着又怀疑父亲信中写的并不是全部，虽然我还活着却已成为伤残的人了。她决定亲自出城一趟，亲眼看看我的样子，亲口对我说几句话。五年前，和我们患难与共的保姆终于因病离开了我们，母亲把两岁多的红儿交给姐姐，自己一人踏上山路。但她刚刚看见我毛发未损，南山里一个电话打出来，红儿没有了！

红儿只是夜里受了凉，早上身子有点发热，第一次身负重任的姐姐慌得抱她到卫生所，一个姓丁的医生一针就把她打死了。我在转学以前见过那个姓丁的医生，本名叫丁德普，所里有位老医生把他叫"没得谱"。此人嘴唇上翻，牙齿外露，从喉咙里发出的声音沙哑不清，他还有一个诨名叫

"丁挃挃儿"，大概是形容他往前突出的额头像一只钉锤，正好他又姓丁。姐姐为此后悔终生，当时为什么不去找那位说他看病没谱的前辈，又只知道山民污辱他的长相，不知道为何要如此污辱他。

母亲一路号呼着奔回南山的仓皇背影，今生今世在我眼前无法淡去。

这个冬天，我十五岁，母亲三十九岁，父亲四十岁，红儿还没满三岁。

我坐在我的运土车上岿然不动，打算接受当天不能完成任务的惩罚，我的手指在空中写着丁德普的名字，一笔一划，心里想的是三件相互有关联的事。四川木匠知道我是谁的儿子以后就不收我为徒弟了，王明三主任知道我弟弟是谁的儿子以后就不收他为养子了，这个丁挃挃儿知道我小妹妹是谁的女儿以后就一针把她打死了。

这个人知道他将受到人间的报应，便也早早地离开了人间。

一个月后，被一刀劈成两半的我家，分别在南山内外度过了没有一声鞭炮的春节。又一个月后，半生带过我们兄弟姐妹四人，唯独没有带过小妹红儿的保姆，病榻上声声呼唤着此时还在沙洋农场的国民党军官丈夫不得相见而遗憾离世。多少个黑夜里我多少次地想了又想，如果她不离开我们，她会把红儿交给那个没得谱的丁德普吗？

后记

关于记忆

　　为这本书取完这个名字，我看见我笑了，如果眼前有一面镜子的话。便是没有也能看见，那是我的幽灵，它因我选择了这个名字而得意着。

　　许多的写作者在讲述一段往事的开篇，都喜欢用"记得"二字，"记得母亲在我小的时候"，我不喜欢这样，我是个直性子，要写就直接写"母亲在我小的时候"，母亲在我小的时候常常给我做好吃的，这些事至今还能够写出来，足以证明我还记得，既然记得那就不必再说记得了。是谁发明将这二字千篇一律地用于讲述一段往事的句首，我猜他可能是接受了朗诵家的建议，在小学生课文里用这二字打头，可以增强顿挫的效果，让它充当着装饰音，相当于古文中议论句开头的发语词"夫"。现在好了，我终于也要写"记得"了，并且用整整一本书的容量来填充它，仿佛是想一次性地弥补我很多年来对它的亏欠。

　　这是因为关于记忆，我突然想对某类在一些事上失去记忆，而在另一些事上又记忆非凡的人说几句知心的话儿，如同用一支削尖的竹签拨开掩饰，去行刺一个病人的痛点，虽然这样做或许会冒下伤人的罪名。我们通常所谓的记忆，实则是指人的记忆力，也就是人的调动记忆的功能和力量，在浩如烟海的往事中抽取当前需要的部分，然后复制，用语言、形体、图画和文字表述出来，谁能快速而又准确，他就叫记性好。历史上在这方面的典型人物，当推三国时代的益州别驾张松，此人初读一遍《孟德新书》，便能从头背诵，还一口咬定是战国无名氏所作，以此而沉重打击了曹操的嚣张气焰，害得他怀疑自己是否与古人暗合，不惜毁书以保名节。

"在我小的时候"我就为此事做过研究，譬如我每一次吃核桃，吃鱼头，吃猪脑壳肉，就必然会联想到动物学家在图纸上描绘的大脑的脑沟，那些弯来绕去的柔软的沟壑，原来就是人类记忆的密室，里面藏着多少的悲欢离合、爱恨情仇。但令我困惑的是，记忆应该按照密室的比例，容积小的储物就少，容积大的储物就多，所有物资在室内码放齐整，井然有序，室主可以随时拎出，用于急需，然而事实并非如此。核桃属于植物，是作为动物教学时的一种形象的参考，我们就不说它了；鱼脑白而大，沟壑颇多，但鱼的忆记好坏我们无从验起，只有惠子那样的慧眼才能看出它们是想起什么好事而嬉戏于水中，而聪明如庄子者尚不能知，"子非鱼，安知鱼之乐？"至于益州别驾张松，小说家罗贯中对他的描述是"身不满五尺"，那就说他只有四尺五寸高吧，若以人体的比例计算，他的头部以至脑沟正好是身长九尺的关云长一半，然而关云长缘何就没有记住孔明的话，以至于荆州失守，败走麦城，张别驾则能熟背《孟德新书》如流，把一个曹丞相都吓住了呢？

猪的脑壳不小，却多是下酒的卤肉，脑与脑沟所占不多。它甚至都没有沟，在尚未煮熟之前连脑子的形体也看不分明，颇似一堆捣碎的嫩豆腐。南方有一道早吃叫豆腐脑儿，便是以豆腐的"胎儿"作猪脑的比喻，此物有筷子不可承受之嫩，只可用小匙舀而啜之。古人对猪脑的评价不高，《礼记》干脆发出"食豕去脑"的号召，其根据是一个名叫孙真人的说过，"猪脑损男子阳道，临房不能行事，酒后尤不可食"，说它尤其对男人的杀伤力大。由此可见，猪脑不仅不能增强人的记忆，反而还能让人忘掉男女间最美好的结合。曾见有两个儿童，商量着去虐待一次动物，一个看见了猫，另一个说猫会记仇，你看它那两只眼睛！后来二人不约而同地想到猪，解开裤子，对它进行人工降雨。果然这位朋友一边洗热水脸，一边张口解渴，小眼缝里闪着感激的光芒。试想人若是吃了这种动物的脑子，被肌体组织所吸收，化为营养，再融入基因，本人以及后代都有可能犯下同等的错误。常听上司骂下级"你是个猪脑子"，回头再温习传统文化《礼记》，就更能明白这是以严厉的态度，指责其不吸取上次血的教训。

我们再来说记忆的密室。人之初生，室内空空，婴儿时期，整间房子里只会装着两只白胖的母乳，从中流出白亮的乳汁；长至童年，补充了好吃的、玩具、新衣服、鞭炮，除了妈妈和爸爸，还有喜欢给水果糖的阿姨和叔叔；再到少年，又多出小狗、书包、课本和作业簿、男伙伴和女同桌、班主任和漂亮又会唱歌的女老师，库存量大了些，但库内依然游刃有余，人问起什么事，还能很快想得起来：明天一早干什么？和小燕子到河堤上去放风筝！前天下午到哪儿去啦？狗蛋带我钓鱼，他钓了七条我只钓了三条！丰富多彩的青年时代到了，无数的好东西登堂入室，这间小房子开始拥挤起来，尤其还要留出很大一块安置爱人和高考复习题，接下来还有参加工作前后的摸爬滚打，闪展腾挪，有些存货就顾不上了盘点，丢是丢不了的，指不定哪天发现有用了再去翻检，只不过现在得把它塞进一个角落，别让它占地儿，也别让它挡了视线。

这还不算最为考验人的，最为考验人的是转眼到了中年，人到中年虽离老年尚早，却已被悠悠岁月培养得老谋深算，一些人懂得了记忆的有限，决定用有限的记忆去创造无限的价值，于是清仓查库，有益者存之，无用者弃之，腾出空间，热烈欢迎昨日在酒席上得来的政要、大贾、名人的名片。这么一来，生养自己的父母，救助自己的亲友，指导自己的师长和贵人，在目前不再有用的情况下，就将他们忍痛割爱了吧，或者这爱似乎已有些淡了，割时并不怎么痛，有人若问起一个最初牵他走路的人，他会睁着一双迷惘的眼睛，用指头轻轻敲打正在脱发的后脑：咦，我怎么记不起来这个人了？与此同时还忽然发现，记忆这个鬼玩意儿呀，有的是快乐的，有的是痛苦的，有的是光荣的，有的是屈辱的，那么何不只留下快乐与光荣，库存也就减去了一半，最好再把痛苦与屈辱调整为前者，时时回忆起来，自然会感到满满的幸福。

有人储存空间之小令人吃惊，为谋人生的发展只好如此，这样的人不仅不要为难于他，反而还要施以同情。如对傻子、精神病人、骑马摔伤头部者、被炮火震昏后又复苏的战士，让他们背诵《孟德新书》，会受到国际人道主义组织的批评。但我最近又听说了一个医学名词，颇觉新奇，此词名叫选择性记忆衰退。患者大概知道自己记忆不够用了，于是就进行选择，凡重要的就旺盛地进入，凡次要的就衰弱地退出。这真是老天爷为此类人群想的好主意，因为如此一来，便可以想记就记，想忘就忘，提起自己借别人的钱直摇头，别人借自己的则往往在梦中脱口而出。与其相比，最智慧的苏格拉底倒是最蠢，死到临头还记着一件事："克利托，我还欠邻居一只鸡，请别忘了替我还给人家。"我担心有人的记忆经过调整之后，会把这件事情记走了样，临终时说："克利托，邻居欠我一只鹅！"

近些年来，每见网络公布的图书排行榜，小说排行榜，散文和诗歌排行榜，我便会油然想到，人类的记忆也应有一个排行榜，评选标准根据门派自定，非功利者排出的前十名，出于道德良心，可能有关系到自己从前的人，而在功利者排出的榜单中，出于需要，恐怕前一百名也没有他们的份儿，上榜人只会关系到自己的以后。其他行业之深奥与复杂，非我等简单之人所能搞得清楚之万一，单说每天写文章教人要保持一颗童心的作家同行，也都在榜首列上了自己并不真心热爱的人和事，日日夜夜地忙于写作、采风、笔会、评奖和用口号保卫祖国的边疆，以至于忘了双亲的生辰和病时。忽一日人没有了，就在文章里面号啕大哭，并将此事写进新书的后记，以期赢得评委们感动的一票。

感谢我的父母，恩赐了我一间未必人人都有的广大密室，让我从容储下一生与我命运攸关的全部记忆。四五岁开始经历的各种政治运动、饥饿等，它们几乎贯穿着我从出生到成长的全部历程。在那疯狂年代的漫长背景之中，一个弱小家庭两代平凡生命的无限琐碎往事，是我的记忆中被强行锁住不许飘逝的万缕烟云，何时想回首再看，它们何时就能清晰如丝地浮现在我的眼前。然而由于自然的规律，依附于人体的记忆终会随着密室的崩溃而消散在无垠的时空，并且一去永不复返，因此，我愿将它凝成文字，集为一书，捧给这茫茫世界中万千个有缘看到的人。

2017 年 12 月 24 日夜写于北京听风楼